dtv

Laura Slasher, frisch getrennt von ihrem Ehemann, dem Gestaltwandler Hector, nimmt eine Auszeit in London. Dort wird sie von einer Geheimorganisation kontaktiert, die Portale in andere Dimensionen aufspürt und – vertuscht. Man möchte Laura, die vor Jahren paranormale Phänomene im südenglischen Ashby House erlebt und vor allem überlebt hat, als Agentin gewinnen. Ihr erster Einsatzort ist die Komische Oper Berlin, denn vieles deutet darauf hin, dass sich dort ein geheimes Portal befindet. Heimlich gefolgt von Hector, bricht Laura in die deutsche Hauptstadt auf, wo tags die Linden blühen und nachts nicht nur lichtscheue Gestalten unterwegs sind …

V. K. Ludewig betätigte sich nach seinem Anglistikstudium u.a. als Ghostwriter, Redakteur, Fernseh- und Buchautor. Mehrere Jahre leitete er die Plattenlabel Viellieb Rekords und DMD-Music. ›Oper der Phantome‹ ist die Fortsetzung von ›Ashby House‹ (dtv 21351), einem Grusel-Fantasy-Roman um ein Haus mit einem besonderen Appetit auf seine Bewohner.

V. K. LUDEWIG

OPER DER PHANTOME

Roman

Deutscher Taschenbuch Verlag

Von V. K. Ludewig
ist im Deutschen Taschenbuch Verlag erschienen:
Ashby House (21351)

Ausführliche Informationen über
unsere Autoren und Bücher
finden Sie auf unserer Website
www.dtv.de

FSC
www.fsc.org
MIX
Papier aus verantwortungsvollen Quellen
FSC® C019821

Originalausgabe 2013

Umschlagkonzept: Balk & Brumshagen
Umschlaggestaltung: Johannes Wiebel/punchdesign, München
Satz: Greiner & Reichel, Köln
Gesetzt aus der Stempel Garamond 9,5/12,75
Druck und Bindung: Druckerei C. H. Beck, Nördlingen
Gedruckt auf säurefreiem, chlorfrei gebleichtem Papier
Printed in Germany · ISBN 978-3-423-21469-8

Ouvertüre

Mai 2010

Für gewöhnlich schlief Erika Müller einen tiefen, erholsamen und traumlosen Schlaf. Selbst wenn sie träumte, konnte sie sich tags darauf kaum an ihren Traum erinnern, und wenn doch, erschien er ihr meist als so unwichtig, dass sie ihn sofort wieder vergaß.

Doch schon während des Traumes, der sie in dieser Nacht heimsuchte, kam es ihr vor, als sei dieser bedeutsamer als jeder andere zuvor. Und das, obwohl er ganz banal an ihrem Arbeitsplatz spielte, der Komischen Oper Berlin, an der sie seit beinahe fünfzehn Jahren den Kartenverkauf leitete.

Es war ein düsterer Morgen in diesem Traum, obwohl es Mai war und sie Unter den Linden die Bäume blühen sah, ihren Duft roch, der die Autoabgase und die Gerüche der erwachenden Großstadt noch überdeckte. Es waren wenige Passanten unterwegs, als sie die Tür zur Kasse aufsperrte – neugierig, weil heute der Tag war, an dem das Programm der nächsten Spielzeit intern bekannt gegeben wurde. In wenigen Tagen würde die jährliche Pressekonferenz abgehalten, das Programm offiziell vorgestellt – und dank der Stammgäste, die ihren Opernbesuch langfristig planten, um an ihre favorisierten Plätze zu kommen, würde vor der Sommerpause noch einmal viel zu tun sein.

Wie an jedem anderen Arbeitstag, der nicht zufällig in einem Traum stattfand, schaltete sie den Computer an und setzte die Kaffeemaschine in Betrieb, während das System hochfuhr. Als der Rechner betriebsbereit war, öffnete sie das Verkaufsprogramm und den Mail-Ordner. Dutzende Mails erschienen, Spam, Kartenbestellungen, Kundenanfragen. Erika überflog die Liste mit einer leichten inneren Anspannung, die für diese Arbeitsroutine ungewöhnlich war. Dann blieb ihr Blick an der Mail vom Künstlerischen Betriebsbüro hängen. Im Betreffsfeld stand »Nur intern: Saison 2010/11«. Sie öffnete die Nachricht und überflog den Spielplan.

»Kiss me, Kate«, »Im weißen Rössl« – die Hits der vergangenen Spielzeit wurden wieder aufgenommen und würden für ein ausverkauftes Haus sorgen. Auch die etwas härtere Kost, die umstritteneren Arbeiten – Calixto Bieitos' Inszenierung der »Entführung aus dem Serail« und »Salome« von Strauss – standen wieder auf dem Programm. Zu den Neuaufführungen zählten unter anderem »Idomeneo« von Mozart und »Die Gespräche der Karmelitinnen« von Francis Poulenc. Als die Kaffeemaschine ein schnorrendes Geräusch von sich gab, sprang ihr etwas ins Auge, das sie unerklärlicherweise nach Luft ringen ließ. »›Rusalka‹«, flüsterte sie in den leeren Raum. »Oh, mein Gott, ›Rusalka‹!«

Der nächste Teil des Traums spielte ebenfalls in der Oper, in einem fensterlosen Treppenhaus, das sich in einem nicht öffentlich zugänglichen Teil des Gebäudes befand. Die Wände waren vergilbt, und in der Luft hing der Geruch von Vergangenheit, von etwas Düsterem, wie von kalter Asche oder

Kohlenstaub. Das Holzgeländer war an der Wand mit neobarocken Halterungen angebracht, die Vogelkrallen nachgebildet waren. Weiß angestrichen erinnerten die Klauen an Knochen und durch ihre Größe an die Krallen gigantischer Urvögel. Schon im Wachzustand fand Erika dieses Detail beunruhigend, doch im Traum wuchs sich ihr Unbehagen noch aus, sodass sie die Treppe mittig hinabstieg, mit dem größtmöglichen Abstand zu den Krallen. Die Treppenstufen, die noch zum alten Teil des Gebäudes gehörten, der Ende des 19. Jahrhunderts erbaut worden war, waren vom jahrehundertelangen Gebrauch niedergetreten, und einmal rutschte Erika ab, hielt aber gerade noch die Balance, ohne sich am Geländer abstützen zu müssen.

Am Fuß der Treppe angelangt, fand sie sich vor einer versperrten Tür wieder. Plötzlich hatte sie ein riesiges Schlüsselbund in der Hand, wählte den erstbesten Schlüssel aus, führte ihn ins Schloss. Er passte. Als sie die Tür öffnete, schlug ihr ein modriger Geruch entgegen, nicht ungewöhnlich, aber darüber lag noch eine andere Duftnote, die sie schwer zuordnen konnte und die hier defintiv keine Daseinsberechtigung hatte. Etwas Süßes? Etwas *Klares*?

Sie schaltete die spärliche Beleuchtung ein und wusste mit einem Mal, was sie zu tun hatte, als sie die Tropfen auf dem Fußboden sah. Kleine Pfützen und Lachen, die sie einluden, ihnen zu folgen. Und so kam auch Erika instinktiv, wenn auch zögerlich dieser Einladung nach.

Die Lachen wurden nach wenigen Metern kleiner, doch immer noch klar erkennbar durch das gelbliche Licht nackter Glühbirnen, das sich darin spiegelte. Der Korridor führte auf eine Gabelung zu. Die Wasserspur ging nach rechts ab und endete nach wenigen Metern vor einem Verschlag, an dem ein lädiertes Vorhängeschloss hing.

Erika zögerte, bevor sie das Holzgitter vor dem Verschlag berührte. Es war feucht und öffnete sich mit einem Knarren. Vorsichtig und mit ausgebreiteten Armen betrat sie den finsteren, vollgestellten Raum. Ein weiterer Schritt, und ihr Fuß berührte etwas, das auf dem Boden lag, eng an der Wand. Als ein Wimmern ertönte, brach Erika der Schweiß aus, und ihr Herz begann zu rasen. (Wir kennen Erika noch nicht gut genug, um beurteilen zu können, wie sie sich verhalten hätte, wenn es sich nicht um einen Traum gehandelt hätte. Wäre sie weggerannt, um Hilfe zu holen? Hätte sie sich hinabgebeugt, die Decke ertastet, die das wimmernde Etwas bedeckte, und sie fortgezogen? Im Traum tat sie das Letztere.)

Die Panik angesichts dessen, was sie nun sah, war so gewaltig, dass sie mit einem Schrei auf den Lippen erwachte, immer noch den Anblick des nackten Wesens vor Augen, das ihr flehentlich in die Augen schaut, röchelt. Sie sieht den Körper ein letztes Mal erbeben, den Fischschwanz aufzucken, vernimmt das Geräusch, das dieser macht, als er ein letztes Mal über den kalten Kellerboden gleitet und die Nixe verendet.

Als Erika Müller an diesem Arbeitstag die Mail des künstlerischen Betriebsbüros öffnete und das Programm der nächsten Spielzeit las, traf sie der Titel »Rusalka« so hart, dass sie vom Schreibtischsessel aufsprang, dabei ihre Tasse umstieß und in einer Lache aus heißem, dampfenden Kaffee stehend eine Panikattacke bekam. (In früheren Zeiten wäre es eine gnädige Bewusstlosigkeit gewesen, die ihr ein seliges Vergessen beschert hätte – die Panikattacke hingegen wollte gnadenlos ausgehalten werden.)

Hätte Erika Müller gewusst, dass es sich bei ihrem Traum nicht etwa um einen Traum, sondern um eine gelöschte Erinnerung handelte, hätte sie die Opernkasse, in der sie so gern arbeitete, augenblicklich verlassen und wäre niemals zurückgekommen. Doch das wusste sie nicht, und so dauerte es etwas mehr als zwanzig Minuten, bis die Symptome der Attacke, das Herzrasen, Schwitzen, die weichen Knie, das Zittern und die Übelkeit, nachließen und sie sich, immer noch etwas angeschlagen, dem Tagesgeschehen zuwenden konnte.

Erster Aufzug

Eiskalt und traurig weht's von Dir
Du kalte Schönheit – fort von mir!

Kapitel 1

Mittwoch, 18. Mai 2011

Der Zustand der Suite ist für Hotelangestellte ein leicht identifizierbarer Klassiker. An der Eingangstür hängt seit Tagen das »Bitte nicht stören«-Schild. Öffnet man die Tür, blickt man in ein düsteres Salonzimmer, in dem nur wenige dezente Tisch- und Stehlampen kleine Lichtoasen bilden. Die schweren, blickdichten Vorhänge sind bei Tag und Nacht zugezogen. Über dem Sofa und den Sesseln liegen Kleidungsstücke in mehreren Schichten übereinander. Einige Koffer und Taschen stehen noch geschlossen auf dem Boden, aus anderen sind achtlos Sachen herausgezogen und nur wenige Schritte entfernt fallen gelassen worden. Auf dem Schreibtisch ausgebreitet der Inhalt einer Handtasche: Lippenstifte und Kompaktpuder, eine Pillendose, ein Schlüsselbund, ein Portemonnaie, aus dem Münzen gefallen sind, ein Brief, in Tinte geschrieben und in einer gut lesbaren, nach rechts tendierenden Männerhandschrift, Mobiltelefon (nicht eingeschaltet), iPod (Akku leer, stehen geblieben mitten in Lady Gagas »Speechless«). Die Tasche selbst liegt neben dem Papierkorb und mehreren Tüten von Tower Records, in denen sich DVDs befinden: »Dancer in the Dark«,

»Mary & Max«, »Rabbit Hole«, »Moulin Rouge«, »Tausend Morgen«, »Dark Victory« mit Bette Davis. Die Sammlung legt die Vermutung nahe, dass die Besitzerin eine Tränenkur zu nehmen beabsichtigt hat – die Tatsache, dass die DVDs noch eingeschweißt sind, lässt darauf schließen, dass sie ihr Vorhaben noch einmal überdacht oder es einfach vergessen hat.

Die Tür zum Schlafzimmer ist geöffnet, aus ihr dringt das blaue Licht eines sich im Standby befindlichen Flatscreen-Fernsehers. Die Tagesdecke liegt auf dem Boden neben dem Bett. Auf den Nachttischen stehen die Tabletts, die der Room-Service am Vorabend vorbeigebracht hat. Das Essen ist kaum angerührt, die Minibar allerdings fast vollständig geleert, insbesondere die Alkoholvorräte. So sind das Wiederbefüllen der Minibar, das Servieren von Essen und Abräumen des kaum benutzten Geschirrs die einzigen Aufgaben, die der Gast den Zimmerservice hat ausführen lassen.

Die Angestellten sind ihrer Aufgabe mit distanzierter Höflichkeit nachgekommen und haben den Eindruck schleichender Verwahrlosung fortgewischt wie Schuppen von den Schulterpartien ihrer Uniformen, kaum dass sie die Tür der Suite lautlos hinter sich zugezogen haben. TRENNUNG steht in Großbuchstaben über diesen Räumen. Ein Zustand, den jede und jeder von ihnen kennt und von dem man gern vergisst, wie schmutzig, gnadenlos und bitter er ausfallen kann.

Werfen wir einen Blick auf Laura Slasher, geborene Shalott, wie sie kümmerlich ganz am rechten Rand des überdimensionierten Hoteldoppelbetts schläft, der zierliche Körper in Embryonalhaltung, die langen roten Haare wie trockenes Gestrüpp auf dem Kopfkissen ausgebreitet, das Gesicht blass, das Wächserne ihrer Gesichtshaut noch betont durch das kaltblaue Licht des Fernsehschirms. Sie hat es ebenso wenig registriert wie die Pracht der blühenden Hampstead Heath, deren frühlingshaftes Panorama sich hinter den geschlossenen Vorhängen auftut. Diesem Anblick ist es geschuldet, dass das »Hampstead Grand« und insbesondere die Greta-Garbo-Suite der bevorzugte Aufenthaltsort von Lucille Shalott in London ist. So buchte sie die Suite für ihre Schwester, kaum dass sie von deren Trennung erfahren hatte. »Wenn Du es Dir mit diesem Mann vermasselst, dann komme ich und schlage Dich grün und blau« hatte sie ihr damals in der Hochzeitskarte geschrieben, aber wenn Not am Mann war, zogen die Schwestern Shalott an einem Strang.

Drei Tage lang hat Laura die Räume nicht verlassen. Jetzt bricht gerade der vierte an. Sie erwacht. In dem Moment, den sie braucht, um sich zu orientieren, ist dieser Tag ein Tag wie jeder andere. Doch sobald sie merkt, wo sie ist, setzt das Wissen ein und mit dem Wissen die Erkenntnis. Sie ist hier, weil sie kein Zuhause mehr hat, die Zeit des Glücks vorbei ist.

Früher war sie auf der Jagd nach dem Glück immer so knapp daran vorbeigerannt, dass diese Erfahrung sie zu einer unerschütterlichen Optimistin gemacht hat. Genug Geld, die große Liebe – das würde doch an jeder Ecke auf sie warten, es wäre ja gelacht, gelang es doch ganz anderen Menschen, schlechteren, hässlicheren, dümmeren Menschen, ihr Glück zu finden. Wacker lief sie deshalb immer wieder dem Glück hinterher, dabei das Glück meist mit etwas anderem verwechselnd, einem hübschen Gesicht, einem leeren Versprechen. Auf Täuschungen folgten Enttäuschungen, daran war sie im Lauf der Zeit gewohnt. Doch die unauslöschliche Zuversicht, die sie dadurch gewann, macht den Großteil dessen aus, was man als ihren Charme bezeichnen kann. Das Glück, das sie dann tatsächlich gefunden hatte, zu verlieren war allerdings eine Erfahrung, die sie zum ersten Mal im Leben machte.

Drei Jahre waren ihr und Hector vergönnt gewesen, dann hatte es »Klick« gemacht, vielmehr ein leises »Plop!« in Hectors Kopf.

Sie hatten sich am Frühstückstisch gegenübergesessen, und während er ihr Tee nachschenkte und sie in ein frisch gebackenes Croissant biss, explodierte in seinem Hirn eine Blutbahn, sein Gesicht fror ein, und er sackte auf dem Küchentisch zusammen, als habe man ihn per Knopfdruck ausgeschaltet. Dem schnellen Handeln Lauras war es zu verdanken, dass er überlebte. Anstatt das Eintreffen eines Krankenwagens abzuwarten, hatte sie Hector mit Kräften, die in dieser Schocksituation geradezu ins Übermenschliche wuchsen, ins Auto gezerrt und ihn selbst ins Krankenhaus gefahren. Diese Minuten waren entscheidend für sein Überleben gewesen.

Hector Slashers Aneurysma war jedoch nicht der Höhepunkt des Dramas, das sich in den folgenden Wochen, Monaten und Jahren abspielte, sondern nur der Auslöser. Die Hirnoperation, bei der das erweiterte Blutgefäß mit einem Titanclip vom Blutkreislauf gekappt wurde, war erfolgreich verlaufen, doch das Aneurysma hatte Slashers Sprachzentrum beschädigt. Wie das Opfer eines Schlaganfalls musste er sprechen, lesen und schreiben komplett neu erlernen. Doch eine weitaus gravierendere Veränderung hatte in ihm stattgefunden: Sein Gleichmut, sein Charme und seine Geduld waren ihm abhandengekommen.

Zwar schritt sein Gesundungsprozess zügiger voran als bei den meisten anderen Patienten. Doch selbst als sein Sprachzentrum wiederhergestellt war, blieb seine emotionale Verfassung unverändert. Es schien ihm unmöglich, die Komplexität von Gefühlen und Stimmungen nachzuvollziehen, und er war nicht in der Lage, sie verbal zu formulieren. Seine prägendsten Charaktereigenschaften nach der Therapie waren Ungeduld, Getriebenheit und eine Unzufriedenheit, die eine uneingestandene Angst sein mochte, dass das Aneurysma platzen und zu einem Schlaganfall führen würde – eine Wahrscheinlichkeit, die medizinisch gegeben war.

Was die beiden in dieser Zeit zusammenhielt, war die Entschlossenheit, dem Leben alles abzuringen und es sich nicht wegnehmen zu lassen. Laura, die – wie Sie sich vielleicht erinnern – nie der fürsorgliche Typ war, wuchs in diesen anderthalb Jahren über sich hinaus. Es war ihr nicht einmal bewusst, wie aufopferungsvoll sie sich um Hector bemühte, denn zu keinem Zeitpunkt hatte sie das Gefühl, etwas zu opfern, sondern sich stattdessen das zurückzuholen, was amtlich und im Herzen ihr gehörte: ihren Mann. Sie hatten sich gemeinsam ganz anderen Aufgaben gestellt und härtere Prüfungen gemeistert – da würde sie sich von einer mikroskopisch kleinen Blutbombe nicht das rauben lassen, was ihr zustand.

Hectors Zustand nach der Therapie wies eine weitere Besonderheit auf: Auch wenn es ihm im Gespräch kaum gelang, Gefühle zu äußern, die über Wut und Ungeduld hinausgingen, funktionierte sein neu erarbeitetes Sprachzentrum differenzierter, wenn er schrieb. Auch in Zeichnungen und Malereien gelang es ihm, anderen Gefühlen Ausdruck zu verleihen, die in Laura die Vermutung nahelegten, dass irgendwo in diesem neuen Mann jener Mann verschüttet lag, den sie liebte und den sie nach nur zwei Monaten des Kennenlernens geheiratet hatte. Sie würde nicht aufhören, ihm nachzuspüren und ihn schließlich aus seinem Versteck herauszuzerren.

Doch gehören in einer Beziehung mindestens zwei dazu, eine Veränderung voranzutreiben. Und so war es auch nicht sie, die aufgab, sondern Hector.

Zwei Dinge waren mit Beginn der Krankheit zu Tabuthemen geworden: zum einen Hectors Fähigkeit, die Gestalt zu wechseln. Laura fragte ihn nicht, ob diese Fähigkeit vielleicht Auslöser des Aneurysmas gewesen war. Es konnte schließlich nicht gesund sein, sich von einem Menschen in einen übergroßen Weimaraner zu verwandeln, schwer vorstellbar, was jede Transformation mit einem Organismus anstellte. Sie fragte ihn auch nicht, ob er nach der Operation noch dazu in der Lage war, aber in den anderthalb Jahren hatte sie Hector nie in der Gestalt des Hundes gesehen, und sie liebte und vermisste den Hund ebenso sehr wie ihren alten Hector.

Das zweite Tabuthema betraf sie jedoch sehr direkt. Es war Hectors neues Problem mit Nähe. Ihr Sexleben war mit Eintreten der Krankheit zum Stillstand und seitdem nie wieder richtig in Gang gekommen. Es gab sporadischen Sex, es gab Zärtlichkeit. Aber oft geschah es, dass Hector sich aus einer Umarmung wand, seine Frau anschaute mit einem Blick, der verwundet und entschuldigend zugleich war. Es fiel ihr schwer, diese Distanzierung nicht als Zurückweisung zu empfinden, auch wenn Hector ihr versicherte, dass es nicht persönlich gemeint sei, dass es lediglich in seinem Kopf stattfinde, dass dieser Drang nach temporärer Isolation kräftig sei, aber auch kurzlebig. Ihr kam es jedoch so vor, als zwinge sich ihr Mann, seinen ehelichen Verpflichtungen nachzukommen, was jedoch eher ihrer neurotischen Unsicherheit geschuldet war als dem Umstand, dass es sich tatsächlich um kurzfristige Aussetzer handelte, in denen Hector eine Berührung nicht ertragen konnte.

Vier Tage liegt die Trennung zurück, und sie war schriftlich erfolgt.

Meine liebe Mrs Slasher,

es ist nicht leicht für mich, Dir dies zu schreiben, aber es führt kein Weg daran vorbei. Ich weiß, dass Du leidest. Ich weiß, dass ich nicht mehr der Mann bin, der ich noch vor ein paar Jahren war. Und ich weiß nicht, ob es diesen Mann noch gibt oder jemals wieder geben wird. Ich kann Dich nicht festhalten und Dir zumuten, Dein Leben an mich zu verschwenden. Ich will Dich glücklich machen, und es tut mir weh, mir einzugestehen, dass mir nur das Gegenteil gelingt.

Ich gebe Dich frei.

In Liebe,
Dein Mr Slasher (was noch von ihm übrig ist)

Sie hatte nicht gleich geweint. Sie war ins Schlafzimmer gegangen und hatte aus dem Fenster geschaut. Sein Wagen stand nicht in der Einfahrt. Dann hatte sie, ohne lange zu überlegen, angefangen, ihre Kleider aus dem Schrank zu nehmen. Es dauerte weniger als eine Stunde, bis sie ihre Koffer gepackt hatte. Sie weinte immer noch nicht, als sie ihren Mini Cooper belud und die Haustür hinter sich ins Schloss zog. Erst als sie sich auf den Fahrersitz setzte und das Zündschloss betätigte und als sich der Gedanke manifestierte, ›ich weiß überhaupt nicht, wohin‹, begannen die Tränen zu fließen.

Vier Tage liegt die Trennung zurück, denkt Laura Slasher, während sie ihre körperlichen Symptome überprüft. Leichtes Kopfweh – kein Wunder bei dem Mix aus harten und soften Alkoholika, von dessen Konsum noch die kleinen Fläschchen auf dem Nachttisch zeugen. Aber auch das erste Mal seit Tagen Appetit. Ihr Körper fordert Nahrung. Sie nimmt die Fernbedienung und schaltet den Fernseher aus. Steigt aus dem Bett und tritt in die leere Hülle eines Schokoriegels, die an ihrer Fußsohle kleben bleibt, bis sie sie nach ein paar Schritten entfernt. Sie schüttelt den Kopf über sich selbst. Ein Blick in die Minibar besagt, dass die Schokoladenvorräte Vergangenheit sind. Sie zögert, den Roomservice anzurufen, will sich erst ein Bild von sich machen.

Die Spiegelwand im Bad zeigt eine Frau Anfang vierzig, die bessere Zeiten gesehen hat. Nichts allerdings, was eine lange, heiße Dusche, Haarpflege und sorgfältiges Make-up nicht ausbügeln könnten. Sie schaut in den Spiegel und erblickt ihr Gesicht. Ungeschminkt. Zarte Lachfalten um die Augen, die Spur einer Sorgenfalte wie ein V über den Augenbrauen. Das erste Mal seit langem gilt ein Gedanke nicht Hector, sondern ihr selbst. Mit Zeige- und Ringfinger der rechten Hand streicht sie die Sorgenfalte glatt. Sie lächelt ihrem Spiegelbild zu, ein wenig bitter. Immerhin ein Anfang.

Kapitel 2

Als sie geschminkt, frisiert und angekleidet aus dem Bad kommt, hat der Zimmerservice bereits die schlimmsten Spuren vornehmer Verwahrlosung beseitigt und ist dabei, das Frühstück zu servieren. Die Kleider sind in die Schränke geräumt, die Papierkörbe geleert. Die zurückgezogenen Vorhänge geben den Blick auf Hampstead Heath frei, durch die offene Terrassentür dringt laue Luft herein. Es ist erstaunlich warm in diesem Frühjahr, fast schon sommerlich. Der Park ist belebt, obwohl es ein Wochentag ist. Auf der Wiese lassen Kinder Drachen steigen.

Laura geht zum Schreibtisch und holt eine Banknote aus dem Portemonnaie. Sie gibt sie dem Pagen und erntet einen anerkennenden Blick, der nicht nur dem Trinkgeld gilt. Grüntöne haben schon immer ihre Blässe und das rote Haar hervorgehoben, und die dekolletierte Chiffontunika von Pucci und der in A-Form geschnittene Rock im Stil der Siebziger bringen ihre Figur zur Geltung. Nach drei Tagen fast ohne Essen ist sie vielleicht sogar ein wenig mager, ihre Wangenknochen treten deutlicher hervor und machen ihr Gesicht etwas kantiger, nehmen ihm die Weichheit, die es in den ersten Jahren ihrer Ehe bekommen hat. Ihre Augen sind vom Weinen noch in Mitleidenschaft gezogen und etwas aufgeschwemmt, aber alles in allem ist sie eine attraktive Frau, die man bei schmeichelhafter Beleuchtung gut zehn Jahre jünger schätzen würde.

Gerade als der Page die Zimmertür öffnet, erscheint auf dem Flur die Hausdame. »Guten Morgen, Mrs Slasher. Dies ist für Sie angekommen.«

Auf ein Nicken von Laura hin betritt sie die Suite. Sie überreicht ihr einen Briefumschlag, und beim Betrachten der Adresse, geschrieben in Hectors Handschrift, gerät die Fassade, die Laura gerade so sorgfältig unter aufwändigem Einsatz von Couture und Kosmetik aufgebaut hat, ins Taumeln. »Danke«, sagt sie und sinkt in den Sessel am Frühstückstisch.

Die berufsbedingt feinfühlige Hausdame zieht sich zurück.

Mit einem Mal wieder todmüde betrachtet Laura den Briefumschlag, und es kostet sie Anstrengung, sich dazu zu bringen, ihn zu öffnen. Sie lässt eine Minute verstreichen, bevor sie es tut.

Liebe Mrs Slasher,

entschuldige, dass ich mich melde, ich weiß, dass Abstand jetzt das Beste für uns ist. Ich hätte Lucille nicht um Deine Anschrift gebeten, wenn nicht der beiliegende Brief an Dich in der Post gewesen wäre. Er sieht offiziell aus, und ich wollte sichergehen, dass er Dich erreicht.

In Liebe,
Mr Slasher

Es fällt ihr schwer, die Tränen zurückzuhalten, aber es gelingt. Bis sie den Brief zur Seite legt und ein weiteres Stück Papier aus dem Umschlag zieht. Mit Aquarellfarben hat ihr Mann den Kopf eines Fuchses gemalt. Die Zeichnung ruft ihr einen Tag vor sieben Jahren so plastisch und unmittelbar in Erinnerung, dass sie gefallen wäre, wenn sie gestanden wäre. Darunter hat er einen Satz geschrieben.

Ich dachte an Dich und malte einen Fuchs.

Tiefer im Inneren hätte er sie nicht treffen können.

Warum tun wir denjenigen weh, die wir lieben? Warum verlassen wir den Menschen, den wir lieben? Weshalb nehmen wir hin, dass etwas vorbei ist, das vielleicht noch zu retten ist? Weshalb zählen die Jahre des Kampfes gegen die Distanzierung plötzlich nichts mehr? Weil er eine Erinnerung an den Tag gemalt hat, an dem sie zusammengekommen sind.

Und auch wenn sie lange Zeit weinend auf dem Sofa sitzen bleibt und den anderen Brief, der sich noch im Umschlag befindet, völlig vergisst, ahnt Laura, dass die Resignation, die sie verspürt hat, einem anderen Gefühl Platz macht. Einem Gefühl, das für die etwas jüngere Laura charakteristisch war. Entschlossenheit. Unerschütterlicher Optimismus. So schnell würde sie sich nicht geschlagen geben. Sie würde sich den Slasher zurückholen, den sie vor sieben Jahren kennengelernt hat. Vielleicht noch nicht heute oder morgen. Vielleicht würde er begreifen, was er verloren hatte, wenn er begann, sie zu vermissen. Als sie dies ahnt, sich versichert, das Ahnen zum Begreifen prügelt, muss sie lächeln.

Am vierten Tag nach ihrer Trennung findet Laura Slasher die Hoffnung wieder. Und mit der Hoffnung die Zuversicht. Nicht schlecht, oder?

Kapitel 3

Den Tag verbringt sie auf der Heath, die blasse Haut geschützt von einem Sonnenschirm, die verheulten Augen hinter einer überdimensionierten Sonnenbrille verborgen. Von der Parkbank auf dem Gipfel eines Hügels hat sie einen atemberaubenden Blick über die Wiesen und auf die Skyline von London. Sie hat ihren Lieblingsroman von Douglas Coupland dabei, als Proviant Obst und Käse, einen Chablis aus der frisch aufgefüllten Minibar und Mineralwasser. Zum Lesen kommt sie nicht, stattdessen schickt sie über ihr Mobiltelefon E-Mails an die wenigen Freunde und Familienangehörigen, um sie von ihrem neuen (in Bearbeitung befindlichen) Beziehungsstatus und temporären Aufenthaltsort in Kenntnis zu setzen. Zwischendurch versucht sie, nicht ins Sinnieren zu kommen. Sie ist noch nicht bereit, sich den Fragen zu stellen, die die nahe und ferne Zukunft mit sich bringt. Dieser Tag gehört dem Loslassen und dem Fallenlassen.

Das Grün der Landschaft tut ihren Augen gut. Die Gesprächsfetzen von Passanten und das Lachen spielender Kinder liefern eine willkommene Ablenkung von der emotionalen Anstrengung der vergangenen Tage. Sie beobachtet die Menschen, alte Damen mit gesundem Schuhwerk, Mädchen in zu engen Jeans, Pärchen in allen Altersstufen, schwitzende Läufer, die sich mit der Musik in ihren Kopfhörern von den Strapazen des Laufs ablenken. Allein unter Menschen zu sein ist ihr nicht neu, sie hat es nur lange nicht erlebt.

Am Spätnachmittag packt sie ihre Sachen zusammen und macht sich auf den Weg zurück ins Hotel. Der Concierge reicht ihr die Schlüsselkarte. »Es sind zwei Anrufe für Sie eingegangen, Mrs Slasher. Beide von einem Mr McGrath. Er wird es später noch einmal versuchen.«

Der Name McGrath sagt ihr nichts, wahrscheinlich handelt es sich um eine Verwechslung. Außer Lucille, Hector und den Freunden, die sie am Nachmittag kontaktiert hat, weiß niemand, wo sie sich gerade aufhält. Auf ihrem Zimmer angekommen, stellt sie ihre Tasche ab und geht zum Schreibtisch, wo Hectors Aquarell liegt. Sie nimmt es, um es noch einmal eingehend zu betrachten. Da fällt ihr Blick auf den Briefumschlag, und sie erinnert sich an den Brief, den Hector an sie weitergeleitet hat.

Der Umschlag sieht sehr amtlich aus: festes Papier in hellem Blau, ein wappenähnliches Emblem oben links, zwei Schlangen, die sich um ein mittelalterlich aussehendes Tor schlängeln, auf dem ein Rabe thront. Die Linie, die die Schlangen beschreiben, gleicht fast einem stilisierten Herz. Darunter auf einer Banderole der Schriftzug »McGrath & Son« und eine Adresse in der Londoner Carlton House Terrace. Der Name sagt ihr immer noch nichts, aber sie fragt sich, wie McGrath und Sohn es geschafft haben, nicht nur ihre Heimatadresse, sondern auch ihren Londoner Aufenthaltsort ausfindig zu machen. Neugierig und ein wenig irritiert öffnet sie den Umschlag und holt den handgeschriebenen Brief heraus.

Sehr geehrte Mrs Slasher,

es wird Sie überraschen, möglicherweise befremden, von einem Unbekannten angeschrieben zu werden, aber lassen Sie sich versichern, dass es sich um einen Unbekannten mit den besten Absichten handelt.
Meine Organisation und ich haben vor einigen Jahren die Geschehnisse in Ashby House verfolgt, die in Ihnen vermutlich diverse Fragen aufgeworfen haben, auf die eine Antwort zu finden nicht ganz einfach ist. Möglicherweise haben Sie nach den Erlebnissen Veränderungen in Ihrem Leben festgestellt, die ebenfalls beunruhigend oder fremd auf Sie wirken mögen. Wenn ich auch nicht versprechen kann, all diese Fragen zu Ihrer Zufriedenheit zu beantworten, möchte ich dennoch die Gelegenheit nutzen, Sie zu einem Gespräch einzuladen.
In Hoffnung auf eine positive Rückantwort verbleibe ich hochachtungsvoll und mit den besten Grüßen

Ihr Abraham McGrath

Ashby House – die wenigen Tage, die sie in dem unheimlichen Gemäuer verbrachte, sind in vielerlei Hinsicht lebensverändernd gewesen. Nicht nur wäre sie Hector nie begegnet, sie hätte auch nicht die Erfahrungen gemacht, die ihr Weltbild niederwalzten und einen kompletten Neuaufbau forderten. Ihre Schwester Lucille war von dem Haus verschluckt und wieder ausgespien worden, es hatte Tote gegeben. Wesen, von denen man gedacht hatte, sie wären lange verstorben, waren zurückgekehrt. Steerpike, ihr Vertrauter, der beinahe so etwas wie ein Freund geworden war, war in diesem Haus umgekommen, das sich schließlich selbst zerstörte und mit einem martialischen Lärm zur Hölle fuhr.

Manchmal träumt sie noch von Ashby House, und es sind Nächte, in denen sie mit klammem Schweiß aus dem Schlaf hochfährt. Einiges von dem, was sich im Haus abgespielt hatte, war an die Öffentlichkeit gedrungen. Vieles behielten die Überlebenden jedoch für sich – zu absurd und surreal war das Erlebte, zu schwer zu begreifen und zu kompliziert zu vermitteln.

Selbst wenn der Mann, mit dem sie verheiratet ist, jeden Tag aufs Neue Beweis für die Geschehnisse in Ashby House und das weiter gefasste Bild ihrer Wirklichkeit ist – Laura findet es noch immer schwierig, die Vorkommnisse als real zu betrachten, scheinen sie doch in einem Alptraum viel besser aufgehoben.

Der Name des Hauses, von einem Fremden auf Papier gebannt, ruft ein Gefühl tiefer Unbehaglichkeit, Bedrängnis, Furcht und Trauer in ihr hervor. Und wenn auch der Ton des Briefes freundlich und zuvorkommend ist, der Inhalt neugierig macht – die Eile und Ungeduld, mit der McGrath sie in ihrem Hotel aufspürt und anruft, wirkt alles andere als angemessen. Die Mischung aus Neugierde und Bedrängnis bringt Laura an einen unangenehmen Punkt in ihrer Erinnerung, direkt zurück nach Ashby House. Sie mag dem Haus entkommen sein, doch seine Macht ist noch immer stark. Ein Teil des Hauses lebt in ihr fort.

Sie hebt erst nach dem vierten Klingeln ab.

»Ein Mr McGrath für Sie.«

Sie ist nicht überrascht. »Sie können ihn durchstellen.«

»Mrs Slasher? Abraham McGrath. Sehr erfreut, Sie am Telefon zu haben.«

Sein kultivierter britischer Akzent und die unaufgeregte, warme Stimme erinnern sie an Spielfilme aus den Vierzigern. Sie sieht einen Mann vor sich, in einer Hand einen Gehstock mit Silberknauf und mit einem Hausmantel über dem perfekt sitzenden Anzug.

»Mr McGrath, hallo! Ich habe Ihren Brief heute erst bekommen.«

»Das dachte ich mir. Als ich erfahren habe, dass Sie in London sind, habe ich mir erlaubt, den direkten Kontakt zu suchen, da ich nicht weiß, wie lange Sie sich hier aufhalten, und ich die Gelegenheit nicht verstreichen lassen wollte, Sie zu treffen.«

»Woher wissen Sie, dass ich hier bin? Haben Sie mit meinem Mann gesprochen?«

»Wir haben unsere Mittel und Wege, Mrs Slasher, aber es besteht für sie kein Grund zur Besorgnis. Ich hoffe, Sie empfinden mein Verhalten nicht als aufdringlich?«

»Ehrlich gesagt –«

»Nun, wie ich in meinem Schreiben bereits andeutete – ich glaube, dass wir beide von einem Treffen profitieren könnten. Darf ich Sie morgen bei uns zum Tee begrüßen?«

»Mr McGrath, ich weiß nicht. Sie werden verstehen, dass ich mich etwas überrumpelt fühle.«

»Gewiss, das ist nachvollziehbar. Nichtsdestotrotz gibt es einiges, das Sie über Ashby House und Ihre Rolle dort erfahren sollten. Es soll nicht zu Ihrem Schaden sein, ganz im Gegenteil, meine Liebe, ganz im Gegenteil.«

Meine Liebe! Aus seinem Mund hört sich das nicht einmal herablassend an, sondern wie ein Höflichkeitsrelikt. Anachronistisch und trotzdem passend. Charmant. Ein Gentleman. »Sie machen es spannend, Mr McGrath, aber ich will ganz ehrlich zu Ihnen sein. Die Zeit in Ashby House ist etwas, an das ich mich nicht gern erinnere. Und noch weniger möchte ich darüber mit einem Unbekannten sprechen, sei es auch ein Unbekannter mit guten Umgangsformen und einer äußerst angenehmen Telefonstimme.«

»Das, Mrs Slasher, ist einer der Gründe, weshalb ich mich entschlossen habe, mit Ihnen in Kontakt zu treten: Ihre Diskretion, was die Vorkommnisse anbelangt. Geben Sie sich einen Ruck, und tun Sie einem alten Mann einen Gefallen. Sie haben nichts zu verlieren als ein paar Stunden an einen alten Knacker, der selten Anlass hat, einen Nachmittag mit einer so außergewöhnlichen, attraktiven Frau zu verbringen. Hm? Was sagen Sie?«

Sie betrachtet sich im Spiegel über dem Schreibtisch. Das Telefon in der linken Hand, mit der rechten gedankenverloren an einer Haarsträhne spielend. Um den Finger gewickelt. »Carlton House Terrace?«

»Morgen, 16 Uhr?«

»Bis dann.«

Von der U-Bahn-Station Charing Cross ist es ein längerer Spaziergang. Sie geht den Strand entlang über den Trafalgar Square, die Cockspur Street und Pall Mall und dann links in die Carlton Gardens, die in der Carlton House Terrace enden. Es handelt sich um ein Gebäude, das sich über die gesamte Länge der kleinen Straße erstreckt und in separaten Hauseingängen mehrere Mietparteien beheimatet. Darin untergebracht sind unter anderem das Royal College of Pathologists und das Institute of Contemporary Arts. Der Eingang zu McGrath & Son ist etwas zurückgesetzt, direkt neben der Royal Society. Es ist ein helles, freundliches Gebäude mit drei Stockwerken, vornehm, aber nicht protzig. Laura betätigt die Türklingel, über der das Emblem mit den Schlangen, dem Raben und dem Tor angebracht ist, und schon wenige Sekunden später wird ihr geöffnet.

Es ist McGrath selbst. Sein Äußeres passt zu seiner Stimme, auch wenn er weder Hausmantel noch Gehstock trägt. Er ist hager und sehr groß, vermutlich fast zwei Meter. Sein Alter ist schwer zu schätzen – er könnte Anfang sechzig sein oder auch ein sehr gut erhaltener Fünfundsiebzigjähriger. Sein weißes, volles Haar trägt er recht lang, es hängt bis über den Kragen seines sommerlich beigefarbenen Leinenanzugs, darunter trägt er ein weißes Hemd ohne Krawatte.

Er lächelt gewinnend und streckt ihr die Hand entgegen. »Sehr erfreut, meine Liebe, treten Sie ein!«

Laura lächelt zurück, schüttelt seine Hand und betritt den Raum, der wie der Rest der Räumlichkeiten mit dickem bordeauxrotem Teppich ausgelegt ist. Die Wände sind mit zartgelber Seidentapete mit Fleur-de-Lys-Muster tapeziert. Der Empfangsraum wirkt freundlich und auf dezente Weise nobel. Laura fällt ein Fotoshooting in der Französischen Botschaft in Berlin ein, bei dem sie ihrer Schwester assistiert hat. Diese Sängerin, der man einen Orden verliehen hatte …

»Lassen Sie uns in die Bibliothek gehen, der Tee ist schon vorbereitet.«

Die Bibliothek befindet sich im ersten Stock und blickt aus zwei Fenstern auf die Grünfläche der Carlton Gardens. Fast alle Wände sind mit deckenhohen Regalen ausgestattet, auf der rechten Seite des Raumes befindet sich ein offener Kamin, an der Kopfseite vor den Fenstern steht ein großer Schreibtisch, und in der Mitte, auf einem prächtigen, farbenfrohen Perser ist um einen flachen Tisch herum eine kleine beigefarbene Sitzgruppe mit zwei Sesseln und einem bequem aussehenden Sofa arrangiert.

Entzückt stellt Laura fest, dass es traditionellen englischen Tee gibt. Auf einer Etagere sind diverse Häppchen angerichtet: duftende Scones, dazu clotted cream und Marmelade, Kresse-Sandwiches, Malz- und Früchtebrot und frische Butter.

»Nehmen Sie Platz!«, fordert McGrath sie auf, und sie setzt sich auf das Sofa und beobachtet, wie er souverän Tee einschenkt und ihr eine weiße Stoffserviette reicht, bevor er sich ebenfalls bedient und in einem der Sessel niederlässt. »Ich hoffe, ich habe Sie nicht allzu sehr überrumpelt.«

»Das kann man so nicht sagen«, erwidert sie.

Er schenkt ihr ein breites Lächeln. »Umso mehr freue ich mich, dass Sie sich auf den Weg zu mir gemacht haben.«

»Sie haben meine Neugier geweckt.«

»Neugier ist etwas Wunderbares. Ein Ausdruck von Wissbegier und deshalb unbedingt zu begrüßen.«

»Das schwarze Schaf in der Familie der Wissbegier.«

»Der kleine, noch etwas unvorsichtige Bruder. Darf ich fragen, was Sie nach London führt?«

Sie überlegt. Hält es für nicht angemessen, ihre Privatsituation zu erörtern. »Als ich aus St. Just in Penzance ankam, hatte ich das Gefühl, noch nicht weit genug entfernt von Cornwall zu sein. London erschien mir am naheliegendsten, aber es hätte im Grunde auch jeder andere Ort sein können. Ich bin gerade etwas ziellos.«

»Was halten Sie von Berlin?«

»Berlin? Ich konnte mir noch kein genaues Bild von Berlin machen, ich war nur einmal da. Sicherlich eine spannende Stadt. Weshalb fragen Sie?«

»Dazu später mehr. Vielleicht sollte ich Ihnen erst einmal erklären, weshalb ich Sie zu mir eingeladen habe.«

»Sehr gern. Ich bin gespannt!« Sie legt einen Arm auf die Sofalehne und schaut ihn erwartungsvoll an.

»Wie ich am Telefon bereits andeutete: Meine Organisation und ich haben die Ereignisse in Ashby House interessiert verfolgt. Oder sagen wir besser: alarmiert verfolgt. Wie Sie wahrscheinlich wissen, gibt es bis heute keine amtliche Verlautbarung zu den konkreten Geschehnissen, aber ich glaube, sehr weit erahnen oder nachvollziehen zu können, was sich zugetragen hat. Möchten Sie es mir berichten, oder darf ich meine Vermutung äußern?«

»Wie gesagt, ich rede nicht gern über Ashby House. Warum sollte ich es jetzt tun?«

»Eine kluge Antwort. Die, die ich hören wollte.«

»Dann bin ich neugierig auf Ihre Rekonstruktion!«

»Wenn ich alle Berichte und natürlich auch die Gerüchte zusammenfassend betrachte, dann sieht es so aus, als sei Ihre Schwester im Haus verschwunden. In der Geschichte des Hauses war sie nicht die Erste und auch nicht die Letzte.« Er erhebt sich, geht zum Schreibtisch, öffnet eine Schublade, nimmt etwas heraus und kommt zum Tisch zurück. Er legt ein Foto neben Lauras Teetasse. Etwas zieht sich in ihr zusammen.

»Steerpike!«

»Ja. Unglücklicherweise.«

»Sie kannten Steerpike?«

»Wir haben gelegentlich zusammengearbeitet.«

»Ein unglaublicher Mann. Er fehlt mir.«

»Ja, ein schmerzlicher Verlust. Aber er wusste, worauf er sich einließ. Wenn es jemand wusste, dann er. Er war einer der fähigsten Männer, was Portale angeht.«

»Portale?«

»Mrs Slasher, nach Ihren Erfahrungen mit dem – nennen

wir es: dem Übernatürlichen, wie offen sind Sie, wenn es darum geht, Ihre Weltsicht zu überdenken?«

Unwillkürlich muss Laura an Hector, den Gestaltwandler, denken, hat aber nicht vor, ihn ins Gespräch zu bringen. »Sagen wir, ich weiß jetzt, dass es Dinge gibt, für die ich keine Erklärung habe, Dinge, die man eigentlich in einem Horrorfilm erwartet, aber nicht im eigenen Leben.«

Er betrachtet sie eine Weile schweigend. Es macht den Eindruck, als sammle er sich. »Dann möchte ich Ihnen sagen, dass Sie nur einen Bruchteil dessen gesehen haben, was möglich ist. Ein Spukhaus ist sicherlich kein Kinderspielplatz, aber Sie sind glimpflich davongekommen, alles in allem.«

»Was man von Steerpike nicht behaupten kann.«

»Das ist leider wahr.«

»Was genau meinen Sie mit Portalen?«

»Sie haben eines erlebt. Im Turmzimmer. Ein Ort, an dem sich Türen zu anderen Dimensionen öffnen.«

Obwohl sie dabei gewesen ist – allein seine Worte bringen das Gefühl des Schreckens und des Unglaubens zurück. Dass sie Zeugin eines Geschehens gewesen ist, das die Gesetze der Wissenschaft ignoriert und ad absurdum geführt hat. »Es fickt einem den gesunden Menschenverstand aus dem Leib.«

Er lacht auf. »So kann man es ausdrücken, ja. Und es ist deshalb so verwirrend, weil es äußerst selten geschieht. Würde es häufiger passieren, müssten wir es alle in unsere Lebenswelt integrieren.«

»Aber da dies nicht der Fall ist, würden sie einen für verrückt erklären, wenn man die Wahrheit sagt.«

»Für die Orientierung eines Durchschnittsmenschen ist es notwendig, klar gesteckte Grenzen zu haben, wissenschaftlichen Erkenntnissen vertrauen zu können. An ein *einziges* Universum zu glauben, uns linear zu orientieren.«

Sie verschränkt die Arme vor der Brust. »Es gibt mehrere, hm?«

»Unzählige.«

Sie seufzt. »Das hatte ich befürchtet. Und die Portale sind –«

Er unterbricht sie. »Risse. Unfälle. Es dürfte sie nicht geben. Ein verhängnisvoller Fehler im Design. Sie haben selbst erlebt, was geschieht, wenn sich eines öffnet. Es bringt Zeit und Raum durcheinander, es verschlingt Dinge, Menschen, und es lässt Wesen aus anderen Universen in unsere Welt ein.« Er schenkt ihr Tee nach, während er fortfährt. »Es eröffnet uns Orte, für die wir nicht ausgestattet sind. Ich würde so weit gehen anzunehmen, dass das christliche Bild der Hölle oder – gehen wir ruhig weiter zurück in der Geschichte – des Hades inspiriert sind von Erfahrungen, die unsere Vorfahren mit Portalen gemacht haben.«

Der Gedanke leuchtet ihr ein.

Bevor er ihr eine Frage stellt, beobachtet er sie eingehend. »Hat sich für Sie etwas verändert, nachdem Sie dem Portal so nahe waren?«

Sein freundlicher Blick verwandelt sich in etwas wie einen Röntgenblick. Mit einem Mal wirkt er nicht mehr wie ein netter alter Mann, sein Gesicht hat jetzt etwas Adlerhaftes.

»Ich verstehe nicht, was Sie meinen?«

»Haben Sie bestimmte Fähigkeiten, die Sie vorher nicht besessen haben?«

Sie ist irritiert, sie weiß nicht, worauf er hinauswill. »Was meinen Sie mit Fähigkeiten?«

»Fähigkeiten, für die man in unserer Welt keine wissenschaftliche Erklärung hat.«

Sie denkt wieder an Hector und seine Verwandlung in einen Spürhund.

»Nein, Ihr Mann ist nicht mit einem Portal in Berührung gekommen. Ihr Mann entstammt einem Portal.«

KAPITEL 4

Es liegt nun auf der Hand, welche Fähigkeit Abraham McGrath durch die Berührung mit einem Portal erworben hat. »Sie haben meine Gedanken gelesen!«

Er nickt, und sie runzelt die Stirn. »Keine Sorge, ich werde Sie nicht ausspionieren. Ich bin in der Lage, das ein- und auszuschalten, wie ich möchte.«

»Und Sie glauben, dass ich auch – ?«

»Es ist nicht nur im Bereich des Möglichen, es ist sogar sehr wahrscheinlich.«

»Aber ich –« Sie versucht, sich darauf zu konzentrieren, was in seinem Kopf vor sich geht.

Er lacht. »Nein, das muss nicht heißen, dass Sie Gedanken lesen können, es kann etwas ganz anderes sein. Ich habe einen Mitarbeiter, der telekinetische Fähigkeiten hat, und eine weitere Mitarbeiterin, die für das Löschen von Erinnerungen zuständig ist.«

»Moment, Moment. Ich komme kaum noch mit. Was haben Sie da über Hector gesagt? Er entstammt einem Portal? Sie meinen, er ist nicht von …«, sie wedelt mit den Händen und lässt den Blick durch den Raum wandern, »… von hier?«

»Er wird sich nicht mehr erinnern können, dazu ist er schon zu lange hier. Er war noch sehr jung, als er in unsere

Welt kam. Wir haben ihn in eine Familie gegeben, die mit den Umständen und seinen besonderen Bedürfnissen vertraut war.«

»Und was hat es mit dem Löschen von Erinnerungen auf sich?«

»Wie gesagt – unsere Welt würde aus den Fugen geraten, wenn wir den Bereich unserer Realität weiter fassen müssten und kein Verlass mehr wäre auf Zeit und Raum. Deshalb hat meine Organisation die Aufgabe übernommen, Portalereignisse zu verarzten. Wir spüren Portale auf, wir bemühen uns, sie wieder zu schließen, und wir kümmern uns um die Betroffenen. Das effektivste Vorgehen ist das abschließende Löschen von Erinnerungen bei allen Beteiligten.«

Sie steht von der Couch auf und beginnt, im Raum auf und ab zu gehen. »Aber angenommen, ich habe wirklich eine besondere Fähigkeit mitbekommen, wie kann es sein, dass ich die in all den Jahren nicht erkannt habe?«

»Ganz einfach, weil sie nicht danach gesucht haben. Sie machen sich keine Vorstellung davon, wie vielen es ähnlich geht. Und in den meisten Fällen ist das auch durchaus besser so.«

Sie bleibt stehen, dreht sich zu ihm um. Zwischen ihren Brauen steht eine steile Sorgenfalte. »Das ist alles ein bisschen viel gerade.«

»Ich verstehe. Aber ich weiß, dass Sie es verkraften werden. Sie haben Ashby House überlebt. Ich muss Ihnen nicht viel erklären, Sie haben es am eigenen Leibe erfahren.«

»Keine Erfahrung, die ich noch einmal machen möchte!«

»Betrachten Sie es als Chance.«

Sie bleibt stehen und schüttelt den Kopf. »Verraten Sie mir, weshalb Sie mich zu sich gebeten haben? Nicht nur, um mich aufzuklären, oder?«

Sein Adlerblick wird mit einem Mal wieder sanft. Mit einem väterlichen Lächeln spricht er den folgenschweren Satz aus: »Mein Team braucht Verstärkung.«

Sie hat keine Vorstellung gehabt, was bei diesem Treffen auf sie zukommen würde. Eigentlich hat sie dem Treffen nur zugestimmt, weil sie sonst nichts vorhatte. Sein Angebot übertrifft alle ihre Vorstellungen. Sie ist sprachlos.

»Ich erwarte keine sofortige Entscheidung, lassen Sie den Gedanken sacken. Ich kann Ihnen jedoch versprechen, dass sich diese Arbeit lohnt. Sowohl finanziell als auch für die eigene Befindlichkeit. Soweit ich weiß, sind Sie gerade – arbeitssuchend?«

»Ich habe mir, ehrlich gesagt, noch keine Gedanken gemacht.« Aber natürlich hat er recht. Über kurz oder lang würde sie sich einen Job suchen müssen. Mangels einer Ausbildung hat sie keine große Auswahl an Möglichkeiten, und die kollabierende Wirtschaft erhöht ihre Chancen auch nicht gerade. Zu ihrer Schwester zurückzugehen ist jedenfalls keine Option. Außerdem fühlt sie sich in Europa wohl, und die Vorstellung, wieder in die Staaten zu gehen, behagt ihr nicht.

»Denken Sie darüber nach. Ich kann Ihnen versprechen, dass die Tätigkeit äußerst lukrativ ist. Und abwechslungsreich. Sie werden reisen. Sie haben viel Freizeit zwischen den Aufträgen – natürlich bezahlt. Sie werden interessante Menschen treffen.«

»Weshalb glauben Sie, dass ich der Aufgabe gewachsen bin? Ich habe keine Ausbildung, ich habe nie studiert. Ich habe die meiste Zeit meines Erwachsenenlebens meiner Schwester auf der Tasche gelegen und die letzten sieben Jahre mit meinem Mann ein Lokal in Cornwall betrieben. Von Paralleluniversen habe ich höchstens mal in einem Roman gelesen. Und glauben Sie mir – ich habe keinen Schimmer davon, was in der Quantenphysik abgeht, das übersteigt meine Vorstellungskraft ganz erheblich.«

»Aber Sie haben Dinge erlebt, die über Ihre Vorstellungskraft weit hinausgegangen sind. Und Sie sind nicht eingeknickt.«

»Sie hätten mich erleben sollen. Ein Haufen Elend in einem Küchenmixer. So habe ich mich die meiste Zeit gefühlt.«

»Das mag alles stimmen, aber was Sie mitbringen, ist unverzichtbar.«

»Nämlich?«

»Erfahrung.«

»Wenn Sie Überleben als ausreichende Erfahrung betrachten ...«

»Sie haben es ausgehalten. Sie haben nicht den Verstand verloren. Und nicht zuletzt: Sie haben es überlebt. Ein guter Anfang.«

Die beiden schauen sich in die Augen, und es findet ein Austausch statt, der nichts mit Telepathie zu tun hat. Sie weiß nicht, ob es wieder einer seiner Tricks ist, aber sie hat den Eindruck, dass die Schwingung ihrer Seelen mit einem Mal für einen längeren Moment auf derselben Frequenz stattfindet. Ein gutes Gefühl. »Darf ich Sie etwas fragen?«

Er strahlt sie an und breitet die Arme aus. »Alles!«

»Warum wurden meine Erinnerungen nicht gelöscht?«

»Ich mag Ihre Fragen, Mrs Slasher. Ich mag sie sehr. Lassen Sie mich erklären. Zunächst einmal gab es ein praktisches Problem. Es war kein Herankommen an Sie. Nachdem sich das Haus abgeschottet hatte, bot sich mir keine Gelegenheit mehr, Miss Carter einzuschleusen. Miss Carter ist unsere Spezialistin für derlei Aufgaben, Sie werden sie, wenn Sie möchten, bald kennenlernen. Dann nahm der Fall plötzlich solche Dimensionen an, dass es zu spät schien, noch etwas zu vertuschen. Das Polizeiaufgebot. Die Presse, die Bericht erstattete und Gerüchte in die Welt setzte. Es war eine zu große Öffentlichkeit.«

»Und gegen eine große Öffentlichkeit können Sie nichts ausrichten.«

»Letztlich bauen wir in solchen Fällen auf die Skepsis derer, die solche Berichte verfolgen. Womit wir im Fall Ashby House richtiglagen. Warum soll man glauben, was in der Zeitung steht oder was uns die Kameras vorgaukeln? Hätten Sie geglaubt, was vorgefallen ist, wenn Sie es nicht selbst erlebt hätten?«

»Vermutlich nicht. Aber da waren die Fernsehbilder. Das Haus ist doch vor laufenden Kameras in Flammen aufgegangen.«

»Dennoch – wenn Sie das Archivmaterial heute Experten vorlegen, dann werden die es als Fälschung entlarven.«

Sie ist verwirrt. »Was es aber doch gar nicht war!«

»Sehen Sie – ein bisschen was konnte der alte McGrath letztlich doch ausrichten.«

Er lächelt sie offen an, und sie beschließt in diesem Moment, dass es besser ist, auf der Seite dieses Mannes zu stehen, als ihn zum Gegner zu haben. Nicht, dass sie ihn als feindselig empfindet. Als gefährlich vielleicht, aber mit gefährlichen Männern ist sie vertraut. (Es sind die langweiligen Männer, die sie als anstrengend erlebt, nicht die anspruchsvollen oder schwierigen. Eine Vorliebe, die einem das Leben nicht einfacher macht, aber für Abwechslung sorgt.)

»In den ersten Wochen gab es tatsächlich noch einen vagen Plan, Sie von den Erinnerungen zu erlösen.«

»Sie wollten mich aufspüren und mir das Gehirn waschen?« Die Vorstellung hat etwas Amüsantes.

»Ein vager Plan, sehr vage. Der mit der Zeit immer weiter in den Hintergrund trat. Stattdessen beobachteten wir die Entwicklungen eine Weile aus der Ferne, und was wir sahen, schien sich plötzlich perfekt ins Große Bild einzufügen.«

»Was genau meinen Sie, wenn Sie vom Großen Bild sprechen?«

»Meine Vorstellung davon ist noch nicht ganz so, dass ich sie in Worte fassen könnte. Aber ich glaube, nein, ich bin sogar der festen Überzeugung, dass unser heutiges Treffen ebenfalls im Sinne dieses Großen Bildes ist. Und wenn Sie, liebe Laura, ganz ehrlich zu sich selbst sind, wenn Sie tief in sich hineinspüren, dann fühlen Sie es auch. Habe ich recht?«

Als sie Richtung U-Bahn geht, ist sie benommen. (Rufen wir uns in Erinnerung, dass es noch keine Woche her ist, dass Laura Slashers Leben sich von einem Tag auf den anderen verändert hat. Die meiste Zeit nach der Trennung hat sie heulend im Hotelbett verbracht. Und am zweiten Tag, an dem sie wieder in die Öffentlichkeit geht, macht ihr ein Fremder bewusst, dass Lebensentscheidungen anstehen. Bietet ihr einen Job an. Einen ungewöhnlichen vielleicht, aber einen intererssanten. Und einen gut bezahlten.)

Abraham McGrath gefällt ihr. Ihr gefallen seine Umgangsformen, sein Erscheinungsbild und seine Ausstrahlung. Aber entscheidend für die Sympathie, die sie verspürt, ist der Moment gewesen, in dem er ihre Seele auf seine Seelenhöhe emporgehoben hat und sie dort eine Weile glücklich mit seiner schwingen durfte. In diesem Moment hat sie gespürt, dass McGraths Absichten ehrenhaft sind und er ein verlässlicher Mann ist. Auch wenn ihr klar ist, dass ein

Mann, dessen Geschäft darin besteht, zu vertuschen und zu verheimlichen, mehr als das eine oder andere Geheimnis hat. So viel zur emotionalen Seite. Was die Ratio anbelangt: Sie ist nicht in der Position, ein Jobangebot auszuschlagen. Und auch wenn sie vorgegeben hat, ein wenig Zeit für ihre Entscheidung zu brauchen, ist diese längst gefallen.

Es ist der erste Abend in London, an dem sie sich das Essen nicht aufs Zimmer bringen lässt, sondern im Restaurant speist. Die Brasserie neben dem Criterion Theatre am Piccadilly Circus ist schon immer einer ihrer liebsten Aufenthaltsorte in London gewesen, seit sie in den frühen Neunzigern mit ihrer Schwester in der Stadt war, um Prinzessin Diana für die »Vanity Fair« zu fotografieren. Natürlich ist Piccadilly Circus ein Touristenzirkus, aber die Brasserie mit den palasthohen neobyzantinischen Marmorwänden und den Palmen zwischen den Bistro-Tischen verströmt ein Flair, das sie an das England des späten 19. Jahrhunderts erinnert, als Wilde seine Stücke, Gedichte und Erzählungen verfasste, Theatermann Bram Stoker seinen »Dracula« ersann, Jack the Ripper in den Armenvierteln mordete und Jekyll die Kontrolle über Hyde verlor. Die Zeit, in der Königin Victorias Trauer über den Tod ihres Albert ein ganzes Land, mehr noch: ein ganzes Imperium in die Morbidität trieb. Wenn Laura in den Raum schaut und die Gäste ausblendet, dann erstehen vor ihrem inneren Auge Bilder von Damen in üppig wallenden Roben aus Seide, Samt und Spitze, behängt mit schweren Juwelen, das Haar kunstvoll hochgesteckt, mit behandschuhten Händen an Taschentüchern nestelnd. Daneben Gentlemen in Uniform oder Cut, deren pomadeglänzendes Haar mit den polierten Stiefeln um die Wette funkelt, die sich verneigen und die Hacken knallen lassen, wie sie es einmal in einem Film mit Marilyn Monroe gesehen hat.

Das Gespräch mit McGrath geht ihr nicht aus dem Kopf. Noch immer hat sie das Gefühl, dass er ihr vielleicht nicht gerade das Hirn gewaschen, jedoch einen Einfluss auf sie ausgeübt hat, der über normale menschliche Überzeugungskraft hinausgeht. Als jemand, der Film- und Musikstars im Bekanntenkreis hat, glaubt sie, heute den charismatischsten Menschen getroffen zu haben, dem sie je begegnet ist, und das schließt ihren Mann ein, dem sie auf Anhieb verfallen war. Bei Hector hatte sie sich gefühlt wie ein Reh, das erstarrt, wenn es Autoscheinwerfer auf sich zurasen sieht. Bei McGrath war es eher, als singe die Schlange Ka für sie und als sei sie selbst eine Schlange, eine junge – nun ja, nicht mehr ganz so junge –, die von der alten Schlange noch viel würde lernen können.

Sie lässt den Blick durchs Restaurant schweifen und betrachtet die anderen Gäste. Er hatte von Fähigkeiten gesprochen, die der Kontakt mit dem Portal möglicherweise in ihr hervorgebracht hatte, und sie fragt sich, welche Fähigkeiten das wohl sein könnten. Sie versenkt ihren Blick in das Gesicht einer gepflegten amerikanischen Mittfünfzigerin am Tisch gegenüber wie ein Vampir seine Zähne in den Hals seines Opfers. Sie zieht. Nichts kommt. Vielleicht fehlt ihr nur das Knowhow oder die Praxis? Vielleicht kann auch sie Gedanken lesen, also versucht sie es mit dem asiatischen Begleiter der Dame. Vielleicht kann sie Gedanken lesend herausfinden, was einen Mann dazu bringt, sich mit einem so scheußlichen Parka in der Öffentlichkeit zu zeigen. Sie konzentriert sich mit aller Macht auf ihn. Nichts. Außer einem irritierten Blick der Amerikanerin, die sich sicher nicht zu Unrecht fragt, weshalb die Rothaarige am Tisch gegenüber ihren Begleiter so anstiert. Ertappt, versucht Laura die Situation mit einem Lächeln zu retten, aber diese Verständigung von Frau zu Frau funktioniert selten bei ihr. Sie schlägt die Augen nieder und schüttelt kurz den Kopf, um sich zu sammeln.

Der Tisch neben ihr ist unbesetzt. In der Mitte des Tisches steht ein Kerzenständer, bestückt mit einer jungfräulichen weißen Tafelkerze. Ihr fällt ein Roman ein, den sie als Jugendliche gelesen und geliebt hat – Stephen Kings »Feuerkind«. Okay. Vielleicht klappt ja das. Sie bündelt ihre Gedanken und schickt einen Feuerball. Die Kerze bleibt unbeeindruckt. Und aus. Sie atmet tief durch, zieht die Luft ein bis in den Solarplexus, an dem sie sich eine kleine innere Sonne vorstellt, wie sie es einmal bei einem albernen Chakra-Meditationsseminar (nach einer halben Stunde abgebrochen) auf dem Burning-Man-Festival gelernt hat. Sie aktiviert die innere Sonne, zieht sie beim Ausatmen empor, stößt sie aus. Der Kerze könnte es egaler nicht sein. Bei der Vorstellung, wie es wäre, wenn alle Alleinspeisenden in Restaurants ihre Zeit damit verbringen würden, ihre Superfähigkeiten zu prüfen, muss sie kurz auflachen und erntet einen weiteren rügenden Blick vom Tisch gegenüber. Dieses Mal dreht sich auch der asiatische Begleiter um und betrachtet sie kritisch.

Vielleicht ist es tatsächlich besser, erst einmal mit nichtlebenden Objekten zu trainieren, doch weder gelingt es ihr, die Tischdecke durch Gedankenkraft zu bewegen, noch, einen Stuhl zu verrücken. Dann fällt ihr die Gabe des Erinnerungen-Löschens ein. Doch als sie den Kellner heranwinkt und ihn bittet, ihr die Rechnung zu bringen, und er es innerhalb von zwei Minuten auch tatsächlich tut, gibt sie sich zunächst geschlagen.

Bevor sie zu Bett geht, schaut sie sich einen Film an, den Hector ihr zum Geburtstag geschenkt hat. Auf etwas Erheiterndes hoffend, wählt sie »Mary und Max«, einen Animationsfilm, in dem ein kleines australisches Mädchen einen dicken, unglücklichen Asperger-Patienten in New York zu ihrem Brieffreund macht, den Tod ihrer Eltern erlebt und später von ihrem – wie sich herausstellt – homosexuellen Mann verlassen wird. Sie verfasst ein Buch über Asperger, woraufhin ihr Brieffreund sie gekränkt verstößt, wird erst Alkoholikerin und versucht dann, sich mit dem Strick das Leben zu nehmen (und das ihres ungeborenen Kindes, von dem sie zu diesem Zeitpunkt allerdings nichts weiß), was gerade noch vereitelt werden kann von einem klaustrophoben Nachbarn, der zu diesem Zweck das erste Mal seit Jahren sein Haus verlässt. Glücklich gerettet und als junge Mutter beschließt sie, sich mit Max in New York zu versöhnen. Als sie an sein Apartment klopft und niemand öffnet, tritt sie ein und findet ihn tot vor. All das in animiertem Plastik! Sie fragt sich, wie viele Eltern nichtsahnend das Leben ihrer Kinder mit diesem Film ruinieren, weil sie ihn für eine Art neuen Disney halten. Doch auch bei ihrer Generation und den vorhergehenden wurde mit »Schneewittchen« und »Hänsel und Gretel« nicht allzu viel Schaden angerichtet, wenn man von einer lebenslangen Fixierung auf Jugend und Schönheit einmal absieht.

In Anbetracht ihrer Erfahrungen mit dem Paranormalen kann sie sich nicht entscheiden, welche Angst schwerer zu bewältigen ist: die vorm Altern, Gebrechlichwerden und Sterben oder die vorm Universalchaos. Was sie angeht, sind diese beiden nun vermutlich gleichberechtigt.

Die Stunden vor dem Einschlafen verbringt sie damit, darüber zu grübeln, was Hector ihr mit diesem Film hatte sagen wollen. Aber da das Innenleben ihres Mannes nicht nur zugesperrt, sondern förmlich verbarrikadiert ist, sind solche Gedanken müßig. Ihr vorletzter Gedanke vorm Einschlafen ist, dass der Plan, sich für ihn rarzumachen, das Einzige ist, was momentan für sie arbeiten kann. Schließlich versucht sie halbherzig, per Gedankenkraft den Fernseher auszuschalten, verdammt, und greift dann doch zur Fernbedienung.

Kapitel 5

Ja, verdammt. Es ist ver*dammt* entspannend. Ruhiger. Keine prüfenden, fragenden, besorgten Blicke. Keine ständige stumme Warnung oder Mahnung. Keine Sonderbehandlung. Kein »Was kann ich für dich tun?«, kein »Solltest du nicht …?«, kein »Hast du deine Medikamente genommen?«, und vor allem kein »Nein, jetzt nicht, ich habe meine Medikamente genommen«.

Entspannend. Ruhiger. Ver*dammt*. Besser für beide. Viel besser. Aber warum sind alle Menschen um ihn herum plötzlich sauer auf ihn? Sie müssen doch sehen, dass es für alle Beteiligten das Richtige gewesen ist. Er wollte endlich nicht mehr als Opfer gesehen werden. Opfer der Umstände, Opfer einer Krankheit. Hirnschlag, geschorener Kopf, menschliches Gemüse.

Das erste Mal seit seiner Genesung schauen ihn die Gäste, Freunde und Nachbarn nicht mehr mit diesem besorgten Blick an, sondern anders. Einige schütteln den Kopf, andere ziehen die Augenbrauen zusammen. Ein betrunkener Stammgast hatte ihn als Vollidiot bezeichnet, bevor Slasher ihn eigenhändig aus dem »Star Inn« auf die Straße setzte. Nicht ohne ein Handgemenge vorher. Nachdem Hector ihn vom Barhocker gehoben hatte, stieß er ihn mit beiden Händen gegen die Wand, sodass ein Bild zu Bruch ging. Seine innere Stimme war plötzlich ihre Stimme: »Beruhige dich, reg dich nicht auf! Streng dich nicht an! Pass auf dich auf, Hector!« Unausgesprochen, aber auch in ihrer Stimme: Es kann jederzeit wieder passieren. Verdammt, selbst wenn sie weg war, war sie da.

Hätte Hector zu diesem Zeitpunkt noch einen besten Freund gehabt, wäre es an der Zeit gewesen, Hector zur Seite zu nehmen und ihm zu sagen, dass es nicht die Beziehung war, die ihn unter Druck setzte, sondern dass der Druck in seinem Kopf war. Pech für Hector und auch Pech für Laura, dass seine Ehefrau sein bester Freund geworden war. Anzuerkennen, dass die Schwachstelle er war und nicht eine Schwachstelle in einer Hirnarterie in seinem Kopf – dazu war er noch nicht stark genug.

»Schön, deine Stimme zu hören. Wie geht es dir?«

»Viel zu tun, aber besser, als keine Aufträge zu haben. Ich hoffe, es ist in Ordnung, dass ich Hector deine Hoteladresse gegeben habe. Er erschien mir sehr aufgeräumt und vernünftig.«

»Aufgeräumt ist er. Das ist nicht sein Problem. Und jetzt hat er ja auch eine Last weniger in seinem Leben.«

»Sei kein Arschloch, Laura. Ihr habt es wirklich nicht leicht gehabt.«

»Aber weißt du, wie es sich anfühlt, wenn jemand immer wieder sagt: ›Ich halt's nicht aus! Ich kann damit nicht umgehen!‹«

Lucille Shalott schnauft verächtlich. »Das habe ich auch schon ein oder zwei Mal gehört. Was will man tun?«

»Man möchte ihn schütteln und sagen: ›Dann *komm* gefälligst klar, ver*dammt*, was glaubst du, was *ich* gerade tue?‹«

»Du hörst dich schon an wie er.«

»*Verdammt.*«

»Da hast du's.«

»Ach, lass uns nicht mehr von ihm sprechen.«

»Was gibt es sonst Neues? Und was hatte es mit diesem wichtigen Brief auf sich?«

»Spannende Entwicklung. Ich habe ein Jobangebot bekommen.«

»Lass mich raten –«

»Sei vorsichtig, ich bin nicht in der Stimmung für deinen Sarkasmus.«

»Das ist ein schlechtes Zeichen, wenn du nicht einmal mehr in Stimmung für einen kleinen Schlagabtausch bist.«

»Habe ich behauptet, dass es mir gerade gut geht?«

»Also erzähl. Was ist das für ein Job?«

»Ich weiß nicht, ob ich darüber reden darf. Aber es steht in Zusammenhang mit unseren Erlebnissen in Ashby House.«

»Ach. Bist du sicher, dass du etwas tun möchtest, das in Verbindung mit diesem Höllenhaus steht?«

Laura überlegt. McGrath hat ihr das Projekt so schmackhaft gemacht, dass sie die existentielle Bedrohung, der sie damals ausgesetzt war, in den Hintergrund gedrängt hat. Es tut gut, mit ihrer Schwester zu reden, die denselben Schrecken erlebt hat. »Ich habe nicht viele Optionen. Und es hörte sich irgendwie – glamourös an. Du hättest die Wohnung sehen sollen. Und McGrath. Es war alles sehr nobel, wie damals in der Französischen Botschaft. Weißt du noch?«

»Ja, sicher. Als wir die Fotos mit der Caven gemacht haben. Wie, sagst du, heißt der Mann?«

»Er heißt McGrath.«

»McGrath. Vielleicht höre ich mich bei meinen britischen Freunden einmal um.«

»Wenn du meinst. Aber ich glaube, ich kann dem Mann vertrauen.«

»Der Mann, dem man vertrauen kann, muss noch geboren werden«, sagt Lucille. »Aber alles ist gut, das dich ein bisschen von Hector ablenkt. Wer hätte gedacht, dass er so ein Weichei ist ...«

»Ich weiß nicht, ob Weichei das richtige Wort ist. Bei allem, was er durchgemacht hat.«

»Alles, was er durchgemacht hat, hast du auch durchgemacht!«

»Aber ich habe keine Titanschraube im Kopf. Ich musste nicht sprechen und lesen und schreiben neu lernen.«

»Das nicht, aber du bist in dieser Zeit bei ihm gewesen. Du bist bei ihm geblieben, hast ihn zwei Jahre lang aus dem Sumpf gezogen. Du hast ihn verdammt noch mal zurückgeholt, und er zieht den Schwanz ein, weil er es nicht ertragen kann, nicht der Stärkere zu sein. Du bist das zähere Biest, Laura.«

»Glaubst du, *das* ist es?«

»Ja, und ich glaube, es ist in den Chromosomen.«

»Ver*dammt*.«

Lucille muss lachen, und Laura stimmt ein.

»Ich muss los, kleine Schwester. Die Kids von ›Glee‹ als Disney-Schurken fotografieren.«

»Oh, wie schön! Ich liebe Kurt Hummel!«

»Ich werde es ihm ausrichten.«

»Sag ihm, ich will ihn adoptieren!«

»Das mache ich. Dann müsstest du auch nicht irgendeinen obskuren Job annehmen. Ich glaube, der Junge hat ausgesorgt.«

»Ich halte dich auf dem Laufenden. Und wenn es brenzlig wird, steig ich sofort aus.«

»Pass auf dich auf, kleine Schwester, versprichst du mir das?«

»Versprochen.«

»Und noch etwas.« Laura hört, wie sich Lucille in Los Angeles eine Zigarette anzündet. »Hol dir deinen Kerl zurück.«

Laura kommen die Tränen. »Versprochen.«

Aber sie wären nicht die Shalott-Schwestern, wenn es nicht noch einen Hieb gäbe. »Ihr habt einander verdient.«

McGrath und Sohn sind offenbar nicht nur gut im Löschen von Erinnerungen, sondern auch im Löschen von Spuren. Im Netz finden sich keinerlei Informationen über oder Hinweise auf die Aktivitäten der Organisation. Bei jeder anderen Firma wäre ihr das suspekt, hier scheint es jedoch Sinn zu machen. Wenn das Anliegen im Verheimlichen und Vertuschen paranormaler Phänomene besteht, dann ist es geradezu zwingend, verdeckt zu operieren. Dass Steerpike mit McGrath gearbeitet hat, bestärkt sie, sein Angebot anzunehmen.

Abraham McGrath bleibt einen Tag still, doch exakt achtundvierzig Stunden nach ihrem ersten Kontakt wird an der Rezeption ein Strauß Blumen für sie abgegeben – Tuberosen, violette und blaue Levkoyen, weiße Rosen –, zusammen mit einer Karte, die das McGrath-Wappen ziert, und einer Einladung zum Dinner am selben Abend.

Sie kleidet sich mit Sorgfalt und wählt ein klassisches schockrotes Kostüm im Stil der Sechziger, das Jäckchen mit Dreiviertelarm und einen Bleistiftrock, der im Stehen gerade noch die Knie bedeckt. Sie liebäugelt mit den funkelnden roten Ferragamo High Heels, die zu tragen sie noch keine Gelegenheit gehabt hat – die vergangenen Jahre hatten wenige Anlässe für glamouröse Couture geboten, was sie allerdings nicht davon abhielt, sie trotzdem zu kaufen. Stattdessen entscheidet sie sich für schlichte schwarze Louboutins, deren rote Sohlen perfekt den Farbton des Kostüms aufgreifen. Ihr Haar hat sie leicht antoupiert und hochgesteckt. Außer einer Brosche in Eidechsenform und ihrem Ehering trägt sie keinen Schmuck.

Das Esszimmer in der Carlton House Terrace befindet sich auf der Rückseite des Gebäudes. Durch die geöffnete Flügeltür, vor der dünne, fast durchsichtige Stores wehen, dringt der Duft frisch gemähten Grases herein. Ein einzelnes Gemälde schmückt die Wand – auch ohne große Kunstkenntnisse erkennt Laura einen Mondrian. Das Mobiliar ist von klaren Linien geprägt. Bauhaus mit dezenten Art-déco-Stilelementen, die die nüchterne Atmosphäre beleben und Akzente setzen.

»Ihr Innenarchitekt hat erstklassigen Geschmack bewiesen!«

»Danke. Sie haben sich die Räume anders vorgestellt?«

Sie grinst. »Ehrlich gesagt, ja. Etwas finsterer.«

»Totenköpfe, gotische Fenster, schwere, düstere Möbel?«

»Genau. So ein Van-Helsing-Look.«

»Sie hätten die Räume zur Zeit meines Vaters sehen sollen! Ich persönlich mag es etwas schmuckloser.«

»Ihr Vater hat auch schon hier gelebt?«

»McGrath & Son, ja.«

»Dann sind Sie also der Sohn in McGrath & Son?« Irgendwie war sie davon ausgegangen, dem Sohn noch vorgestellt zu werden.

»Ebenjener. Das ›& Son‹ ist irgendwie hängen geblieben. Ich selbst bin kinderlos. Nehmen Sie doch Platz, während ich uns einen Aperitif einschenke. Sherry? Oder lieber einen Manhattan?«

»Sehr gerne Sherry.« Sie setzt sich an den Esstisch und nimmt zur Kenntnis, dass für drei Personen gedeckt ist. »Um es vorwegzunehmen, Mr McGrath, und weil ich Sie nicht auf die Folter spannen möchte. Ich habe mir Ihr Angebot durch den Kopf gehen lassen.«

Er nickt ihr wohlwollend zu, die Ellbogen auf dem Tisch, die Fingerspitzen einander berührend.

»Ich weiß nicht, ob ich für diese Tätigkeit die Richtige bin.«

Noch einmal nickt er, bedeutet ihr fortzufahren.

»Aber obwohl ich ein wenig besorgt bin, Ihren Ansprüchen und den Erfordernissen dieser Aufgabe möglicherweise nicht gewachsen zu sein – ich würde es gerne ausprobieren.«

Er strahlt, und seine blassblauen Augen funkeln.

»Könnten wir vielleicht eine Probezeit vereinbaren?«

»Mrs Slasher, Sie sehen einen glücklichen Mann vor sich. Wenn Sie es möchten, können wir den ersten Auftrag als Probezeit betrachten, doch ich bin zuversichtlich, dass unsere Zusammenarbeit von längerer Dauer sein wird!«

Er hebt sein Glas. »Auf eine erfreuliche Zusammenarbeit!«

»Darauf!«

Vom Gang her ertönt ein Scheppern und Klirren, als sei jemand mit voller Wucht gegen einen mit Geschirr beladenen Servierwagen geprallt.

»Oh, das wird Elle sein. Ihre neue Kollegin!«

»Ein Servierwagen steht mitten auf dem Gang.« Die Frau,

die mit schmerzverzerrtem Blick hereinhumpelt, schaut die anderen Anwesenden nicht an, sondern reibt sich den Oberschenkel.

»Genau genommen stand der Servierwagen rechts im Gang, wo er immer steht, wenn wir Essen servieren. Elle, darf ich dir Mrs Slasher vorstellen.«

Laura betrachtet diese Elle und ist hin- und hergerissen. Elle Carter ist Anfang dreißig, gut einen Meter fünfundachtzig groß. Sie hat langes, dichtes schwarzes Haar, achtlos zu einem Pferdeschwanz gebunden. Ihr Gesicht ist kantig, die braunen, fast schwarzen Augen stehen weit auseinander. Ihr ungeschminktes Gesicht wirkt, als habe sie einen Tag ohne Sonnenschutz im Freien verbracht – Nasenrücken und Stirn sind gebräunt, die untere Gesichtspartie, beschattet von slawischen Wangenknochen, noch etwas blasser. Obwohl dieses Gesicht nicht zurechtgemacht ist, ist es auf seine etwas überdimensionierte Art wunderschön. Die Lippen sind fast zu üppig, wenn auch blass, die Augenbrauen zu dicht. Die Haare haben an diesem Tag offenbar noch keine Bürste gesehen.

Als Laura sich die Kleidung der Frau anschaut, kommt sie nicht umhin, die Stirn zu runzeln. Nicht gerade das Passende für eine Einladung zu einem formellen Dinner. Es macht den Eindruck, als habe Elle Zugriff auf den Kleiderschrank einer älteren Verwandten gehabt. Zu einer hoch in der Taille sitzenden braunen Hose mit Bundfalten trägt sie eine langärmelige weiße Bluse mit blauem Streublumenmotiv und einem spitzen, schlaffen Kragen. Ihre Füße stecken in äußerst bequem aussehenden beigefarbenen Schnürschuhen. An der schreit alles nach Makeover, denkt Laura, während Elle Carter am Tisch zur Rechten von McGrath und ihr gegenüber Platz nimmt, ohne Blickkontakt herzustellen. Laura erhebt sich von ihrem Platz und reicht ihre Hand zur Begrüßung über den Tisch.

Elle Carter betrachtet die Hand zunächst irritiert, schaut dann doch endlich auf und bedenkt ihr Gegenüber mit einem nichtssagenden Blick, bevor sie zögerlich Lauras Hand nimmt und den kürzestmöglichen Moment drückt, um dann ihren Arm wieder fortzuziehen und den Blick auf den Tisch zu senken.

(Was Elle bei diesem kurzen Blickwechsel registriert und jetzt verarbeitet, ist nicht gerade freundlich, aber wie wir wissen, ist das Lesen von Gedanken nicht die Fähigkeit, die Laura durch den Kontakt mit einem Portal erworben hat.)

Was Elle sieht: Rot! Sieht aus, als ob sie gleich Flammen schlägt. Ein Rot wie die falsche Note in einem Musikstück. Mindestens eine Dreiviertelstunde fürs Make-up. Um die Augen herum sieht man trotzdem, dass sie zwei oder drei Tage lang unaufhörlich geweint hat, seit einigen Tagen aber wieder stabil ist. In einem Maße gepflegt, dass man ihr ihr Alter nicht ansieht, wenn man nicht genau hinschaut. Die Stirn ist glatt – Botox, allerdings vor mehr als vier Monaten, es sind wieder mimische Fähigkeiten vorhanden. Die Größe der Ohren – einundvierzig Jahre. Vielleicht zweiundvierzig. Brust normal. Leichtes Untergewicht, gerade so, dass der Körper zwischen fünfundzwanzig und dreißig Jahre alt wirkt. Die Hände zeigen jedoch wieder, dass sie die vierzig überschritten hat. Gepflegte Nägel, erstaunlicherweise nicht rot lackiert.

Der Geruch – zu viel Alkohol in den letzten Tagen, aber offenbar situationsbedingt und nicht regelmäßig, sonst würde sie die Figur nicht halten können, und das Gesicht wäre aufgedunsener. Keine Medikamente. Parfüm – Marc Jacobs, zu blumig und zu jugendlich. Vom Kontrast ihrer hellen roten Haare zu dem Knallrot ihrer Kleidung bekommt man Kopfschmerzen. Sie muss den Blick senken. Alles in allem jemand, der eine harte Zeit hinter sich hat, aber zäh ist, einstecken kann und dem Disziplin nicht fremd ist. Hochgradig eitel, ein Modepüppchen.

Eine Schwingung impliziert des Weiteren eine gewisse Verschlagenheit. Leicht überdurchschnittliche Intelligenz – kein weiblicher Einstein, aber jemand, der bedacht und lösungsorientiert agiert, möglicherweise nicht immer den korrekten Weg wählt, um Ziele zu erreichen. In ihrem neuen Betätigungsfeld dürfte ihr das zugutekommen. Jemand, mit dem man arbeiten konnte. Wenn einem gar nichts anderes übrig blieb.

Das Dinner verläuft zäh. McGrath überspielt die Anspannung, die sich aus Elle Carters offensichtlicher Zurückhaltung ergibt, mit Konversation über das Tagesgeschehen. Laura könnten die Themen kaum gleichgültiger sein. Außerdem empfindet sie die Art und Weise, wie Elle sie ignoriert, als beleidigend. Ab und zu spürt sie den Blick der Frau auf sich, einmal ertappt sie sie dabei, wie sie sie anschaut, nur um den Blick sofort wieder zu senken, fast als habe man sie geohrfeigt.

Als McGrath eine zweite Flasche Wein öffnet, steht Elle unangekündigt vom Tisch auf und verlässt kommentarlos das Esszimmer. Kurz darauf schlägt laut die Wohnungstür zu.

McGrath schenkt Laura Wein nach. »Also, das ist doch schon mal sehr gut gelaufen.«

»Bitte?«

»Das erste Treffen. Elle ist nicht immer ganz einfach.«

»Den Eindruck hatte ich allerdings auch.«

»Nehmen Sie es nicht persönlich, Mrs Slasher. Sie hat Fähigkeiten, die ihren Mangel an Umgangsformen und emotionaler Intelligenz wettmachen.«

»Und was sind das für Fähigkeiten?«

»Sie ist bei uns unter anderem für das Löschen von Erinnerungen zuständig.«

Kapitel 6

Zurück in ihrem Hotelzimmer kommt Laura nicht zur Ruhe. Der Abend erscheint ihr im Rückblick noch bizarrer. McGraths sonniger Charme, dazu die kalte Distanziertheit Elle Carters, die nichts zu der Konversation beisteuerte und auf Fragen höchstens mit Ja und Nein antwortete, wenn ihr ein Nicken oder Kopfschütteln nicht auszureichen schien. Die Vorstellung, dass so jemand im Kopf eines anderen herumstochert und Gehirnwäschen vornimmt, verursacht Laura ein äußerst beklemmendes Gefühl. Sie hat keinerlei Zweifel an den Fähigkeiten der seltsamen Frau. Von ihr schien ein klammer Sog auszugehen. Allein beim Gedanken an sie beginnt Laura zu frösteln, und sie beschließt, noch eine Tasse Tee zu trinken. Sie legt einen Beutel Kamillentee in eine Tasse, gießt Wasser in den Wasserkocher und schaltet ihn ein.

Nach Elles abruptem Abgang hatte sie sich bei McGrath erkundigt, wie ihr neuer Job denn aussehe, und er war sehr vage geblieben. »Vertrauen Sie zunächst auf Ihre Intuition und die Kenntnisse Ihrer Kollegin!«

Damit konnte sie wenig anfangen. »Wie finde ich denn beispielsweise ein Portal?«

»Es ist wie in Ashby House – wenn es da ist, werden Sie es erkennen.«

»Aber wie verhalte ich mich in so einer Situation?«

»Jedes Portal ist anders und stellt uns vor andere, neue Herausforderungen, deshalb gibt es keine Bedienungsanleitung oder Richtlinien.«

McGraths Antworten waren frustrierend. Sie brauchte mehr Informationen.

»Erklären Sie mir doch bitte den Ablauf einer solchen Aktion. Und wer sind eigentlich Ihre Auftraggeber?«

»Auch das ist ganz unterschiedlich. Mitunter sind es die Regierungen von Ländern, in denen es Portale gibt und Transfers zwischen den Universen stattfinden. Es handelt sich aber genauso oft um Privatkunden. In den Ländern, in denen sich die Regierungen oder die Kirchen sträuben, etwas zu unternehmen, sind es häufig Privatiers.«

»Aber wie stellt man den Kontakt zu Ihnen her? Ich habe im Internet keinerlei Informationen über Sie entdeckt.«

»Natürlich nicht. Wir sind eine Geheimorganisation. Uns findet man nicht im Internet. Aber glauben Sie mir – wer uns sucht, der wird uns finden.«

Bei all seinen Antworten, die mehr nach Ausflüchten als nach Erläuterungen klangen, verlor McGrath nie seinen Charme und seine Begeisterung darüber, in Laura genau die richtige Mitarbeiterin für McGrath & Son gefunden zu haben.

Sie schaut nach dem Teewasser, aber es ist noch kalt. Erneut betätigt sie den Schalter.

»Und wie kann ich mir einen normalen Tagesablauf vorstellen?«

»Einen normalen Tagesablauf gibt es nicht mehr, wenn Sie einen Auftrag haben. Jeder Einsatz stellt Sie vor neue Herausforderungen. Vertrauen Sie mir, Sie werden lernen, sich schnell zu orientieren.«

Er hatte es geschafft, einen ganzen Abend mit ihr über ihren neuen Job zu sprechen, ohne auch nur eine einzige präzise Information von sich zu geben. Als er sie an die Tür gebracht hatte, war er mit der Bemerkung verblieben, er werde sich melden, sobald sich ein Auftrag konkretisiere. Dann hatte er ihr eine Visakarte in die Hand gedrückt, die auf ihren Namen ausgestellt war, und sie mit offenem Mund in ein Taxi steigen lassen.

Sie möchte ihren Tee aufgießen, doch noch immer ist das Wasser kalt. Sie betätigt den Schalter erneut und sieht erst jetzt, dass das Funktionslicht nicht brennt.

»Verdammt. KOCH!«, herrscht sie den defekten Wasserkocher genervt an. Und dann, zu ihrem größten Erstaunen, es fühlt sich ein wenig an wie ein Déjà-vu, ein seltsames Ziehen in ihr, beginnt das Wasser zu sieden, und sie wird überflutet von einer Welle von Emotionen. Ich kann Wasser zum Kochen bringen! Ich habe eine Fähigkeit! Was ist das für ein blöder SCHEISS?! – ICH BIN EIN MENSCHSCHLICHER WASSERKOCHER!!!

Kapitel 7

Von allen Fähigkeiten, die sie in Ashby House hätte erwerben können, erscheint Laura die Fähigkeit, Wasser zum Sieden zu bringen, als die denkbar überflüssigste. Als ob es dafür nicht ausreichend Geräte gäbe! Was sollte es einem schon nützen, Wasser zum Kochen zu bringen? Sollte sie angesichts eines Wesens, das einem Portal entstieg, diejenige sein, die den Begrüßungstee zubereitete? Wenn McGrath wüsste, dass dies alles war, das ihr Ashby House mit auf den Weg gegeben hatte, würde er überhaupt noch mit ihr arbeiten wollen?

Sie denkt an die neue Kreditkarte in ihrem Portemonnaie, und bei der Vorstellung, sie wieder abgeben zu müssen, erleidet sie die Miniaturvariante eines Schwächeanfalls. Sie muss sich setzen. Betrachtet das Blumenarrangement auf dem Tisch vor sich. Konzentriert sich nur kurz und sieht Dampf aus der Vase aufsteigen. Die Blumen taumeln und erschlaffen. Enttäuschend im Vergleich mit Telepathie und Hirnwäsche. Aber dennoch eine Fähigkeit, die sich nicht leugnen lässt.

Sie steht auf, geht ins Bad, lässt Wasser ins Waschbecken ein. Es dauert keine zwei Sekunden, bis diese größere Menge Wasser im Becken kurz aufkocht. Wenn sie die Konzentration hält, kocht auch das Wasser weiter. Sie schließt die Augen und versucht, sich die Leitungen hinter den Armaturen vorzustellen. Konzentriert sich. Und hört hinter den Kacheln ein Gurgeln und Rauschen. Sie kann gerade noch zur Seite springen, bevor der Wasserhahn aus der Wand geschossen kommt und mit ihm eine heiße Fontäne sprudelnden Wassers.

Sie rettet sich ins Wohnzimmer, um telefonisch den Concierge von dem Unfall im Bad in Kenntnis zu setzen, und betrachtet aus sicherer Entfernung, wie das Wasser fließt. Gar nicht schlecht, denkt sie und fühlt sich schon etwas mächtiger im Besitz ihrer neuen Kräfte.

Während sie packt, um in eine andere Suite zu wechseln, in der die Armaturen im Bad nicht defekt sind, fallen ihr Lucille und Stephen Steed ein, die ebenfalls Portalerfahrungen gemacht, sogar die Dimension gewechselt haben und mehrere Tage verschwunden waren. Sollten auch sie mit erweiterten Fähigkeiten zurückgekommen sein?

An Lucilles Karriere nach Ashby House fällt auf, dass sich ihre Fotohonorare verdoppelt haben. Nicht unbeträchtlich, wenn man ohnehin zu den bestverdienenden Fotografen der Welt zählt. Auch Stephens Hollywood-Karriere ist in den vergangenen Jahren noch steiler nach oben gegangen. Es hatte nicht einen einzigen Kassenflop gegeben, im Gegenteil, er segelte von Blockbuster zu Blockbuster, und zwar ohne den Neid seiner Kollegen oder die Sensationsgier der Presse zu wecken. Beliebter und erfolgreicher war außer ihm wohl nur Johnny Depp, aber selbst der wählte mitunter Filme aus, die an den Kassen keine astronomischen Einnahmen erzielten. Konnte es sein, dass Lucille und Stephen wissentlich oder unwissentlich ihre Auftraggeber manipulierten?

Frustrierend, denkt Laura nun wieder. Die beiden haben wenigstens etwas auf den Weg mitbekommen, das sich sinnvoll nutzen lässt. Was habe ich? Heißes Wasser.

Mit der Melodie von Belinda Carlisles »In too deep« meldet sich ihr Handy.

»Mrs Slasher, Abraham McGrath. Es geht jetzt doch alles schneller, als ich angenommen habe. Können Sie übermorgen zu einem Einsatz aufbrechen?«

»Wo soll es hingehen?«

»Nach Berlin. Es sieht so aus, als habe eines der dortigen Opernhäuser ein Problem mit einem Portal.«

»Reise ich mit Miss Carter?«

»Ja, sie wird Sie begleiten.«

»Dann habe ich eine Bitte.«

Kapitel 8

Sie hatte es für eine gute Idee gehalten, die neue Visakarte dazu zu nutzen, Elle eine präsentable Grundausstattung zu verpassen – einen Shopping-Trip durch die exquisiteren Läden Londons zu veranstalten und hier und da auch eine Kleinigkeit für sich selbst auszusuchen.

Tatsächlich ähnelt der Nachmittag dem Einkauf mit einem besonders wählerischen, störrischen Kind. Dies ist nicht der Tag, an dem das Eis zwischen ihnen taut, so viel hat sich zumindest herausgestellt. Und als Laura Elle beim Friseur abliefert, erntet sie von der sonst so verschlossenen Para-Partnerin einen Blick, in dem Verachtung mitschwingt. »Wir sehen uns morgen früh am Flughafen. McGrath hinterlegt die Tickets in meinem Hotel. Ich schicke Ihnen eine SMS, an welchem Gate wir uns treffen.«

Elle nickt kurz und betritt grußlos den Salon.

Laura sieht nur noch, wie Elle ihre Tüten einfach fallen lässt und dann auf einen Friseurstuhl zusteuert.

Einiges gewohnt, was Spannungen unter Frauenteams angeht, denkt sie dennoch: Da haben wir etwas vor uns.

Den Weg zurück ins Hotel geht sie zu Fuß. Sie möchte noch einen Nachmittag lang London genießen, doch wenn sie sich umschaut, stellt sie fest, dass das einstige Flair der

Stadt einer gewissen Austauschbarkeit gewichen ist. Die teuren Läden ziehen eine wohlhabende Klientel ihres Alters und älter an. Es sind dieselben teuren Läden wie in Dutzenden anderen Metropolen. Ihr fehlt das Jugendliche, das aufgekratzt Raue von früher. Die Musik. Die City ist alt geworden, der Punk schon lange tot, begraben und vergessen.

Dann denkt sie an Berlin, das sie nur einmal kurz in Begleitung ihrer Schwester besucht hat. Außer ihrem Hotel, der Französischen Botschaft und dem sowjetischen Ehrenmal im Treptower Park, wo Lucille die deutsche Kanzlerin fotografierte, hat sie nicht viel gesehen. Dann bleibt sie abrupt stehen, weil sie an ihre Großmutter mütterlicherseits denken muss, die den fabelhaften Namen Rosa Strauch trug und 1933 als junge Frau mit ihren Eltern von Berlin in die Vereinigten Staaten emigrierte, aus politischen, nicht aus religiösen Gründen, und der sie einige Sprachfetzen Deutsch verdankt. In Rosas Reisegepäck hatte sich deren Lieblingsbuch befunden. Jahre später hatte sie es Laura in der englischen Übersetzung geschenkt, aber mit siebzehn hatte Laura kein Interesse am Roman einer deutschen Autorin der Weimarer Republik gehabt. Erst nach dem Tod ihrer Großmutter hatte sie es aus dem Regal genommen und bei der Lektüre Tränen vergossen, aber auch amüsiert aufgelacht, denn die Erzählerin dieses Romans kam ihr wie eine Seelenverwandte vor. Ihre Großmutter hatte das Buch mit Bedacht für sie ausgesucht. Rückblickend grämt es sie noch immer, dass sie nicht mit ihr darüber reden oder ihr einfach nur sagen konnte, wie sehr sie es liebt.

Sie hat genug von ihrem Spaziergang in London und ruft ein Taxi. Nach sieben Jahren im Vereinigten Königreich, nach dem Kampf mit einem Spukhaus und einer gescheiterten Ehe ist sie reif für neue Erfahrungen. So wie für Irmgard

Keuns »Kunstseidenes Mädchen« ist Berlin für sie der Ort, an dem man untertaucht.

Durch die sich plötzlich wendenen Köpfe der Herren und einiger Damen am Gate wird Laura aufmerksam und folgt deren Blicken. Die Transformation von Elle Carter ist beachtlich. Die Haare ein blauschwarzer Bob, etwas länger als der klassische Louise-Brooks-Look. Unter dem Pony kräftige Augenbrauen, aber perfekt zum gotischen Bogen gezupft. Völlig unpassend für einen warmen Frühlingsmorgen, aber deshalb umso wirkungsvoller, trägt sie ein mitternachtsblaues Kleid mit bravem Halsausschnitt, aber eng am Oberkörper anliegend und von der Hüfte abwärts weich fließend bis knapp über die Knie. Ihre Füße stecken in hohen Pumps mit Riemchenverschluss am Fußgelenk. Sie bewegt sich auf ihnen versiert, wie die Blicke Dutzender Reisender quittieren, bis sie mit ihrem Rollkoffer an einer Barriere hängen bleibt und unelegant nach hinten gerissen wird. Dies vernichtet die Magie des Augenblicks abrupt, und ein British-Airways-Flugbegleiter hechtet herbei und bewahrt sie vor einem harten Sturz. Gestern noch ein Droschkengaul, heute ein Rennpferd, denkt Laura und winkt der Kollegin zu.

Mit einem kurzen Nicken stellt diese sich neben ihr in die Schlange.

»Elle, Sie sehen fantastisch aus. Aber wir müssen noch einmal über den Unterschied zwischen Tag- und Abendbekleidung reden.«

Elle blickt sie nur mit diesem Mangel an Emotion an, der schon an Feindseligkeit grenzt.

Neben dieser Sexbombe fühlt sich Laura plötzlich zu klein, zu zierlich, zu wenig geschminkt und fasst den Entschluss, in Zukunft auf bequeme Kleidung zu verzichten.

Die Jahre, in denen sie noch leuchten kann, sind gezählt, befürchtet sie.

Kurz vor dem Check-in tippt Laura Elle auf die Schulter und deutet ihr an, den Kopf zu senken, damit sie ihr etwas ins Ohr flüstern kann. »Vor mir haben die Männer wenigstens keine Angst.«

Elle richtet sich wieder auf, verschränkt die Arme vor der Brust und legt den Kopf schräg. Sie betrachtet Laura, wie man ein Insekt betrachtet. »Aber das sollten sie.«

»Ich mag Frauen nicht, die immer das letzte Wort haben«, sagt Laura mehr zu sich selbst. Und behält es.

An Bord der Lufthansa-Maschine unternimmt sie keine weiteren Versuche, ein Gespräch mit Elle zu führen. Stattdessen beobachtet sie aus dem Fenster, wie London immer kleiner wird, bis es hinter einer dichten Wolkenschicht verschwindet. Sie blättert im Bordmagazin, das in Deutsch und Englisch Reportagen zu Themen und Portäts über Menschen bietet, die sie nicht interessieren. Bis sie eine Reportage entdeckt, in deren Untertitel ein Ort Erwähnung findet, mit dem sie sich in den kommenden Tagen und Wochen eingehend befassen wird. Von einem ganzseitig abgedruckten Foto schaut sie eine unprätentiös wirkende, langhaarige Mittzwanzigerin mit offenem Blick und freundlichem Lächeln an.

FISCH AUF DEM TROCKENEN

POPSÄNGERIN MAGDALENA H. ALS GASTSTAR AN DER KOMISCHEN OPER BERLIN

Auf den ersten Blick mag es waghalsig erscheinen – waghalsig für Magdalena H., die mit ihrer Band Chart-Erfolge in Deutschland, Österreich und der Schweiz feiert und die sich

nun auf ein Terrain begibt, in dem sie nicht als erfolgreiche Songwriterin und Musikerin beeindrucken kann, sondern ihre Stimme einem großen Part in einer Oper zur Verfügung stellt. Waghalsig auch für die Komische Oper Berlin, die eine Sängerin ohne klassische Musikausbildung besetzt. Und waghalsig für den irischen Regisseur Ian Smith, der für die Besetzung verantwortlich zeichnet. Bei genauerer Betrachtung wird jedoch klar, was Smith zu der Besetzung bewogen hat. So sieht es auch Madalena H., die wir wenige Wochen vor Probenbeginn in der Opernkantine zum Interview trafen.
»Wenn es irgendeine andere Oper gewesen wäre – ich hätte Nein gesagt. Aber dann hörte ich mir ›Rusalka‹ an. Es ist ja gewissermaßen die Geschichte der kleinen Meerjungfrau. Und das ist eines der Märchen, die mich als Kind vielleicht am meisten beeindruckt haben.«
Die Nixe, die sich nichts sehnlicher wünscht, als ein Mensch zu sein, damit sie mit ihrem Prinzen zusammenkommen kann.
»Sehnsucht ist ein starkes Motiv. Aber dann gibt es noch den anderen Aspekt: der Preis, den man bezahlt, wenn man bekommen hat, was man sich ersehnte. Rusalka verliert mit ihrem Fischschwanz auch ihre Stimme.«
Spiegelt das auch die Erfahrungswelt einer erfolgreichen Künstlerin? Man gewinnt nur, wenn man etwas aufgibt?
»Ich bin alles andere als unglücklich mit meinem Leben und meiner Karriere. Nur ist es wichtig für mich, in dieser Phase meines Lebens etwas Neues zu erfahren. Auch mal die Kontrolle abzugeben. Wenn ich mit der Band arbeite, dann haben wir gemeinsam die Verantwortung für alles. Es wird eine spannende Erfahrung für mich sein, diesmal nicht gleichzeitig alle Bälle jonglieren zu müssen.«
Welche Rolle spielte der Regisseur in ihrer Entscheidung, den Schritt auf die Opernbühne zu wagen?

»Ian hat mit uns zwei Videoclips für das letzte Album gedreht, und ich war fasziniert von seiner Bilderwelt. Er ist ein Visionär und sehr resolut. Er hat einfach nicht lockergelassen, wollte mich unbedingt für die Rolle haben – und, Sie sehen ja, er hat es geschafft, mich zu begeistern.«

Haben Sie keine Bedenken, dass Ihr eigentliches Publikum irritiert sein könnte und ein klassisches Opernpublikum Ihre Besetzung mit Skepsis betrachtet?

»Was bringt Sie zu der Annahme, dass mein Publikum nicht auch Opernpublikum ist? Dvořáks Musik ist modern. Dennoch ist das alles ein ziemlich verrücktes Experiment. Aber das ist ja Programm in der Komischen Oper und einer der Gründe, warum mir das Haus so sympathisch ist. Wegen seiner Offenheit, seines etwas wilderen, unbefangenen Herangehens an die Klassik. Wegen seiner beneidenswerten Furchtlosigkeit.«

Wird es eine solche Opulenz auch in Smiths »Rusalka« geben?

»Wie ich schon sagte – ich halte Ian für einen Visionär, und es wird ein paar spektakuläre Effekte geben, die man so noch auf keiner Opernbühne gesehen hat.«

Wenn ich den Job vermassele, denkt Laura Slasher, dann wird das zwangsläufig der Fall sein.

Ein lautes, rasselndes Geräusch schreckt sie aus ihren Gedanken, und sie sieht, dass Elle neben ihr eingeschlafen ist. Ihr Nacken liegt auf der Kopfstütze und ihr Mund steht offen.

Über die Sitzlehne hinweg stupst Laura ihr den spitzen Ellbogen in die Seite, und Elle wacht schnaubend auf.

»Argh!«, ist Elles einziger Kommentar, als sie Lauras strafenden Blick sieht.

KAPITEL 9

Sie haben einen außerordentlich guten Tag erwischt, um in Berlin anzukommen. Die Sonne strahlt, und die Menschen sind gut gelaunt – noch nahe ist die Erinnerung an einen harten, unendlich scheinenden Winter, auf den nun ein Frühling folgt, der schon alle Qualitäten des Sommers hat. Das Bodenpersonal ist freundlich und zu Scherzen aufgelegt. Der Humor geht spurlos an Elle vorbei, aber Laura saugt ihn auf. Sie hat ein gutes Gefühl.

Auch der Taxifahrer, den Laura mit »Guten Tag« begrüßt und der anhand ihres Akzents sofort Englisch mit ihr redet, ist bester Laune. »Die Stadtautobahn ist gesperrt – wir müssen einen kleinen Umweg nehmen. Aber so sparen Sie sich die Stadtrundfahrt!«

Sie fahren durch die Außenbezirke, und alle paar Kilometer zeigt sich eine neue Stadt mit ganz unterschiedlichem Straßenbild. Schließlich umfahren sie das Brandenburger Tor und halten direkt auf einen schnörkellosen Quader zu, der einen gesamten Häuserblock einnimmt. Ein riesengroßes Banner weist den kastenförmigen Bau als die Komische Oper aus.

»*Das* soll die Oper sein?« Laura hatte sich etwas Prunkvolleres vorgestellt. »Das ist doch eine architektonische Beleidigung!«

»DDR-Architektur«, sagen der Taxifahrer und Elle wie aus einem Mund, und Elle bemerkt: »Warten Sie ab, bis Sie drin waren.«

Laura weiß nicht, was bemerkenswerter ist: Elles erster Satz aus eigener Initiatve oder die schmucklose Fassade der Oper. Das Letzte, was man darin vermutete, war Magie – sei sie nun künstlerisch oder paranormal.

Ihr Hotel, das Adlon, ist nur einen Häuserblock entfernt, direkt auf der Rückseite des Brandenburger Tors. Die Halle ist bevölkert mit Amerikanern in Shorts und Japanern mit Kameras um den Hals. Die beiden Suiten, die McGrath gebucht hat, sind nicht riesig, aber komfortabel.

Laura öffnet das Fenster und schaut ein paar Minuten dem Treiben auf dem Platz unter ihr zu. Es ist unschwer zu erkennen, dass sie sich hier im touristischen Zentrum Berlins befinden, direkt an der Stelle, wo sich vor zwanzig Jahren noch eine Mauer durch die Stadt zog – so viel weiß sie immerhin von der deutschen Geschichte.

Ehe ihre Suite ein Gefühl der Bedrückung in ihr auslösen kann, leert Laura ihre Koffer in den Schrank und zieht sich um, da sie nicht wieder von Elle in den Schatten gestellt werden will. Sie wählt ein schmal geschnittenes weißes Kleid, das mit einem großflächigen Rosenmuster bedeckt ist. Sie frischt ihr Make-up auf, löst die hochgesteckten Haare, bürstet und fixiert sie mit Haarspray in eine Sixties-Außenwelle. Sie überprüft ihren Look im Spiegel, legt noch eine Sonnenbrille mit weißem Rand in ihre weiße Handtasche, dreht und wendet sich noch einmal vor dem Spiegel und nickt sich zufrieden zu. »Gar nicht schlecht für fast dreiundvierzig.«

»Herein.«

Als Laura die Tür öffnet, sitzt Elle am Schreibisch ihres Hotelzimmers und schaut durch eine schwarz gerahmte, eckige Lesebrille auf die Flyer und Veranstaltungsankündigungen, die das Hotel ausgelegt hat. »Ich dachte, wir schauen mal in der Oper vorbei.«

»Deshalb sind wir hier.«

Laura stöhnt innerlich. »Dann kommen Sie.«

Es ist ein Fußweg von fünf Minuten, auf dem Laura von flanierenden Passanten mehr Amerikanisch und Spanisch als Deutsch hört und beschließt, dass, sollte der Aufenthalt länger dauern, eine andere Unterkunft gefunden werden muss – etwas weniger Weltstadt und etwas mehr Berlin.

Die Tageskasse befindet sich hinter einer Glasfront, zwei Schalter sind besetzt. Während sie sich in die überschaubare Schlange einreihen, schaut Laura sich um. An der Wand neben den Kassenschaltern befindet sich die flächendeckende Fotografie eines prunkvollen Opernsaals, der genauso aussieht, wie Laura sich einen Opernsaal vorstellt: barock und bunt plüschig, mit Statuen unter der Decke und viel schnörkeligem Zierrat. »Davon träumen die hier wahrscheinlich in diesem Bunker«, sagt sie, obwohl mit einer Antwort von Elle nicht zu rechnen ist. Aber zu ihrer Überraschung ringt diese Bemerkung Elle eine Art Lächeln ab, vielleicht eine Spur zu viel Hohn darin.

Der schmale junge Mann vor ihr in der Schlange in engen Zigaretten-Jeans mit asymmetrisch geschnittenen rötlich blonden Haaren und einem T-Shirt, auf dem ein Satz aufgedruckt ist, der mit »Be a Gentleman …« beginnt, spricht mit britischem Akzent, aber fließend Deutsch. »Nicht eine einzige Karte?«

»Nein. Keine einzige.«

»Und wenn etwas zurückgegeben wird?«

»Wir nehmen keine Karten zurück.«

»Und falls jemand seine Karten nicht abholt?«

»Wir machen keine unbezahlten Reservierungen zur Abholung an der Abendkasse. Es ist ausverkauft.«

»Restlos ausverkauft«, fügt die Kassiererin am linken Arbeitsplatz hinzu. (Bei ihr handelt es sich übrigens um Erika Müller, an die Sie sich vielleicht aus der Ouvertüre erinnern.)

»Okay. Danke trotzdem.«

Die beiden Kassiererinnen tauschen einen leicht genervten Blick aus, und der junge Hipster verlässt enttäuscht die Kasse. Jetzt kann Laura den ganzen Satz auf seinem T-Shirt lesen. In kargem Arial steht dort: »Be a Gentleman, you fuck«.

Jetzt sind Laura und Elle an der Reihe. »Guten Tag, darf ich Englisch sprechen?«

»Natürlich«, antwortet die junge Kassiererin.

»Welche Oper geben Sie heute?«

»Heute ausnahmsweise keine Oper. Stattdessen ein Popkonzert mit Magdalena und Band.«

»Ah, mit Magdalena? Die die Rusalka gibt?«

Die Kassiererin nickt.

»Und es gibt keine Karten mehr?«

Kopfschütteln.

»Wie schade. Hm. Sagen Sie, bieten Sie auch Führungen an?«

»Die nächste englischsprachige Führung beginnt um sechzehn Uhr. Wenn Sie sich beeilen, schaffen Sie es noch.«

Die Kassiererin vom linken Schalter mischt sich ein. »Es ist zwei Minuten vor. Wenn Sie außen rumgehen, wird es zu knapp. Ich bringe Sie durchs Gebäude hin. Übrigens sind gerade zwei Karten fürs Konzert zurückgegeben worden.« Zu ihrer Kollegin gewandt, ergänzt sie: »V. K. hat abgesagt.

Er ist gerade im Schreibfluss und kommt nicht vom Schreibtisch weg. – Ein Freund des Hauses. Er arbeitet gerade an seinem zweiten Roman«, erklärt Erika den beiden Frauen.

In Begleitung von Erika Müller verlassen sie den Kassenbereich und das Gebäude nach hinten hinaus ins Freie und betreten das Hauptgebäude, in dem sich offenbar der Opernsaal, die Bühne und der Hinterbühnenbereich befinden. Durch Gänge, die Laura labyrinthisch erscheinen, lotst die Kassenleiterin ihre Gäste in den Umgang des Opernsaals, der sich als die erste Überraschung erweist. Er ist geschmackvoll und hell, der Boden leicht abschüssig.

»Das Innere wirkt so ganz anders als die Außenarchitektur«, sagt Laura verwundert.

»Nichts ist, wie es scheint, meine Damen. Und hier sind wir auch schon. Herr Lorenzen wird sofort bei Ihnen sein.«

Während Laura sich bei Erika Müller bedankt, sieht sie, wie Elle schnüffelt, und bemerkt selbst, dass ein schwer definierbarer Geruch im Umgang hängt.

Die Gruppe ist überschaubar. Ein gutes Dutzend hat sich eingefunden, um die Oper zu besichtigen: ältere Damen mit putzigen Dauerwellen, die dazugehörigen Herren in unförmigen Hosen und Anoraks, die sie über dem Arm tragen. Zwei junge Männer, einer davon herausragend attraktiv trotz trendbedingtem Schnauzer. Eine Mutter mit ihrem vielleicht achtjährigen Sohn.

Herr Lorenzen, ein blonder Mittzwanziger, von Kopf bis Fuß in American Apparel gekleidet, begrüßt die Gruppe. »Ich freue mich, Sie in der Komischen Oper begrüßen zu dürfen. Wir haben heute Gelegenheit, eine der Probebühnen zu besichtigen, anschließend schauen wir uns den Zuschauersaal, die Bühne und den Hinterbühnenbereich an. Wenn

Sie Fragen haben, zögern Sie nicht! Und nun, bitte – folgen Sie mir.«

Laura versucht, sich den Weg zu merken, gibt den Versuch aber schnell wieder auf.

»Die Behrenstraße blickt auf eine lange Theatertradition zurück, die auch außerordentlich innovativ war. Im Jahr 1768 wurde im ›Theater in der Behrenstraße‹ ›Minna von Barnhelm‹ uraufgeführt, das erste Stück, in dem deutsche Gegenwartspolitik auf die Bühne gebracht wurde. Das Gebäude, in dem wir uns jetzt befinden, wurde als ›Theater unter den Linden‹ 1892 erbaut. Wenige Jahre später firmierte es als ›Metropol-Theater‹ und etablierte sich als Revue-Bühne. Nach dem Zweiten Weltkrieg kamen fast ausschließlich Operetten zur Aufführung. Die Kriegszeit überstand das Haus zunächst unbeschädigt, erst kurz vor Kriegsende wurde das Portal vollständig zerstört, und auch das Deckengemälde im Saal fiel einer Bombe zum Opfer. Zwei Jahre nach Kriegsende wurde die Oper wiedereröffnet. Intendant war der Österreicher Walter Felsenstein, der auch für die Namensgebung verantwortlich zeichnete. ›Komische‹ Oper nicht etwa, weil hauptsächlich lustige Opern gegeben werden sollten, sondern basierend auf dem Begriff der ›Opéra comique‹ in Frankreich. Der Fokus sollte nicht allein der klassischen Oper gelten, sondern es sollte ein Bezug zum Sprechtheater hergestellt werden. Die Tradition, mit der Auswahl der Veranstaltungen etwas wagemutiger zu sein, wird nach wie vor aufrechterhalten – ganz aktuell in der bevorstehenden Inszenierung von ›Rusalka‹, in der die Popsängerin Magdalena die Titelrolle singen wird. Heute Abend gastiert sie übrigens mit ihrer Band, aber das Konzert ist leider bereits ausverkauft.«

Und wir haben die letzten Tickets!, denkt Laura.

»Erst im Jahr 1965 begannen die Bauarbeiten für die neue Fassade, die im typischen Baustil der DDR vielen etwas schlicht und karg erscheint. Schnörkel und Ornamente galten als verpönt.«

Sie sind nun auf der Probebühne angekommen. Auf Laura wirkt sie wie ein Fabriksaal, auf dem eine leicht schräge Grundfläche montiert ist, auf der sich Markierungen und diverse Holzkonstruktionen befinden. Eine unbequeme Vorstellung, auf einer abschüssigen Bühne zu stehen, womöglich noch in High Heels, denkt Laura.

Vor der Bühne ist nicht viel Platz. Hier stehen mehrere Stühle mit Klappborden als Schreib- und Ablageflächen. Dahinter, an der Rückwand des Raumes, hängen Zeichnungen und Skizzen von Kostümen.

»Schauen Sie sich einfach ein bisschen um, bevor wir in den Opernsaal weitergehen.«

Laura versucht, sich anhand der Bühnenmarkierungen eine Vorstellung vom Szenenbild zu machen, aber es mangelt ihr an Fantasie. Als aufschlussreicher erweisen sich die Skizzen an der Wand. Herrenanzüge wie Uniformen, ein Teich mit Nixen, die mit ihren langen, dünnen Fingern seltsam bedrohlich gezeichnet sind, ein dürrer, fast nackter Mann, eine alte Frau mit nacktem Operkörper in einem zerfetzten Rock, Rusalka auf dem Trockenen mit einem funkelnden Fischschwanz, das einzige Kostüm, das etwas Glamour versprüht.

»Wenn Sie mir nun bitte folgen würden.«

Durch Gänge, die eher an öffentliche Ämter als an ein Theater erinnern, begibt sich die Gruppe zurück ins Foyer. Lorenzen öffnet die Tür zu einem Opernsaal, der opulenter kaum sein könnte.

»Das ist ja der Saal auf dem Foto im Kassenraum!«

Herr Lorenzen schaut irritiert.

»Ich meine nur – ich hätte mir nicht vorstellen können, dass sich hinter dieser Fassade so etwas verbirgt.«

»Wie gesagt, der Zuschauerraum hat den Krieg nahezu vollständig unbeschadet überstanden. Wenn Sie nach oben schauen …«, was die Gruppe nun tut, »… sehen Sie kein Deckengemälde. Momentan laufen allerdings Verhandlungen mit dem Senat, das Deckenbild zu rekonstruieren und auch kleinere Veränderungen rückgängig zu machen, die in den Sechzigern vorgenommen wurden.«

»Aber die Statuen und der Stuck unter der Decke – die sind doch neu, oder?«, fragt der junge Mann mit dem Schnauzer.

»Nein – das sind alles Originale.«

»Was stellen die Figuren dar?« Der Begleiter des Schnauzerträgers.

»Oh. Da bin ich, ehrlich gesagt, überfragt. Ich denke, wenn wir suchen, werden wir den einen oder anderen Apollon finden, einen Mann mit Harfe. Als Gott der Muse und insbesondere der Musik wäre er eine charakteristische Figur für ein Opernhaus. Aber Sie sehen vor allem Putten. Da das Haus ursprünglich nicht als Opernhaus, sondern als Unterhaltungstheater konzipiert war, hat man es mit den Verzierungen etwas weniger klassizistisch gehalten.«

»Wie viele Menschen fasst der Saal?«

»Wir haben Platz für rund zwölfhundert Gäste. – Wenn Sie nun noch einmal nach oben schauen wollen: der Deckenleuchter.«

Laura stellt sich angesichts dieses Monstrums von Leuchter unwillkürlich vor, wie er auf ein vollbesetztes Haus herunterkracht.

»Ich ahne, was Sie denken«, schaltet sich Lorenzen ein, »aber er wird von vier Stahlseilen gehalten, die regelmäßig gewartet werden. Er wiegt übrigens zweieinhalb Tonnen. Einmal im Jahr wird er herabgelassen, damit man ihn reinigen kann. Das kann zwei bis drei Tage in Anspruch nehmen.«

Die Gruppe steht nun mitten im Zuschauerraum.

»Wenn Sie einen Blick auf die Stuhllehnen vor sich werfen – seit dieser Saison verfügen wir über eine Übersetzungsanlage. Die ist nicht nur für internationale Gäste gedacht, sondern auch für Gäste, die mit Operngesang weniger vertraut sind und so das Libretto mitlesen können. – Auf der Bühne sehen Sie noch das Bühnenbild vom ›Weißen Rössl‹, vorne rechts das titelgebende Gasthaus. Wenn wir die Bühne nun betreten, möchte ich Sie bitten, darauf zu achten, wo Sie hintreten. Es gibt einen Seilzug, der das Haus auf der Bühne bewegt. Bitte keinesfalls darauftreten!«

Das Szenario auf der Bühne und den Seitenbühnen zeichnet erneut ein Bild, das von den anderen Eindrücken extrem abweicht. Werkstattatmosphäre, Requisiten, Computermonitore, die Bühne und Zuschauerraum überwachen. Im Orchestergraben, der die Bühne vom Zuschauerraum trennt, stehen leere Notenständer. Ein Dutzend Bühnenarbeiter ist damit beschäftigt, die Bühne für das Konzert am Abend zu räumen.

»Wie viele Arbeitsplätze gibt es hier?«

»Zum Ensemble zählen dreiundzwanzig Sänger, der Chor besteht aus sechzig weiteren. Es gibt neunzig technische Mitarbeiter. Alles in allem beschäftigt die Oper 429 Mitarbeiter.«

»Bei einem so großen Haus – wer ist da der Ansprechpartner, der einem über alles Auskunft geben kann? Der weiß, wer wann wo ist, und alle Arbeitsabläufe im Blick hat?«

Auf Lauras Frage fällt dem jungen Herrn Lorenzen zunächst keine Antwort ein.

»Wäre das der Intendant?«

»In unserem Fall eine Intendant*in*. Aber die ist eher für die künstlerische Konzeption und das Bild nach außen verantwortlich. Sie ist also weniger mit den technischen Abläufen befasst.«

Laura ist mit der Antwort nicht zufrieden. »Aber es wird doch sicher jemanden geben, der mit *allen* Abläufen vertraut ist.«

Herr Lorenzen schaut etwas gedankenverloren von der Bühne hinab ins Gold und Rot des Zuschauerraums. »Ich fürchte, so einen Menschen gibt es nicht.«

Und diese Aussage gefällt Laura ganz und gar nicht. Denn wenn dem so ist, dann hätte das Haus mehr Spielraum, als ihr lieb sein kann. Bislang hat sie sich von der Vielgestaltigkeit des Hauses beeindrucken lassen, aber sie hat noch kein Gespür dafür entwickelt. Vor allem nimmt sie den seltsamen Geruch wahr, der in den Gängen des Hauses und im Foyer hängt. Etwas Verbranntes vielleicht. Etwas, das nicht in ein Theater gehört. Das man eigentlich gar nicht riechen will.

»Rechts sehen Sie – und ich muss um Diskretion bitten, da die Premiere noch bevorsteht – einen Teil des Bühnenbildes von ›Rusalka‹. Das, was aussieht wie echte Bäume, sind sorgsam nachgefertigte Repliken. Wir dürfen nur mit schwer entflammbaren Materialien arbeiten, weshalb sich echte Bäume auf einer Bühne verbieten. Ebenfalls im Rahmen des Brandschutzes«, er deutet nach oben, »der eiserne Vorhang. Sollte es doch einmal zu einer Brandentwicklung auf der Bühne kommen, wird der Vorhang herabgefahren, sodass das Feuer nicht auf den Zuschauerraum übergreifen kann.«

Laura betrachtet die engen Sitzreihen, stellt sie sich voll besetzt vor und möchte nicht wissen, was geschehen würde, sollte eine Panik ausbrechen. Gerade will sie Herrn Lorenzen fragen, woher der verbrannte Geruch stammt, da geschehen mehrere Sachen gleichzeitig.

So etwas wie ein sehr lauter Gitarrenton, ein reißendes Geräusch, Aufschreie mehrerer Mitarbeiter. Die Bühne beginnt zu beben, ein lautes Schleifen, und Laura sieht das zweistöckige Gasthaus aus dem Bühnenbild auf sich zurasen, erstarrt, wird zur Seite gerissen und in die Luft geworfen. Sie hat nicht einmal Zeit für einen letzten Gedanken.

KAPITEL 10

Ob es nun Schicksal ist, die Harmonie zwischen zwei Paralleluniversen, eine bedeutsame Synchronizität, reiner Zufall oder die Idee des Autors – wir müssen es als gegeben betrachten, dass Hector Slasher just in diesem Augenblick in seinem Volvo sitzt, die Fenster heruntergekurbelt, den Fahrtwind im Gesicht, der nach Meersalz und Tang duftet, und ausgerechnet an dem vorbeifährt, was einmal die Auffahrt zu Ashby House gewesen ist. Er spürt plötzlich einen stechenden Schmerz in der linken Brust, der ihm kurzzeitig die Luft nimmt. Panik steigt in ihm auf. Jetzt nicht auch noch das Herz! Er atmet schnell, der Schweiß bricht ihm aus, und er sieht sich gezwungen, den Wagen links heranzufahren.

Er stellt den Motor ab, atmet mehrere Male tief durch und steigt aus – bedächtig, vorsichtig, als erwarte er jeden Moment einen weiteren Schlag. Er senkt den Kopf, versucht sich auf das reibungslose Funktionieren seiner Organe zu konzentrieren. Doch ein Bild schiebt sich dazwischen. Seine Frau, in ihren Armen ein blutender Fuchs. Wie lange das her ist … Und wieder ein heftiger Stich.

Hector berührt mit der rechten Hand seine linke Brust. Versucht sich zu beruhigen. Nach ein paar Minuten, in denen er am Wagen lehnt, atmet er noch einmal tief aus, steigt ein und setzt seine Fahrt fort.

Vielleicht hat er einen Herzanfall erlitten. Doch vielleicht ist es auch ganz anders, und das, was er da spürte, war sein Herz, das wieder zum Leben erwacht.

Kapitel 11

Das Haus stoppt unmittelbar vor dem Orchestergraben, gerade dort, wo eben noch Laura stand. Das Stahlseil hat sich in einer Metallschiene verkantet. Bühnenarbeiter eilen herbei, um das Haus zu sichern.

Es ist Elle, die Laura beim Aufstehen hilft. Und es war auch Elle, die Laura gepackt und fortgestoßen und so verhindert hat, dass sie vom Haus erfasst und zwei Meter tief von der Bühne in den Orchestergraben gestoßen wurde.

Hinterhältig und heimtückisch – so hat sie sich den ersten Angriff nicht vorgestellt. Ashby House hatte seine Attacken immer rechtzeitig angekündigt, aber wenn dies bereits ein Zeichen paranormaler Aktivität war, dann würde im Opernhaus mit ganz anderen Dimensionen zu rechnen sein.

»Haben Sie sich verletzt? Ist alles in Ordnung?«

Laura schaut an sich herab, kann keine Kratzer oder Beulen entdecken. Ihre Knie schmerzen, aber im Moment hindert frei fließendes Adrenalin sie, eine verlässliche Bestandsaufnahme zu machen. »Ich kann nur hoffen, dass Ihr Leuchter besser befestigt ist.«

Herr Lorenzen lacht irritiert, und die Blicke der Gruppe wandern besorgt an die Decke des Zuschauerraums.

»Meine Damen und Herren, wenn es Ihnen nichts ausmacht, beenden wir die Führung an dieser Stelle. Ich würde mich gern um Miss –«

»Slasher. Laura Slasher.«

»... Miss Slasher kümmern. Und meine Hochachtung für –«

»Carter.«

»... Miss Carter, dass sie so beherzt eingeschritten ist. Meine Damen, darf ich Sie auf ein Getränk einladen.«

Auf dem Weg in das Casino telefoniert Lorenzen. Laura hört einzelne Worte, die leise und nachdrücklich gesprochen werden, versteht aber nicht, worum es in dem Telefonat geht.

Als der junge Mann an den Tresen eilt, um Getränke zu bestellen, ergreift Elle das Wort. »Er hat mit der Intendanz gesprochen. Er macht sich Sorgen, dass Sie die Oper in Grund und Boden verklagen. Wegen Sicherheitsverstößen. Amerikaner haben in Europa diesen Ruf.«

»Hm. Nicht ganz zu Unrecht«, erwidert Laura. »Das verschafft uns einen angenehmen Spielraum. Ich wusste nicht, dass Sie Deutsch sprechen.«

Die Antwort ist ein Blick, der besagt, dass es da noch so einiges gibt, was sie von Elle Carter nicht weiß.

»Glauben Sie, dass es ein Unfall war?«

»Egal, was ich glaube. Vergessen Sie nicht, dass wir nicht zum Spaß hier sind.«

»Und übrigens: danke.«

Elle zuckt mit den Schultern.

Eine majestätische Erscheinung betritt das Casino. Die Blondine ist in ihren Sechzigern, was ihre Attraktivität nicht schmälert, sondern, im Gegenteil, ihr eine Autorität verleiht, die der Reife vorbehalten ist. Es ist, als zöge sie alles Licht auf sich, als sie den schattigen Raum betritt. Der Effekt wird von dem sandfarbenen Etuikleid, das sie trägt, unterstrichen. Erst, als sie an dem Tisch angekommen ist, an dem Laura und Elle sitzen, bemerkt Laura den kleinen Schönheitsfehler – ein Haltungsschaden, ein leicht verkrümmter Rücken, demzufolge es den Eindruck macht, als beuge die Frau sich ein wenig zu einem herab.

»Mrs Slasher – bitte bleiben Sie sitzen!«

Tatsächlich hat Laura den Impuls verspürt, sich zu erheben, als habe eine Königin den Raum betreten.

»Ich bin fassungslos und entsetzt. Es tut mir außerordentlich leid, was Ihnen zugestoßen ist – *beinahe* zugestoßen ist, den Göttern sei Dank. Und Ihnen meinen größten Dank, Miss Carter, dafür, dass Sie den Unfall verhindert haben, der meinem Haus großen Schaden hätte zufügen können. Darf ich mich vorstellen? Konstanze Lange, ich bin die Intendantin.« Sie reicht erst Elle, dann Laura die Hand, und von ihrem Handgelenk fliegt der Duft von Chanel No. 5 auf. »Ich kann Ihnen gar nicht sagen, wie peinlich und unangenehm mir der Vorfall ist, und ich versichere Ihnen, er wird Konsequenzen haben, sobald wir den Verantwortlichen ausgemacht haben. Hat sich Herr – «

»Lorenzen«, ergänzt dieser.

»Hat sich Herr Lorenzen gut um Sie gekümmert? Meinen Sie nicht, dass wir besser einen Arzt rufen sollten?«

»Danke, sehr freundlich von Ihnen, aber ich bin soweit in Ordnung. Vielleicht noch ein bisschen geschockt, aber das wird schon wieder. Herr Lorenzen hat uns einen Kaffee gebracht.«

»Herr Lorenzen, seien Sie so gut und besorgen Sie uns eine Flasche Champagner. Der ist zur Beruhigung wohl besser geeignet als Kaffee. Darf ich?« Die Intendantin setzt sich zu ihnen an den Tisch. »Sie sind zu Besuch in Berlin?«

»Ja. Wir kommen gerade aus London.«

»Was treibt Sie in die Stadt? Geschäft oder Urlaub?«

Laura merkt, wie schlecht sie auf ihre Rolle als Spionin vorbereitet ist, und greift auf bewährte Werkzeuge zurück: Sie strickt eine Geschichte auf Basis von Fakten. »Beides. Meine Großmutter stammt aus Deutschland. Sie ist zum Zeitpunkt der Machtergreifung mit ihren Eltern in die Staaten ausgewandert. Ich möchte ein wenig Spurensuche betreiben. Aber es gibt auch einen beruflichen Aspekt. Ich weiß nicht, ob Sie von meiner Schwester gehört haben? Lucille Shalott.«

»Aber natürlich! Die Fotografin! Wer kennt sie nicht?« In Konstanze Langes Stimme schwingt Begeisterung mit, und ihre braunen Augen funkeln.

»Genau die. Ich habe früher als ihre Assistentin gearbeitet. Jetzt mache ich das nur noch dann und wann. Aber sie hat mich gebeten, Locations zu scouten. Ganz oben auf ihrer Liste stand Ihr Haus.«

»Nein, wirklich? Das ist ja ein enormes Kompliment!«

Herr Lorenzen schenkt den drei Damen Champagner ein.

»Diese Nähe zum Publikum, der Mut zur Innovation.« Während Laura spricht, betrachtet sie Lorenzen, um sich an weitere Fakten zu erinnern, die er in seiner Führung erwähnt hat. »Und dann natürlich das Haus an sich, mit seinen unzähligen Facetten. Das Äußere, das keinen Aufschluss über das Innere gibt. Es ist schon ein Überraschungsmoment, wenn man den Opernsaal betritt.«

»Haben Sie vor, sich eine Aufführung anzuschauen?«

»Wir haben Karten für das Konzert heute Abend.«

»Für jede weitere Aufführung wenden Sie sich bitte direkt an mein Büro. Betrachten Sie sich in Zukunft als meine persönlichen Ehrengäste.«

Darauf erheben die drei ihre Gläser.

Die Zeit bis zum Konzert vertreibt Laura sich mit Internetrecherchen über die Intendantin. Sie hat die Leitung der Oper erst in der aktuellen Saison übernommen, war zuvor an Schauspiel- und Opernhäusern in Zürich, Göteborg und Frankfurt beschäftigt. Zwischen ihren Intendanzen lehrte sie an der Film- und Fernsehhochschule in Berlin und an der Royal Academy of Dramatic Arts in London. Persönliche Aspekte ihrer Biografie finden keine Erwähnung. Ihr erklärtes Ziel als Intendantin in Berlin ist es, die Komische Oper wieder an ihre Wurzeln zurückzuführen – bis in die Zeit, als das Haus noch Revue-Theater war. In dem Bestreben, auch eine junge Klientel zu interessieren und ihr die Schwellenangst zu nehmen, öffnet sie das Haus auch für Fremdveranstaltungen wie das Konzert von Magdalena. Ihre Kritiker hatten ihr anfangs Gefälligkeit vorgeworfen, aber mit der Platzierung der bewährten härteren Kost auf dem Spielplan hatte sie ihnen den Wind aus den Segeln genommen. In einem Interview mit dem »Berliner Tagesspiegel« hatte sie unter anderem geäußert: »Es ist keine Schande zu unterhalten, nicht wahr?«

Vor dem Haupteingang in der Behrenstraße steht eine Menge rauchender Konzertbesucher in der Abendsonne. Es sind Menschen vom Teenageralter bis in die Vierziger, und wenn Laura ein Adjektiv finden müsste, sie zu beschreiben, würde sie sagen: »sympathisch«. Was ihr in London gefehlt hat, das findet sie hier nun wieder. Eine Mischung aus Leuten aller Alters- und Einkommensklassen, die eines gemeinsam haben: ihre Liebe zur Musik, die Vorfreude auf den Beginn des Konzerts und die Art, wie sie die sommerliche Großstadtluft genießen. Kaum vorstellbar in dieser Atmopshäre, dass das Haus eine Bedrohung darstellen könnte, selbst der Vorfall vom Nachmittag scheint mittlerweile weit entfernt und nichts anderes als ein Unfall gewesen zu sein. Doch Laura bleibt trotz guter Laune realistisch. Sie hat Erfahrung mit Gebäuden, die mit falschen Karten spielen.

Das Abendpersonal führt Laura und Elle an die Tür zum Zuschauerraum. Ihre Plätze sind erstklassig – mittig in der achten Reihe. Es ist kurz vor 21 Uhr, und der Saal füllt sich. Am Gesichtsausdruck einiger Gäste wird deutlich, dass sie erstmals die Komische Oper besuchen. Es gibt Ahs und Ohs angesichts der Pracht des Raumes. Der Saal, gefüllt mit erwartungsvollen Menschen, entwickelt eine magische Ausstrahlung, etwas Warmes, Wertvolles – etwas, das sich jemandem wie Elle sicher nicht erschließt, sehr wohl aber von Laura wahrgenommen wird.

Als das Saallicht gedimmt wird, beginnen einige zu applaudieren, und das Klatschen steigert sich zu echter Euphorie, als noch hinter geschlossenem Vorhang Gitarren und Schlagzeug einsetzen. Der Vorhang öffnet sich mit einer solchen Wucht, dass Laura den Luftzug im Gesicht spürt, und das Publikum rast schon, bevor die Sängerin auch nur die Bühne betreten hat. Sie wird aus dem Bühnenboden emporgeschraubt, fragil, in einem glänzenden silbernen Abendkleid, das effektvoll die bunten Lichter der Scheinwerfer widerspiegelt. Trockennebel schießt über den Bühnenboden, und gleißend helle Scheinwerfer bestrahlen die hellblau ausgeleuchtete Kulisse, sodass es aussieht, als stünde die Sängerin auf der Wolke eines kitschigen Märchenhimmels.

Erst jetzt beginnt sie zu singen, und Laura ist dankbar für die Übersetzungsanlage auf dem Stuhl vor ihr. Noch beeindruckender als die mädchenhafte Stimme und die Inszenierung sind die Texte von Magdalena.

Alles auf Anfang und wieder alleine,
niemand hat dir versprochen,
das Leben muss fair sein.
Das war niemals das Prinzip,
und das Schicksal ist ein Dieb.
Alles auf Anfang!
Alles auf Anfang!

Wo noch gar nichts dranhang,
dann immer die Wand lang,
bis jeder mal drankam.
Alles auf Anfang!
Alles auf Anfang!
Alles auf Anfang!

Bei diesen Sätzen kommt alles hoch, was Laura nach der Trennung von Hector gefühlt hat. Innerhalb einer halben Minute. Die englische Übersetzung vermischt sich mit den Klängen der deutschen Sprache. Die Sätze hängen ihr nach, ein Gefühlsbild entsteht, und sie kneift sich in den Arm, um einen Schmerz zu fühlen, der nicht ihrer Seele wehtut. Es sind Begeisterung und Rührung zugleich, die ihr die Tränen in die Augen treiben.

Die schrecklichen Engel kämen zu richten,
zum Korrigiern falsch erzählter Geschichten,
sie knipsen das Licht an und schubsen dich feste
nach draußen ins Kalte, sie halten's fürs Beste.

Bei den nächsten Liedern meidet Laura die Übersetzungsanlage aus Angst, noch einmal emotional überrumpelt zu werden. Auch ohne jedes Wort zu verstehen, vermittelt sich ihr die Musik. Es sind Lieder vom Weitermachen, wenn man glaubt, am Ende zu sein, Lieder, die Trauer ernst nehmen und gleichzeitig versuchen, sie zu verarbeiten. Die Kompositionen sind so eingängig, dass die Melodien sofort hängen bleiben.

Immer wieder gibt es in dem Konzert Momente, in denen Laura sich zusammenreißen muss. Der Trick mit dem Kneifen ist effektiv, aber auf Dauer zu schmerzhaft. So tut sie das, was ihr auch bei bewegenden Filmen hilft, wenn sie nicht in einem voll besetzten Kinosaal in Tränen ausbrechen möchte – den Blick von der Leinwand abwenden und sich auf etwas anderes konzentrieren. So betrachtet sie die Menschen in den Reihen vor sich, schaut nach oben in die Seitenränge, studiert die Details des Stucks. Links oben in der mittleren Proszeniumsloge sitzt die Intendantin neben einem klotzigen Mann um die dreißig. Sie sitzt sehr ruhig und konzentriert da, die Arme auf der Brüstung, ein feines Lächeln um den Mund. Als spüre sie Lauras Blick, wendet sie plötzlich den Kopf zu ihr und schaut ihr in die Augen. Das Lächeln friert ein, kurz bevor sie es wieder anstellt. Doch der Moment der ehrlichen Reaktion wiegt schwerer als das grüßende Nicken, das sie ihr jetzt zukommen lässt.

Die Band beendet das Konzert mit ihrem offenbar bekanntesten Lied. Der gesamte Saal schreit auffordernd: *»Hol die Axt und schlag zu!«* Längst hat das Publikum die Sitze verlassen und steht, wiegt sich mit, einige tanzen. Elle ist, neben den Rollstuhlfahrern, die Einzige, die sitzen geblieben sind.

»Na? Und? Wie fanden Sie es?«, fragt Laura ihre Kollegin über den Schlussapplaus.

»Gesanglich, musikalisch und inhaltlich interessant«, überrascht Elle Laura mit einer präzisen Analyse. »Insbesondere der Mut, Rilke in diesen Kontext zu setzen.«

An der Tür zum Saal wartet Lorenzen auf die beiden. »Frau Lange würde sich freuen, wenn Sie oben im Foyer an einem kleinen Empfang teilnehmen.«

Der »kleine Empfang« ist ausgerichtet für die kulturelle Elite der Hauptstadt. Das bemerkt Laura aber erst, als sie Rufus Wainwright auf einem Lederhocker sitzen sieht, ins Gespräch mit Robert Wilson vertieft. Lorenzen nimmt sie beiseite und erklärt ihr, wer sich im Braunfels-Foyer eingefunden hat, um den Einstand der jungen Sängerin zu feiern: Regierungspolitiker, Künstler aus Hoch- und Popkultur, Autoren, Designer, Intendanten der anderen Bühnen. Die Anwesenden sind gut gelaunt, eher heiter und gelöst als feierlich gestimmt. Die Euphorie des Saals ist auch auf sie übergesprungen.

Konstanze Lange eröffnet den Abend mit einer Begrüßungsrede, die Elle für Laura flüsternd übersetzt.

»Es freut mich, Sie heute Abend in der Komischen Oper Berlin begrüßen zu dürfen. Für viele ist der Anlass, ein Popkonzert, ungewöhnlich, und ich freue mich, dass nicht nur wir als Opernhaus, sondern auch Sie als Gäste sich auf dieses Experiment eingelassen haben. Wie ich aus dem Applaus schließen kann – das Experiment ist geglückt.« Sie senkt den Blick und wartet, bis der Applaus abebbt. »Mein Dank heute Abend gilt zunächst Ian Smith, dessen Idee es war, eine der bedeutendsten deutschen Sängerinnen unserer Zeit dafür zu begeistern, unser Ensemble zu unterstützen.«

Der grobschlächtig wirkende Mann mit der Boxernase zu ihrer Rechten nimmt nickend und lächelnd den Beifall entgegen.

»Mein besonderer Dank gilt natürlich Magdalena und ihren Musikern für ein gelungenes Konzert in vergleichsweise bescheidener Umgebung.« Das Understatement bringt ihr einige Lacher ein. »Sie müssen bedenken, dass die Band normalerweise die O_2 World füllt! Und vor allem Dank an Magdalena!«, wieder wird freudig applaudiert. »Wir freuen uns auf eine außergewöhnliche Zusammenarbeit bei Ian Smiths Inszenierung von Antonín Dvořáks ›Rusalka‹, deren Premiere in wenigen Tagen ansteht.«

Als Laura sich nach dem Schlussapplaus Elle zuwendet, stellt sie fest, dass diese nicht mehr an ihrer Seite ist. Sie schaut sich im Raum um, kann sie allerdings nirgends ausmachen.

Für Laura ist es nichts Neues, sich in großen Räumen, gefüllt mit Fremden, etwas verloren zu fühlen. Doch sie hat gelernt, es sich nicht anmerken zu lassen. Und so schreitet sie, eine gut gekleidete, attraktive Frau, mit einem Champagnerkelch in der Hand langsam durch das Opernfoyer, umgeben von privilegiert wirkenden Menschen und Klangfetzen in einer Sprache, die nicht die ihre ist. Automatisch bleibt sie stehen, als sie Englisch hört. Wainwright und Wilson unterhalten sich über Wedekinds ›Lulu‹, aber die Unterhaltung ist eher verkopft und nicht sonderlich spannend.

»Mrs Slasher!« Eine warme Hand legt sich auf ihren Unterarm. »Haben Sie sich vom Schock am Nachmittag ein wenig erholen können?« Konstanze Lange steht neben ihr.

»Guten Abend, Frau Lange. Danke, alles in Ordnung.«

»Das freut mich. Ich habe mir große Sorgen gemacht. Hat Ihnen das Konzert gefallen?«

»Es war bewegend. Vor allem Dank der Übersetzungsanlage. Ich glaube, ich muss sagen, ich bin ein Fan geworden.«

»Ich würde Ihnen gern die Künstlerin vorstellen, aber sie ist offenbar noch in der Garderobe. Aber warten Sie …« Sie winkt den Regisseur herbei, der gerade das Foyer betritt. »Lassen Sie mich Ihnen Ian Smith vorstellen.«

Der Mann tritt zu ihnen und schenkt Laura ein strahlendes Lächeln. Aus der Nähe wirkt er noch größer, aber das, was sie auf den ersten Blick für Grobschlächtigkeit gehalten hat, schwindet bei näherer Betrachtung. Er hat die Statur eines Boxers, aber auch dessen Geschmeidigkeit. Bei all seiner Größe und Hünenhaftigkeit ist er wohlproportioniert und seine Bewegungen fließen. Er reicht ihr die Hand zur Begrüßung, und ihre verschwindet förmlich in seiner Pranke.

»Ian, das ist Laura Slasher, die Schwester von Lucille Shalott. Die Arme ist heute Nachmittag beinahe einer deiner tückischen Bühnenbauten zum Opfer gefallen.«

»Oh – was ist passiert? Wie kann ich mich entschuldigen?«

»Das Gasthaus hat sich selbständig gemacht, aber mir ist nichts passiert, keine Sorge.«

»Es gab ein Problem mit dem Seilzug. Wir sind der Sache auf der Spur.«

»Verdammt, so etwas darf nicht passieren. Normalerweise wird das Haus bei jedem Aufbau doppelt überprüft.« Sein Ärger wirkt ehrlich.

»Immerhin hatte ich nicht meine roten Glitzerschuhe an.«

Konstanze Lange lacht. »Köstlich. Sie wissen, dass wir als Ballettgastspiel auch den ›Zauberer von Oz‹ aufführen?«

»Erwarten Sie nicht, dass ich mir das anschaue. Ich will das Schicksal nicht ein zweites Mal herausfordern!«

Auch Smith lacht und legt dabei die Hand auf den Rücken der Intendantin, was diese offensichtlich irritiert und zu einem Ausweichschritt nach vorne verleitet. »Mrs Slasher ist in Europa, um Locations zu scouten. Für ihre Schwester.«

»Na ja, sagen wir ehrenhalber. Und nebenbei.«

»Ich bin ein großer Verehrer der Arbeiten Ihrer Schwester!«

»Ja, sie macht ihren Job recht gut.«

»Wenn Sie noch eine Weile in der Stadt sind, kommen Sie zu unserer ›Rusalka‹-Premiere. Dort gibt es auch keinerlei fliegende Häuser.«

»Auf diese Einladung komme ich sehr gerne zurück, Mr Smith.« Der Name Lucille Shalott funktioniert immer noch sehr gut als Eintrittskarte.

Er reicht ihr die Hand, sie schlägt ein.

»Dann gilt es als ausgemacht.«

»Oh, Ian, da ist Gitte Haenning! Ich muss Sie vorstellen. Wenn Sie uns bitte entschuldigen, Mrs Slasher?«

Als Laura sich umdreht, erschrickt sie. Direkt hinter ihr steht Elle. »Wo sind Sie gewesen?«

»Ich habe mir die Bühne angeschaut.«

»Und?«

Sie reicht Laura ihr Mobiltelefon, auf dessen Touchscreen ein Foto zu sehen ist. Es zeigt die zersplitterte Schiene, aus der das Drahtseil, welches das Haus gehalten hat, herausgerissen ist.

»Sieht aus, als habe jemand die Axt geholt und zugeschlagen.«

Kapitel 12

Das zweite Mal an diesem Tag greift Hector Slasher sich an die Brust, weil sein Herz einen stechenden Schmerz verursacht hat. Er sitzt auf einer Bank vor dem »Star Inn« und blickt dorthin, wo vor ein paar Minuten die Sonne untergegangen ist. Es tut nicht annähernd so weh wie am Nachmittag, als er seine Autofahrt unterbrechen musste, aber es ist nicht weniger beunruhigend. Das Glas Bitter, das er in der Hand gehalten hat, liegt zersplittert auf dem Asphalt, und eine Pfütze breitet sich aus.

Wieder gilt sein erster Gedanke seiner Frau. Es quält ihn, dass er kein Gefühl entwickeln kann, dass es bei einem Bild bleibt. Er versucht, sich an die Gefühle zu erinnern, die er einmal für sie hatte, aber es will ihm nicht gelingen. Er weiß, wie sehr er sie geliebt hat, vielleicht nicht vom ersten Moment an, aber es hatte nicht lange gedauert. Erst hatte er mit ihr gespielt und sie mit ihm, aber irgendwann waren die Grenzen verwischt, und es wurde unklar, wer der Jäger und wer der Gejagte war. Sie waren sich ebenbürtig gewesen, Komplizen, Verbündete. Bis zu der verdammten Explosion in seinem Kopf. Und der Wut, die seitdem die einzige Emotion zu sein scheint, zu der er fähig ist.

So schnell und heftig der Schmerz aufgekommen ist,

so abrupt verschwindet er wieder. Hector geht in das leere Gasthaus, holt aus dem Schrank in der Küche Besen und Kehrblech. Draußen ist es still für eine so laue Frühlingsnacht. Umso lauter kommt ihm das Geräusch von Glas auf Asphalt vor, als er die Scherben zusammenfegt.

Kapitel 13

Erst jetzt dämmert Laura, worauf sie sich eingelassen hat. Bislang wirkte die Oper nicht bedrohlich auf sie – dazu war das Treiben zu geschäftig, die Atmosphäre zu sehr geprägt von Arbeitsalltag. Dass jemand mutwillig und unter dem Einsatz von Werkzeugen einen Anschlag auf sie unternommen hat, macht ihr die Ernsthaftigkeit ihres Auftrages bewusst. Dass der Angriff eher mechanischer als magischer Natur gewesen ist, trägt nicht zu ihrer Beruhigung bei. »Wie es scheint, sind wir hier nicht so willkommen, wie man uns glauben machen will.«

Elles linke Augenbraue wandert Richtung Pony und beschreibt einen perfekten Winkel.

Als Magdalena schließlich erscheint, muss Laura zweimal hinschauen. Die elegant-dramatische Bühnenerscheinung im silbernen Kleid ist jetzt gänzlich ungeschminkt und trägt abgeschnittene Jeans und eine kurze graue Lederjacke über einem schwarzen T-Shirt, auf dem der Schriftzug »Tour of Life 1978« und das Gesicht der jungen Kate Bush aufgedruckt sind. Ihre Füße stecken in zerfetzten Chucks, und ihre langen aschblonden Haare trägt sie zum Pferdeschwanz gebunden. Ihr schmales Gesicht mit den großen hellgrauen Augen ist auch ohne Make-up ausdrucksstark und attraktiv.

Mit einem Glas Rotwein in der Hand macht sie die Runde.

Die Intendantin begrüßt die Sängerin herzlich. Der Bürgermeister schließt sich ihr an. Dann steuert Magdalena auf Ian Smith zu. Sie wirkt winzig neben ihm und muss den Kopf in den Nacken legen, um ihm ins Gesicht zu schauen. Sie sind noch in ihr Gespräch vertieft, als etwas an ihrer Körperhaltung auf einen plötzlichen Stimmungswechsel hindeutet. Ihre Schultern fallen herab, sie macht einen Schritt rückwärts, während Smith lächelnd weiterredet. Dann wendet sie sich von ihm ab. Laura sieht, wie ihre Augen glänzen, aber Magdalena sammelt sich, geht, lässt den Regisseur mitten im Satz stehen. Energisch schreitet sie durch das Foyer, und just als sie an Laura vorbeikommt, stürzt Elle rücklings gegen die Sängerin. Sie stolpert, kann sich zwar fangen, jedoch nicht den Inhalt ihres Weinglases davon abhalten, sich auf Lauras Kleid zu ergießen.

»Oh, fuck, mein Gott, es tut mir ja so leid!«

Auch wenn Laura nicht perfekt Deutsch spricht, erkennt sie den Ausruf als Entschuldigung.

»Oh, nein – und auch noch ein weißes Kleid! Kommen Sie, wir müssen da gleich was machen, sonst geht der Fleck nie raus.«

Etwas perplex lässt sich Laura von Magdalena aus dem Foyer führen. Sie wirft noch einen Blick zurück auf Elle, doch die fixiert einen bedeutungslosen Punkt an der Wand. So entgeht ihr auch der Blick, den Konstanze Lange auf das nicht besonders einfallsreiche, aber effektvolle Szenario wirft.

Magdalena hält die Tür der Damentoilette für Laura auf. »Ich weiß nicht, wie mir das passieren konnte, es ist mir voll peinlich. Ich bin Magda, übrigens.«

Laura stellt sich in gebrochenem Deutsch vor, und die beiden setzen das Gespräch auf Englisch fort. »Ist doch alles halb so wild.« Laura streift ihr Kleid ab und geht damit zum Seifenspender am Waschbecken.

Doch Magdalena nimmt es ihr aus der Hand und beginnt, großzügig Seife auf dem Fleck zu verteilen. Ihre wütend-traurige Stimmung ist nun Bedauern gewichen.

Im Spiegel treffen sich die Blicke der beiden Frauen. Magdalena stutzt. »Sorry, wenn ich frage, aber – haben wir uns schon mal irgendwo getroffen?«

Laura zuckt mit den Schultern. »Außer dass ich eben in deinem Konzert war – nicht dass ich wüsste.«

»Hm.« Magdalena widmet sich weiterhin der Fleckenbeseitigung, aber wieder betrachtet sie Laura im Spiegel. »Ich könnte schwören, dass ich dich schon einmal gesehen habe.«

»Früher hat man mich manchmal verwechselt mit einer Schauspielerin aus einer amerikanischen Serie. Aber die lief vor deiner Zeit.«

»›Friends‹?«

Laura rümpft die Nase. »Nein. ›Melrose Place‹.«

»Hab ich nicht gesehen. Das kann's also nicht sein. Du bist Amerikanerin?«

»Ich komme aus Kalifornien, aber ich habe die letzten Jahre in England gelebt.«

Hier hält Magdalena inne. Sie legt das Kleid ins Waschbecken und dreht sich zu Laura um. »Nicht zufällig in der Gegend von Penzance?«

»Ein paar Meilen entfernt, in St. Just.«

»Fuck. Du warst in Ashby House!«

Laura ist länger nicht auf ihre kurze Zeit im Rampenlicht der Weltpresse angesprochen worden. Sie hat in den vergangenen Jahren sogar den Eindruck gewonnen, dass die Menschen schneller vergessen, als für sie gut ist. »Daran erinnerst du dich?«

»Ich stand vor dem Haus, als es passierte! Ich war in dem Winter als Au-pair in Penzance. Wir waren eigentlich auf dem Weg nach Land's End, aber dann sind wir an dieser riesen Autokolonne vorbeigekommen und wollten wissen, was da los ist. Oh, mein Gott! Ich kann es nicht glauben, dass du vor mir stehst!«

Jetzt glänzen die Augen der Sängerin wieder gefährlich, und bevor Laura weiß, wie ihr geschieht, wird sie in den Arm genommen. Spontane Sympathiebekundungen erlebt sie selten, und sie fühlt sich davon gleichermaßen irritiert wie beglückt. Die Sympathie, die sie für diese junge Frau empfindet, die sie erst seit ein paar Stunden kennt, befremdet sie. Sie identifiziert das leise Unbehagen als einen Schutzimpuls, der in früheren Zeiten notwendig gewesen war, und streift ihn ab.

»Weißt du, dass das der Tag war, an dem ich angefangen habe zu schreiben?«

Jetzt ist es an Laura, gerührt zu sein. Und neugierig zu werden. »Was hast du alles gesehen?«

Magdalena runzelt die Stirn. »Ich kann mich nur sehr verschwommen erinnern. Manchmal träume ich noch davon. Und dann sehe ich zwei Dinge: einen Wasserspeier, der vom Haus herabstürzt und eine Frau erschlägt, und einen Mann. Und der scheint«, sie sucht nach den richtigen Worten, »fortzuschweben.«

»Das war«, jetzt schießen Laura die Tränen in die Augen, »das war Steerpike. Jonathan Steerpike. Ein guter Freund.«

»Ist er …?«

Laura nickt.

»Du warst damals in allen Medien, daran erinnere ich mich. Ich hab dich zum ersten Mal in den Fernsehnachrichten gesehen, glaub ich.«

»Es gab eine Zeit lang einen ziemlichen Wirbel, aber am Ende hat sich alles wieder beruhigt.«

»Wahnsinn! Echter Wahnsinn, dich kennenzulernen. Ich bin damals nach Hause gefahren – also zu meiner Gastfamilie. Ich konnte nichts essen, bin auf mein Zimmer – so ein blödes englisches Kinderzimmer mit einem Radiator, der nicht richtig funktionierte – und habe mir die Finger wundgeschrieben. An dem Tag und in der Nacht habe ich meine ersten vier Lieder geschrieben. Die sind förmlich aus mir rausgeflossen. Und das waren jetzt keine Lieder über Wasserspeier oder diesen schwebenden –«

»Steerpike.«

»Genau. Aber ich hatte einen solchen Energie-Flash, unglaublich. Ich habe am nächsten Tag meine Sachen gepackt und bin nach Berlin zurück. Meine Eltern waren zwar ein bisschen entsetzt, dass ich die Au-pair-Sache geschmissen habe – ich bin eigentlich jemand, der die Dinge durchzieht –, aber es war glasklar, was ich machen musste. In Berlin hab ich dann die Band zusammengestellt, und das war auch so – es fügte sich. Es war, als hätten wir aufeinander gewartet. Ein Jahr später waren wir in den Charts.«

»Wow.«

»Ich weiß bis heute nicht, wie das alles kam.«

»Aber solange es so gut für dich läuft …«

»Genau. Keine Fragen stellen! Ich verbinde das alles immer noch mit diesem Tag. Wann war das? Ist das schon sieben Jahre her? Uups. Beinhahe vergessen …« Sie wendet sich wieder dem Rotweinfleck zu. »Bist du länger in Berlin?«

»Für nicht absehbare Zeit.«

»Wie Julia Roberts in ›Notting Hill‹.«

»Nur ohne Liebesgeschichte im Hintergrund.«

»Kann ja noch werden.« Magdalena schenkt ihr über den Spiegel ein ermutigendes Lächeln. »Das Beste am Berliner Sommer sind die Jungs. Gerade jetzt kommt's mir vor, als habe jemand rudelweise Hipster ausgesetzt.«

Beim Gedanken an die das Stadtbild von Berlin-Mitte prägenden dünnen Männer in engen Hosen, deren Hosenböden auf Mitte des Oberschenkels hängen, muss Laura lächeln. Ihr Männergeschmack geht unbeirrt in Richtung Gentleman-Arschloch, und daran wird sich vermutlich auch in Zukunft nichts ändern. »Da herrscht vorerst kein Bedarf. Ich habe mich gerade von meinem Mann getrennt. Oder er sich von mir.«

»Oh, shit. Das tut mir leid.«

»Mir auch.« Laura ist sehr nach einem Themenwechsel. »Magda, darf ich dich etwas fragen?«

Magda friert ein klein wenig ein, als befürchte sie, zur Strafe für ihre Offenheit einer Fremden gegenüber jetzt eine indiskrete journalistische Inspektion oder, schlimmer, die Bitte um ein Autogramm. »Okay?«

»Ich wohne momentan im Adlon, und auch wenn es da sehr schön ist, fühle ich mich im Hotel ein bisschen verloren. Du weißt nicht zufällig, wo ich für ein paar Tage ein vernünftiges möbliertes Apartment bekomme, das nicht mitten im Touristenzentrum liegt?«

Magda grinst. »Mein bester Freund ist für zwei Monate in Paris. Es wäre mir eine Riesenerleichterung, wenn sich jemand anderes um seine Pflanzen kümmert. Soll ich ihn anrufen und fragen?«

Als eine Viertelstunde später die beiden Frauen die Damentoilette verlassen, trägt Laura ihr Kleid in einer Plastiktüte. Das silberne Kleid von Magdas Auftritt steht ihr ausgezeichnet. Die Sängerin hat sich bei ihr eingehakt und steuert auf den Bartresen zu.

»Olivier sagt, er ist froh, wenn jemand in der Wohnung ist, solange er sich in Frankreich aufhält. Ich probe morgen erst ab 13 Uhr. Wenn du Lust hast, dann zeige ich dir das Apartment vorher.«

»Sehr gern!«

»Und – hey! Dann sind wir quasi Nachbarn. Ich wohne im Dachgeschoss gegenüber!«

Laura sieht, wie die Intendantin in ihrem Gespräch mit dem Bürgermeister pausiert.

Zur gleichen Zeit verlässt Elle Carter unbemerkt den Empfang und begibt sich auf eine nächtliche Spurensuche durch das weitläufige Areal, das die Komische Oper darstellt.

KAPITEL 14

Kurz bevor sie das Hotel verlässt, klopft Laura an Elles Tür, bekommt jedoch keine Antwort. Sie hinterlässt beim Concierge Nachricht, dass sie sich eine Wohnung anschaut, und macht sich auf den Weg nach Kreuzberg.

Am Verwaltungsgebäude und an der Tageskasse der Oper vorbei geht sie die Linden entlang und biegt rechts in die Friedrichstraße ein, in der sich all die Läden aneinanderreihen, die sich in Großstädten weltweit aneinanderreihen. Auch die Menschen, die hier zügig einherschreiten, wirken austauschbar. Businessfrauen in dunklen, schmal geschnittenen Kostümen, das männliche Äquivalent in Anzügen, Krawatten und sorgfältig geputzten Schuhen. Etwas langsamer unterwegs die Touristen in Bermudashorts und mit Basecaps auf den Köpfen, junge Frauen in fließenden Stoffen, die in mehreren Lagen übereinandergetragen werden, die unvermeidlichen Hipster mit ihren asymmetrischen Frisuren, klobigen Brillengestellen und verrutschten Hosen, die von Hosenträgern nicht gehalten, sondern nur geschmückt werden. Im U-Bahnhof Französische Straße mischt sich das Publikum dann mit Menschen aller Alters- und Einkommensklassen. Hier sieht Laura mehr von den Menschen, an denen man sonst vorbeischaut: solchen, die Kleidung tragen, die nicht einmal deren Designer je schön gefunden haben. In der U-Bahn dann, nicht nur optisch zu identifizeren, sondern auch am Geruch, Menschen, denen eine Dusche guttun würde. Studenten auf dem Weg von oder zur Universität, versunken in Lehrbücher und beschallt von ihren iPods.

Am Halleschen Tor steigt Laura um und steigt die Treppen hinauf ans Tageslicht. Hier verkehrt die U-Bahn überirdisch und führt am Landwehrkanal entlang, an dessen Grasufer Menschen sitzen und die Sonne genießen. Sie steigt am Görlitzer Bahnhof aus, und noch einmal wirkt die Klientel wie ausgetauscht. Hier ist das Straßenbild geprägt von türkischen Frauen mit und ohne Schleier, von Backpackern aus Spanien und Skandinavien. Alles wirkt etwas jünger und rauer, wie eine Stadt für sich, die weit entfernt scheint von den Prunkbauten Unter den Linden und der Einkaufsmeile Friedrichstraße. In und vor den Cafés, Restaurants und Imbissen herrscht reger Betrieb, es wird auffällig viel geraucht. Hunde laufen unangeleint und selbstsicher umher. Die Berliner und ihre Gäste zelebrieren ihren Frühling nach einem Winter, der besonders hart war.

Was Laura auf ihrem Spaziergang sieht, gefällt ihr ausgesprochen gut. Die entspannte und multikulturelle Atmosphäre ist eine angenehme Abwechslung nach sieben Jahren Landleben. Sie kann sich Magda in dieser Umgebung sehr gut vorstellen.

Die Wohnung, die sie sich anschauen möchte, liegt in einer Seitenstraße. Hier befinden sich hauptsächlich Wohnhäuser, es geht etwas ruhiger zu. Gerade als sie ihr Handy aus der Tasche nimmt, um Magda anzurufen, erhält sie von ihr eine Textnachricht: »Bin schon in der Wohnung. Klingele bei Montaigne!«

Der Hausflur bringt das Berlin der zwanziger und dreißiger Jahre zurück. Nicht weil er entsprechend restauriert wurde, sondern weil er seitdem offenbar nicht maßgeblich verändert wurde. Über Putz verlegte Kabel, ein Dutzend Mal übertüncht, verschmelzen fast mit den Wänden. Über eine abgetretene Holztreppe geht Laura in den vierten Stock. Das Sonnenlicht scheint durch Milchglasfenster, die oben und unten mit Buntglas abgesetzt sind. So muss wohl ihre Großmutter gewohnt haben. Das Haus ist ihr in seiner leichten Abgewracktheit und mit seinem Geruch von altem Linoleum sympathisch. Die Tür zur Wohnung steht angelehnt. Leise Musik dringt heraus.

»Ich bin in der Küche. Komm doch rein!«, ruft Magda.

Es duftet nach Espresso, als Laura die Küche betritt. Magda, in einem kurzärmeligen Sommerkleid mit buntem Sternenmuster über den offenbar charakteristischen abgeschnittenen Jeans, hantiert mit einer Espressokanne, aus der Dampf aufsteigt, und schaltet den Gasherd ab.

»Schön, dich zu sehen! Komm, ich zeig dir die Wohnung.«

Laura hat schon in der Küche genug gesehen, um sich ausgesprochen wohl zu fühlen, aber der Rest der Dreizimmerwohung ist sogar noch ansprechender. Bei der Inneneinrichtung hat sich der Bewohner vom Stil des Hauses inspirieren lassen. Das Mobiliar ist ein wilder und doch ausgewogener Stilmix aus Antiquitäten und Flohmarktramsch. Die Wände sind in mutigen Farben gestrichen – das Wohnzimmer in Türkis und Gold, das Schlafzimmer in Bordeaux. An der dem Bett gegenüberliegenden Wand prangt ein gigantisches Mural – ein Porträt von Liz Taylor als Cleopatra, im Hintergrund Pyramiden. Auf den Parkettböden liegen bunte Teppiche. Im Arbeitszimmer befinden sich Regale mit einer beachtlichen Bibliothek, eine Wand ist gänzlich der Filmgeschichte gewidmet. Auch die Musiksammlung des Mieters ist beeindruckend. Spätestens jetzt weiß Laura, dass die Wohnung ein Glücksgriff für sie ist. »Wow, das ist genau das, was ich mir vorgestellt habe!«

»Und dabei hast du noch nicht mal das pièce de résistance gesehen …« Magda öffnet die Tür zu einer wild bewachsenen Dachterrasse. Der Duft von Frühlingsblüten weht in den Raum. »Komm, setzen wir uns raus. Und schau mal«, sie deutet auf das gegenüberliegende Dach, »da wohne ich. Und auch wenn ich es liebe, hier auf der Terrasse abzuhängen – jeden Tag die fünf Treppen drüben runter und hier wieder hoch, um die Blumen zu gießen … Du tust mir einen echten Gefallen, wenn du hier einziehst. Was denkst du?«

»Ich muss gar nicht denken. Ja. Absolut. Jederzeit. Sofort?«

»Kaffee?«

»Gerne.«

Magda holt ein Tablett mit Kaffee, Milch und Zucker und stellt es auf einen kleinen Tisch zwischen zwei Deckchairs.

»Ich hab dir noch gar nicht gesagt, dass ich auf dem Flug nach Berlin im Bordmagazin ein Interview mit dir gelesen habe.«

»Ich hab mich schon immer gefragt, wer so Bordmagazine liest.«

»Jetzt weißt du's.«

Die beiden grinsen sich an.

»Und wie gefällt dir die Arbeit an der Oper?«

Magda zögert, nimmt eine Sonnenbrille vom Tisch und setzt sie auf. »Es ist hart. Ich hätte es mir leichter vorgestellt.«

»Das ist nicht immer das Schlechteste, oder?«

»Schon wahr. Aber dass man das weiß, macht es nicht einfacher, es auszuhalten.«

»Was mir in solchen Situationen hilft, ist, mir die Absehbarkeit, die Tatsache, dass es irgendwann vorbei ist, zu vergegenwärtigen.«

»Da hast du recht. Aber beim kreativen Prozess will man doch auch irgendwie Freude verspüren, nicht nur den ganzen Stress haben, sondern es auch genießen können.«

»Und die Arbeit macht keinen Spaß?«

»An manchen Tagen fühle ich mich wie ein blödes Projekt, mit dem sich ein anderer etwas beweisen will. Und das Grundgefühl bei den Proben ist entsprechend. Es darf nichts schiefgehen, alles muss von unglaublicher Perfektion sein, und ich strenge mich unendlich an und bekomme doch nur Kritik.«

»Von Smith?«

»Ja. Vor allem. Vielleicht bin ich es auch einfach nicht gewohnt, mich so unterzuordnen. Alben machen, Videos konzipieren – das war mit der Band immer ein gemeinschaftlicher Prozess. Ich bin nicht sehr hierarchieerprobt.«

»Er hat auf mich keinen so dominanten Eindruck gemacht.«

»Du hast ihn getroffen?«

»Gestern, aber nur kurz.«

»Er hat diese alberne, machohafte Zuckerbrot-und-Peitsche-Nummer drauf. Mich hat er auch erst um den Finger gewickelt. Aber jetzt ist er einfach nur gnadenlos hart. Er bremst mich aus. Wir hatten noch keine einzige Probe, bei der ich meine Arie einmal zu Ende singen konnte. Er stoppt mich einfach. Vor den anderen steh ich da wie die Kleine, die's auch mal versuchen will, aber doch nur auf die Schnauze fliegt und sie dann mit hinunterreißt.«

»Das hört sich gar nicht gut an.«

»Das ist momentan mein Alltag.«

»Was steht für dich auf dem Spiel?«

»Eine Blamage. Diffamierung. Hohn?«

»Okay. Ich weiß, was du meinst.«

Aus der Ferne dringt das Geräusch einer U-Bahn, die auf ihren Gleisen rattert, zu ihnen, und eine Krähe fliegt über ihre Köpfe, zweimal aufkrächzend.

»Oh, fuck – ich habe gleich Probe! Wie spät ist es?«

»Zwanzig vor eins.«

»Du musst ins Adlon? Ich ruf uns ein Taxi.«

KAPITEL 15

Mit etwas Verspätung schafft Magda es zur Probe, und Laura geht die paar Meter weiter ins Hotel, um ihre Koffer zu packen. Als sie die Tür zu ihrer Suite öffnet, sitzt Elle an dem kleinen Schreibtisch.

»Wo sind Sie gewesen?«

»Das Gleiche kann ich Sie fragen. Haben Sie meine Nachricht nicht bekommen? Ich hatte den Concierge gebeten, Ihnen auszurichten, dass ich mit Magdalena verabredet bin. Der Sängerin. Und wo waren Sie?«

»In der Oper.«

»So früh schon? Warum?«

»Die ganze Nacht über. Ich habe mich umgeschaut.«

»Und? Irgendetwas gefunden? Mysteriöse verschlossene Türen?«

Als Antwort zieht Elle einen Dietrich aus der Tasche ihrer Jacke und zeigt ihn Laura.

»Der hätte Ihnen in Ashby House nichts genützt …«

»Die Oper scheint sauber zu sein. Noch.«

»Ich habe immer noch keine Ahnung, wie wir ein Portal ausfindig machen können.«

»Wenn es da ist, werden Sie es merken.«

»Aber ist es dann nicht schon zu spät?«

»Sie haben doch schon eines überlebt.«

»Mit Einbußen.«

»Nicht nur Einbußen.«

Dass Elle von Lauras Fähigkeit weiß, ist ihr seltsamerweise peinlich. Sie hat in den vergangenen Tagen keine weiteren Experimente unternommen.

»Wie weit sind Sie mit der Sängerin gekommen?«

»Meine neue beste Freundin. Eine sehr nette Person übrigens. Sie hat mir eine Wohnung besorgt.«

Elle könnten Lauras Sympathien nicht gleichgültiger sein. »Wozu eine Wohnung?«

Weil sie keine Lust auf eine Diskussion hat, arbeitet Laura mit einer Halbwahrhheit. »Die Wohnung liegt in Magdas Nachbarschaft. Sie gehört ihrem besten Freund. Ich denke, ich werde viel Zeit mit ihr verbringen.« Der Gedanke fühlt sich gut an. Es würde sehr viel angenehmer sein, mit Magda bei einem Kaffee Frauengespräche zu führen, als sich eine Unterhaltung mit der wortkargen Elle abzuringen.

»Muss ich mitziehen?« Elle scheint nicht sehr erpicht darauf.

»Das wird nicht nötig sein, Miss Carter. Und danke für den kleinen Stunt mit dem Weinglas gestern. Es hat ja wunderbar geklappt.«

»Dafür bin ich da.«

Gerade als sie ihre Koffer gepackt hat, klingelt ihr Handy.

»Mrs Slasher, wie geht es Ihnen?« Es ist die aristokratische Stimme Abraham McGraths.

»Mr McGrath, ich hatte soeben vor, Sie anzurufen.«

»Haben Sie sich schon mit der neuen Umgebung vertraut gemacht?«

»Das ist gar kein Ausdruck. Wir sind in die Oper geschlüpft wie Aschenputtel in den Abendschuh. Die Intendantin hat uns zu Ehrengästen gekürt, ich habe regen Austausch mit Magdalena, der Sängerin, die die Titelrolle der nächsten Premiere singt, und auch den Regisseur habe ich kennengelernt.«

»Ich wusste, dass ich die Richtige engagiert habe. Wie läuft die Zusammenarbeit mit Miss Carter?«

Nach einer verräterischen kurzen Pause sagt Laura: »Sie hat mich gestern vor einem Unfall auf der Bühne bewahrt. Und es ist ihr zu verdanken, dass ich die Sängerin kennengelernt habe.«

»Das hört sich doch alles sehr zufriedenstellend an.«

»Wussten Sie, dass Magda auf dem Grund und Boden von Ashby House war, als sich das Portal öffnete?«

Jetzt ist es an McGrath, zu zögern. »Sagen wir es so. Es überrascht mich nicht.«

»Und glauben Sie, dass vielleicht auch sie etwas mitbekommen hat? Dass sie nahe genug dran war, um ein besonderes Talent zu entwickeln? Sehen Sie, meine Schwester und Stephen Steed zum Beispiel. Deren Karrieren sind nach Ashby House noch einmal ganz neu angekurbelt worden. Und Magda sagt, sie hat am selben Tag angefangen zu schreiben, also den Grundstein ihrer Karriere gelegt. Glauben Sie, dass Erfolg auch eine Art … erworbene Fähigkeit ist?«

Es dauert eine Weile, bis McGrath antwortet. Er scheint zu überlegen. »Möglicherweise. Aber vielleicht ist der Erfolg auch lediglich ein Nebenprodukt ihres Talents.«

»Und ihre Gabe ist?«

»Der Gesang.«

Dass Gesang besondere Gefühle auslösen kann, ist Laura nicht fremd. Sie weint bei jeder Folge von »Glee«, manchmal aus Ergriffenheit, oft auch aus tiefer Freude. Zuletzt hat sie die überwältigende Macht der Musik auf Magdalenas Konzert erlebt. Gesang jedoch als übernatürliche Fähigkeit zu betrachten, auf diesen Gedanken ist sie noch nicht gekommen. Wenn man allerdings genauer darüber nachdachte …

»Ein talentierter Sänger schafft es, seine Zuhörer zu manipulieren, zu Gefühlen zu bewegen, die sie vorher nicht hatten. Ist es das, was Sie meinen?«

»So könnte es sein.«

»Aber das ist noch nicht alles?«

»Denken Sie an Sirenen.«

»Was haben Krankenwagen damit zu tun?«

McGrath kichert ein Alte-Männer-Kichern. »Die mythologischen Sirenen.«

»Oh. Ich verstehe. ›Odysseus‹. Ihr Gesang war so betörend, dass ihm seine Männer zum Opfer fielen. Aber es ist ja nun nicht so, dass Magda ihren Gesang einsetzt, um zu töten! Ich weiß nicht. Vielleicht hat ihr Talent auch gar nichts mit Ashby House zu tun. Denken Sie nur, wie viele Menschen vor Ort waren! Und sollen die nun alle Fähigkeiten entwickelt haben?«

»Es gibt bei dem, was Portalerfahrungen in Menschen auslösen, keine Gesetzmäßigkeiten.«

»Eigentlich schade.«

»Aber so ist es, bedauerlicherweise. Und so gibt es auch keine Möglichkeit herauszufinden, ob ihre Gabe vom Portal verursacht wurde. Apropos: Haben Sie schon herausgefunden, was Ihnen Ashby House mit auf den Weg gegeben hat?«

Laura zögert. Sie überlegt. Schließlich überwiegt die Scham. Sie will ihren neuen Arbeitgeber nicht enttäuschen. »Leider nein. Ich fürchte, ich verfüge über sehr, sehr wenige Talente.«

»Machen Sie sich keine Sorgen. Ich bin überzeugt, dass Sie mit Ihren Fähigkeiten noch weit kommen werden.«

In ihrer neuen Wohnung setzt sich Laura mit ihrem MacBook auf die Terrasse und sucht im Netz nach dem Libretto von »Rusalka«, wird fündig und lädt es herunter. Ihr fällt die umfangreiche Musiksammlung ihres Vermieters ein, und sie geht in die Bibliothek. Sie findet eine deutschsprachige Aufnahme der Oper aus den vierziger Jahren.

Während der Gesang längst verstorbener Opernsänger durch die Wohnung schmettert, weht und wabert, sitzt Laura unter einem Sonnenschirm auf der Terrasse und liest über »Rusalka«, die in Tschechien beliebteste aller Opern. Die Geschichte basiert auf einem slawischen Märchen: Rusalken sind Feen, die in Waldseen leben. Ihr Oberkörper ist menschlich, der Unterleib der eines Fisches. Es handelt sich um die Geister ertrunkener Jungfrauen oder von Waldgeistern verschleppter Frauen. Tagsüber leben sie am Boden des Sees, nachts gehen sie an Land, tanzen Reigen – wie soll das gehen mit einem Fischleib?, fragt sich Laura – und lachen. Wer ihr Lachen hört, ist zum Sterben verdammt.

In Dvořáks Oper beziehungsweise in Jaroslav Kvapils Libretto verliebt sich Rusalka in einen menschlichen Prinzen. Sie klagt dem Wassermann ihr Leid – dass sie sich nichts sehnlicher wünscht als eine menschliche Seele. Der Wassermann warnt sie vor den Gefahren der Menschenwelt, hat aber aufgrund ihres Gesangs Mitleid mit ihr und verweist sie an die Hexe Jezibaba. Die Hexe verschafft ihr den gewünschten Menschenkörper – einen äußerst ansehnlichen dazu –, allerdings unter der Bedingung, dass Rusalka ihre Stimme zurücklässt und dass sie ihren Prinzen umbringen muss, sollte er sich jemals von ihr abwenden. Die dumme – oder von Hoffnung und Sehnsucht berauschte – Rusalka lässt sich auf den Handel ein. Zunächst scheint ihr Plan aufzugehen. Der Prinz findet sie am Ufer des Sees und will sie sofort zur Frau nehmen. Rusalka geht mit ihm.

Das Glück währt nicht lange. Den Menschen ist die stumme Rusalka unheimlich. Sie wirkt blass und kalt. Als Wasserwesen ist sie zur wahren Liebe nicht fähig, sie kann dem Prinzen nicht geben, was er will, und so wendet er sich rasch von ihr ab und einer fremden Fürstin zu. Jetzt sehnt sich Rusalka zu ihrem See zurück, und der Wassermann nimmt sie mit sich fort. Der Prinz reagiert schockiert, als er erkennt, dass Rusalka ein Wasserwesen ist. Höhnisch lachend wendet sich die Fürstin von ihm ab.

Zurück am See ist Rusalka verdammt, eine Existenz als Irrlicht zu fristen.

Der unstete Prinz verspürt plötzlich ein heftiges Verlangen nach ihr, doch Rusalka warnt ihn, dass ihr Kuss ihn töten wird. Es ist ihm egal. Sie küssen sich, er stirbt. Sie gleitet als todbringendes Irrlicht über den See.

Was für eine scheußliche Geschichte!, denkt Laura. Über die Impertinenz von Männern und die Dummheit von Frauen. Und dass man sich ausgerechnet das in den Kopf setzt, was schlecht für einen ist. Es möglicherweise auch bekommt, aber nicht in der Art und Weise, wie man es sich vorgestellt, sondern so, wie man es verdient hat.

Musikalisch kann sie der Oper mehr abgewinnen. Alles andere als ein Opernfan, ist sie erstaunt, wie leicht sie Zugang zu der Komposition bekommt. Am besten – allerdings wenig überraschend für sie – gefällt ihr die Rolle der Hexe, die ihren Part mit Zynismus und bösem Humor singt. Doch ihre Stimme hat auch etwas Mütterliches.

Lauras Handy klingelt, und sie geht ins türkisfarbene Wohnzimmer.

Es ist Elle. Die gleich zum Punkt kommt. »Es kündigt sich etwas an. Wir müssen morgen Mittag in der Oper sein.«

»*Was* kündigt sich an? Und woher wissen Sie das?«

»Portalaktivität. Weshalb, glauben Sie, mache ich diesen Job?« Elle legt auf.

Sie hat offenbar noch mehr Talente als das Löschen von Erinnerungen. Laura weiß nicht, ob sie das beruhigen oder beunruhigen soll.

Als ein plötzlicher Windstoß in die Wohnung dringt, begleitet von einem schwer zu deutenden Geräusch, rast ihr Blick auf die Terrasse und findet dort nichts, was den Windstoß erklärt. Sie ist jetzt ganz entschieden beunruhigt. Plötzlich scheint ihr der Entschluss, sich dieser unorthodoxen Mission anzuschließen, aus einem Moment der Schwäche geboren. Hätte sie McGraths Angebot angenommen, wenn zwischen Hector und ihr alles in Ordnung gewesen wäre? Kaum. Aber nichts war mehr in Ordnung zwischen ihr und Hector. Eine andere Option hatte es einfach nicht gegeben.

Kapitel 16

Erst als sie Elle vor dem Westin Grand Hotel trifft, fällt ihr ein, dass sie noch keine Strategie abgesprochen haben, wie sie in die Oper gelangen. Ihre Kollegin hat offenbar weitergedacht und überreicht ihr einen Geigenkoffer.

»Und jetzt? Machen wir Straßenmusik?«

Elle runzelt die Stirn. »Es ist nicht so, dass ich Ihre Ironie nicht verstehe. Aber sie amüsiert mich nicht.«

»Warum müssen Sie es einem bloß so schwer machen, Sie zu mögen, Miss Carter?«

»Sympathien tun nichts zur Sache, Mrs Slasher.«

»Ich weiß, aber es würde alles etwas angenehmer machen.«

»Los«, kommandiert Elle und schließt sich einer Gruppe Männer unterschiedlichen Alters an, die ebenfalls mit Instrumentenkoffern auf der Behrenstraße unterwegs sind.

Die Idee ist so simpel und so dreist, dass Laura anerkennend nickt.

Die beiden Frauen schummeln sich unter die Orchestermitglieder, die sich offenbar nicht über die beiden Neuzugänge wundern. Durch die Wirtschaftsgasse, die das Westin von der Oper trennt, gehen sie zum Bühneneingang. Der Pförtner begrüßt die Gruppe mit einem »Tach'chen!« und drückt den Knopf, der die Tür zum Bühneneingang öffnet.

Laura winkt dem Pförtner im Vorbeigehen strahlend zu und erntet einen anerkennenden Blick.

Die Damen lassen den Herren den Vortritt und folgen ihnen eine Treppe hinauf. Als die Orchestermitglieder die nächste Treppe emporsteigen, hält Elle Laura zurück. Sie orientiert sich kurz und geleitet Laura durch das Labyrinth des Backstage-Bereichs, durch Gänge und Treppenhäuser unterschiedlichster Bau- und Umbauperioden. Es ist Laura schleierhaft, wie man sich hier zurechtfinden kann, aber Elle muss sich bei ihrem nächtlichen Ausflug bereits mit dem Grundriss vertraut gemacht haben. Mit Autorität schreitet sie durch die Gänge, nicht, als mache sie sich gerade des Hausfriedensbruchs schuldig, sondern als habe sie jedes Recht, sich hier aufzuhalten. Laura ist von solcher Souveränität beeindruckt.

Die Bühnenarbeiter, die ihnen vereinzelt über den Weg laufen, sind von der Anwesenheit der Frauen nicht irritiert. Laura erinnert sich an die Führung, bei der sie die Frage stellte, wer denn gegebenenfalls der Mensch in der Oper sei, bei dem alle Fäden zusammenlaufen und der einen Überblick über die Abläufe in allen Abteilungen habe. Lorenzen hatte verlegen reagiert und erklärt, bei mehr als vierhundert Angestellten im Haus könne unmöglich jeder jeden kennen. Fremde Gesichter begegneten einem hier jeden Tag.

Erst als sie den Umgang betreten, hat Laura eine Ahnung, wo sie sich befinden. Sie folgt Elle in den zweiten Rang. Die beiden bleiben im hinteren Bereich stehen, wo das Foyer in den Zuschauerraum übergeht. Von hier aus überschauen sie sowohl den zweiten Rang als auch den Teil des Zuschauerraums, der nicht vom Rang überdeckt wird, den Orchestergraben und die Bühne, wenn auch aus großer Entfernung. »Und jetzt?«, flüstert sie Elle zu.

»Warten.«

An eine Säule geschmiegt, lässt Laura den Blick über den barocken vergoldeten Prunk, den roten Samt der Sitze und die kitschig-schwülen Putten des Deckenstucks wandern. Sie ist jedes Mal aufs Neue fasziniert von der wuchtigen Pracht, die sich hinter der unscheinbaren, kastenförmigen Fassade verbirgt. Der gigantische Deckenlüster ist mit einer hellen Folie bedeckt und hängt als perfekte Halbkugel über dem Zuschauerraum. Nachdem sie das Libretto der Oper nun kennt, hat sie eine Ahnung, was der Regisseur mit diesem Effekt beabsichtigt.

Nach wenigen Minuten füllt sich der Orchestergraben mit Musikern, die ihre Instrumente zu stimmen beginnen. Türen öffnen und schließen sich, Bühnentechniker bringen letzte Markierungen aus Gaffer-Tape auf dem Bühnenboden an. Das Licht im Zuschauerraum erlischt. Magda und ein Kostümbildner betreten die Bühne, sie setzt sich auf eine Bank. Der Mann hilft ihr, in den Fischschwanz der Nixe Rusalka zu schlüpfen, der unter einer Masse aus grünen, blauen und silbernen, schuppenhaft angeordneten Pailletten funkelt und feucht anmutet. Aus dieser Entfernung ist die Mimik der Sängerin nicht auszumachen, aber ihre Körpersprache deutet auf Anspannung hin. Der Fischschwanz schränkt darüber hinaus ihre Bewegungsfähigkeit ein, und es fühlt sich an wie eine Indiskretion, ihr dabei zuzuschauen, wie sie unelegant über den Boden robbt.

Smith und der musikalische Leiter, dessen Namen Laura nicht kennt, betreten den Zuschauerraum. Der Dirigent verschwindet in den Orchestergraben, und der Regisseur nimmt im vorderen Bereich des Zuschauerraums Platz, wo ein Pult für ihn aufgebaut ist, auf dem er jetzt seine Aufzeichnungen und einen Aktenordner ablegt. Er nickt dem Orchester grüßend zu und wendet sich dann grußlos an Magda. »Das Lied an den Mond. So wie wir es gestern besprochen haben.«

»Kann ich bitte die Mondprojektion haben?«, ruft Magda dem Regisseur zu.

»Inspizienz?«

Die Inspizientin folgt der Aufforderung, und der Leuchter verwandelt sich in einen mit Kratern bedeckten, düster gelb strahlenden Mond.

Der Dirigent hebt seinen Taktstock, und die Musik setzt ein.

Die Nixe liegt in einer Versenkung – die einzige gerade Ebene auf der ansonsten schrägen Bühne –, die im fertigen Bühnenbild wohl den Waldsee darstellen wird. Sie ist allein auf der Bühne. Es ist der Moment, recht früh in der Handlung, in dem sie den Mond anfleht, der das Bindeglied zwischen der Menschen- und der Märchenwelt ist, der Fixpunkt, an dem sich die Blicke sammeln und der alles überblickt.

»Silberner Mond, du, am Himmelszelt – strahlst auf uns nieder voll Liebe …«

Es ist klar, was Smith mit dem gelbstichig flimmernden Mond über dem Zuschauerraum beabsichtigt. Er soll zeigen, dass Rusalkas Blick vernebelt ist, dass ihre Sehnsucht sich auf etwas richtet, das nur in ihren Augen ersehnenswert ist. Laura ist überrascht von Magdas Stimmeinsatz. Sie singt das Lied nicht in klassischer Opernmanier, sondern eher so, wie sich eine Schauspielerin dem Text nähern würde.

»Und an dieser Stelle stopp!« Smith hebt beide Hände und bleibt hinter seinem Pult sitzen. Die Musiker setzen ihre Instrumente ab, einige Töne klingen noch nach. »Das ist grauenvoll. Merkst du es nicht? Wir haben doch erst gestern darüber gesprochen.«

Magda schüttelt den Kopf.

»Du bist nicht Bernadette-fucking-Peters, und das hier ist Dvořák und kein Sondheim-Musical.«

Magda sitzt verloren auf der Bühne, und es ist ihr anzusehen, dass sie diese Reaktion nicht zum ersten Mal erntet. »Ian, gib mir klare Ansagen. Erst heißt es, ich soll alles Opernhafte sein lassen. Dann ist dir mein Ansatz wieder zu sehr Pop. Ich weiß langsam nicht mehr, wo du hinwillst.«

Das reißt ihn aus dem Stuhl. »Deshalb nennt man es schließlich ›proben‹. Es geht darum, etwas zu er-pro-ben. Mehrere Dinge auszupro-bie-ren! Begreif es doch endlich!« Wie um seine Überreaktion noch zu steigern, fegt er mit einer wütenden Armbewegung sein Pult leer.

Mit diesem Gebaren vertraut, schüttelt Magda nur den Kopf. »Meinst du nicht, es würde helfen, wenn ich das Lied einmal durchsinge, ohne dass du nach zwei Zeilen abbrichst?«

»Ich höre nur dich. Aber ich spüre Rusalka nicht!«

»Ich spüre langsam gar nichts mehr außer einer vergifteten Atmosphäre, in der zu arbeiten ich sehr schwer finde. Und wenn ich jetzt nicht einen Fischschwanz anhätte, würde ich aufstehen und gehen.«

»Da! Was glaubst du, wie es Rusalka geht? Sie kann auch nicht einfach aufstehen und gehen und sich holen, was sie will. Davor liegt ein Weg!«

Wieder schüttelt Magda den Kopf. »Du brauchst bei mir keine Knöpfe zu drücken, Ian. Du kannst mir einfach eine Regieanweisung geben, und dann werde ich mich bemühen, sie umzusetzen.«

»Sehr gut. Dann hoffe ich, dass man dir die Anstrengung ansieht. Die Sehnsucht. Den zwingenden Wunsch, zu entkommen. Dirigent?!«

Erneut setzt die Musik ein. Magdas Gesang hebt sich darüber. Ihre Arme, die im ersten Bild schlaff herabhängen, bewegen sich langsam, ihre Finger streichen durch die Luft, Laura fühlt sich an die Bewegungen einer Tempeltänzerin erinnert. Die Musik geht durch die Sängerin hindurch, die simplen Zeilen, in denen sie den Mond ansingt, verwandeln sich in den Sehnsuchtsgesang der Nixe, die sich nichts sehnlicher wünscht, als von einem Menschen geliebt zu werden. »Oh, Mond, entfliehe nicht!«, fleht sie, und die düstere Vorahnung, dass der Mond genau dies tun wird, ist ihrer zarten, verstörten Stimme anzuhören. »Entfliehe nicht!«

Und der Mond erlischt.

»Wie es mich schauert, schauert!«, endet sie, und das letzte Wort singt sie nicht, sie spricht es, und ihre Stimme bricht.

Laura atmet tief ein, ergriffen, und im selben Moment spürt sie den Schlag. Es ist, als ob sich plötzlich eine Windböe erhebt, gegen die sie sich stemmen muss. Jedes Haar an ihrem Körper stellt sich auf, wie elektrisiert. Sie schaut Hilfe suchend zu Elle. Deren Umriss scheint zu verwischen, sie hält sich an der Stuhllehne vor ihr fest. Ein Surren liegt in der Luft, ein Ton, den man eher spürt als hört. Erneut schlägt ihr eine Windböe, die kein Wind ist, entgegen. Das Kraftfeld ist enorm.

Mit einem Mal ist Laura zurück in Ashby House, steht auf dem Flur vor dem Turmzimmer, an ihrer Seite nicht Elle, sondern Steerpike. Sie riecht das Ozon, spürt, wie etwas an ihr reißt. Es ist, als sei die Wirklichkeit auf einer anderen Frequenz angeschaltet worden, und es raubt ihr den Atem. Erst jetzt nimmt sie wieder das Geschehen im Raum wahr.

Die Folie, mit der der Leuchter abgedeckt ist, hat sich eng um ihn zusammengezogen, so als würde sie von innen eingesogen.

»Runter!«, hört sie Elle rufen, und im selben Moment spürt sie, wie sie zu Boden gerissen wird und ein gewaltiges Rauschen über ihre Köpfe fegt. Elle ist schnell wieder auf den Beinen. Laura schaut vorsichtig über die Stuhllehne in den Zuschauerraum.

Smith kauert in einer Sitzreihe. Die Mitglieder des Orchesters halten schützend die Arme über die Köpfe. Magda liegt rücklings auf der Bühne, die Arme an der Seite, den Blick starr nach oben gerichtet.

Unter der Decke, die einst ein prächtiges Gemälde schmückte, löst sich ein Schatten.

Instinktiv duckt sich Laura, und auch Elle zieht den Kopf ein, als dieser Schatten herabrast und sich als substantieller erweist, als es zunächst den Eindruck machte. Im Sturz hinab in den Saal scheint er noch an Substanz zu gewinnen, wieder ist Elektrizität in der Luft. Als er über die Sängerin hinwegfährt, wirbelt er ihre Haare auf. Sie schreit auf, er verharrt, wie um sie zu studieren, und dann ist er in der Seitenbühne verschwunden.

Ein seltsames Knistern wird über ihren Köpfen hörbar, und Laura sieht, wie die Folie um den Deckenleuchter sich wieder entspannt, sich löst und wie ein Segel hinab in den Zuschauerraum gleitet.

»Was, um Gottes –«

»Ein blinder Passagier.«

Kapitel 17

Das Felsenstein-Zimmer ist das einzige Büro im Opernhaus, das über ein Fenster mit Blick auf den Opernsaal verfügt. Der erste Intendant der Komischen Oper nach Kriegsende legte Wert darauf, der Bühne nahe zu sein und jede Stunde seiner Arbeitszeit die Möglichkeit zu haben, die Proben mitzuverfolgen. Seit dem Umbau in den Sechzigern hatte der Raum leergestanden. Obwohl Konstanze Lange auch im Neubau ein Büro hat, machte sie das Felsenstein-Zimmer zu ihrer eigentlichen Schaltzentrale, was langjährigen Mitarbeitern übel aufstieß. Felsenstein war eine Legende, und sein Büro zu beziehen galt als Tabu. Darüber setzte sich Konstanze Lange hinweg. Viele empfanden das als Affront. Wohlmeinendere sahen es als Zeichen, als Wunsch der Intendantin nach Nähe zur Bühne.

An Tagen wie diesen erweist sich Konstanze Langes Wahl als goldrichtig. Als der erste Schlag durch den Saal geht, schaut sie zum Fenster. Aus einer Kristallkiste nimmt sie eine Zigarette, zündet sie an und erhebt sich von ihrem Schreibtisch. Sie geht gemächlich zum Fenster und schaut in den Saal. Lächelt. Gluckst einmal kurz wie ein zufriedenes Baby.

Es dauert keine Minute, bis Laura und Elle auf der Bühne sind. In diesem Schreckmoment fragt niemand, was sie hier eigentlich zu suchen haben. Es gibt Fragen, die brennender sind.

»Alles in Ordnung?«

Magda nickt, aber ihr Gesicht ist bleich, und ihre Augen sind immer noch schreckgeweitet. Laura hilft ihr, sich aufzusetzen – die Sängerin trägt immer noch den Nixenschwanz. Elle ist in der Seitenbühne verschwunden.

»Soll ich dir aus dem Ding helfen?«

Magda nickt, und Laura befreit sie aus dem Kostüm.

»Mrs Slasher?«

»Mr Smith?«

Auch dem Regisseur steht der Schock noch ins Gesicht geschrieben.

»Ich war mit Magda verabredet. Ich war oben im Rang und habe alles gesehen. Meine Güte, da haben Sie ja noch einmal großes Glück gehabt!«

»Glück? Was meinen Sie?«

»Na ja, dass sich nur die Plane gelöst hat und nicht der ganze Leuchter.« Bis sich Elle den Erinnerungen der Anwesenden annehmen wird, scheint es am Naheliegendsten, so zu tun, als handle es sich um technisches Versagen.

Smith runzelt die Stirn, und Laura widmet ihre Aufmerksamkeit wieder dem Nixenschwanz der Sängerin. Er kann den Blick nicht sehen, den die Frauen tauschen. Sie wissen beide, dass sie mehr gesehen haben als ein verirrtes Requisit, und Lauras Blick besagt, dass das vorerst zwischen ihnen bleiben sollte.

Die Inspizientin kommt verstört von der Seitenbühne. Sie hat das Geschehen auf den Monitoren verfolgt. »Was um Himmels willen war das denn gerade?«

»Das Prospekt hat sich gelöst.« Der Regisseur hat die Halbwahrheit übernommen.

»Das habe ich gesehen, aber davor?«

»Ich weiß nicht, was Sie meinen.«

»Es sah aus wie ein Stromschlag.«

»Wie soll denn bitte schön ein Stromschlag aussehen?«

»Aber dieser Lärm?«

»Es muss irgendwas mit dem Material des Prospekts und der Elektrizität im Deckenleuchter zu tun haben. Sie sollten das vielleicht überprüfen lassen.«

»Ja. Das wird es sein.«

Laura liest in Smiths Blick Erleichterung. »Die Leitungen hier werden so alt sein wie der Deckenstuck ... Rufen Sie jemanden von der Haustechnik.«

Die Inspizientin verschwindet wieder in der Seitenbühne.

Vor Außenstehenden scheint Smith den Kavalier herauszukehren. Er streckt Magda die Hand entgegen, um ihr auf die Beine zu helfen. »Mit dir soweit alles klar?«

»Danke. Ja.«

Er schaut sich hilflos um, während mehrere Techniker den Bühnenraum betreten und sich mit der Inspizientin beratschlagen. »Bis geklärt ist, was mit der Elektrik nicht stimmt, können wir hier nicht weiterproben. Ich schlage vor, wir machen eine Pause, sammeln uns und treffen uns um 16 Uhr auf der Probebühne.«

Eine Angestellte der Kostümabteilung wickelt den Fischschwanz in eine Plastikhülle und verschwindet mit ihm von der Bühne.

»Du hast es auch gesehen, oder?«

»Ich weiß nicht, was ich gesehen habe, aber es sah nicht gut aus.«

Laura und Magda sitzen nebeneinander an einem Tisch im Casino, in dem gerade wenig Betrieb herrscht. Trotzdem sprechen die Frauen im Flüsterton miteinander.

»Du warst näher dran als Elle und ich. Was war das?«

»Es hört sich komplett verrückt an …«

»Keine Sorge, damit bist du bei mir an der richtigen Adresse.«

»Also, erst war es nur ein Schatten oder – ich weiß nicht, wie ich es beschreiben soll – eine Art Schwarm? Aber je näher es kam, desto dichter wurde es. Und dann … dann … kam es auf mich zugerast, und als es direkt über mir war, hatte es plötzlich ein Gesicht … und … und … Ich weiß, das klingt krass, aber dieses … Wesen riss den Mund auf und schrie. Ich konnte den Schrei nicht hören, aber ich konnte ihn spüren, er ging mir durch und durch, tat mir körperlich weh. Es war das Schlimmste, was ich mir vorstellen kann! Und dann zog das Wesen über mich hinweg. Danach konnte ich mich eine Zeit lang nicht bewegen, ich lag da wie gelähmt.« Magda zittert, als sie von dem Erlebnis berichtet.

Laura hat eine Idee. »Magda, weißt du, ob die Monitore am Inspizientenpult reine Monitore sind?«

»Wie meinst du?«

»Bilden sie nur ab, oder werden die Proben aufgezeichnet?«

»Ach so. Ich verstehe. Du meinst, ob sie das gefilmt haben. Ich fürchte, nein. Das sind tatsäschlich nur Bildschirme. Die Proben werden nicht mitgeschnitten.«

»Hm.«

Ratlos und eine Weile schweigend sitzen die Frauen am Tisch.

»Ist es das, was du in Ashby House erlebt hast?«

Laura atmet tief durch. »Nein. So etwas habe ich in meinem ganzen Leben nicht erlebt. Und ich würde auf eine weitere Begegnung sehr, sehr gerne verzichten.« Dass eine weitere Begegnung angesichts ihres Auftrages unvermeidbar zu sein scheint, fügt sie nicht hinzu, sie denkt es nur. Der Gedanke fühlt sich nicht gut an.

»Ich frage mich, wo es jetzt hin ist.« Magda hält mit beiden Händen ein Glas Wasser umfasst, als könne das Glas ihr Halt geben. »Ich frage mich, ob die Oper jetzt noch ein sicherer Ort ist.«

»Ich glaube, die Antwort auf diese Frage kennen wir beide.«

KAPITEL 18

Die dritte Attacke ereilt Hector Slasher, als er bereits auf dem Weg ist. Anders als zuvor erwischt sie dieses Mal einen noch wunderen Punkt als sein abgekühltes Herz: die Titanschraube in seinem Hirn, von der augenblicklich ein Schmerz ausgeht, als hiebe man ihm einen Eispickel in den Schädel. Für einen Moment sieht er nur noch gleißendes Licht, und die Straße vor ihm verschwindet. Er umklammert das Lenkrad, und eine neue Welle Schmerz bricht über ihn herein. Er tritt auf die Bremse, und sein Wagen dreht sich einmal, bis er auf der Straße zum Stehen kommt. Er legt die Stirn aufs Lenkrad und verharrt in dieser Pose.

Erst das Hupen eines Lastwagens auf der gegenüberliegenden Spur bringt ihn zurück in die Wirklichkeit. Er ist geblendet, als habe er lange im Dunkeln gesessen, doch aus dem Gleißen schält sich langsam die Silhouette der Landschaft. Er korrigiert die Position seines Wagens und fährt langsam an.

Kapitel 19

»Es ist die Arie in Verbindung mit dem Raum. Sie öffnet das Portal. Habe ich recht?«

Elle nickt.

»Sie wussten es die ganze Zeit?«

»Natürlich. Sobald ›Rusalka‹ in der Komischen Oper gegeben wird, kommt ein Anruf von McGrath.«

»Aber warum wird sie dann immer wieder inszeniert?«

»Das ist der Nachteil beim Löschen von Erinnerungen. Wenn nachher keiner mehr Bescheid weiß, dann hält sie nichts davon ab.«

Laura und Elle sitzen vor dem Westin Grand Hotel an einem Cafétisch.

»Konnten Sie erkennen, *was* es ist, das da rübergekommen ist?«

»Ich habe genauso viel gesehen wie Sie.«

»Und erfahrungsgemäß?«

»Kann es alles gewesen sein.«

»Können Sie nicht etwas konkreter werden?«

»Nein.«

»Elle, Sie machen mich wahnsinnig.«

Elle schüttelt teilnahmslos den Kopf.

»Haben Sie eine Ahnung, wo es sich jetzt aufhält?«

»Es ist ein großes Gebäude. Mit vielen Orten, an denen man sich verstecken kann.«

»›Alles‹, sagen Sie. Geben Sie mir ein Beispiel. Sie machen das doch nicht zum ersten Mal!«

»Ein grüner Hamster. Der Geist einer Hauskatze. Giftiger Nebel. Ein Schwein mit zwei Köpfen. Ein Mann mit Insektenfühlern. Alles Mögliche eben.«

»Sie spinnen.«

Auf den Vorwurf reagiert Elle nicht, was Lauras Fantasien, die gerade in Gang gekommen sind, nicht erträglicher macht. »Vergessen Sie alles, was Sie bislang als gegeben betrachtet haben. Machen Sie sich auf etwas gefasst.«

»Das ist Ihr einziger Rat? Und wagen Sie jetzt bloß nicht, wieder mit den Schultern zu zucken!« Elle unterlässt es, mit den Schultern zu zucken, und Laura fühlt sich, als habe sie einen kleinen Sieg errungen. »Was suchen diese Wesen überhaupt hier?«

»Das ist unterschiedlich. Manche lauern geradezu auf ein Portal, andere erwischt es rein zufällig. Entsprechend schwer ist abzusehen, wie sie sich verhalten werden. Dieses hier, das wir heute gesehen haben, wirkte nicht freundlich. Meiner Einschätzung nach.«

»Stimmt. Es sah ziemlich gefährlich aus, als es auf Magda zustürzte.«

»Vielleicht war es auch nur verstört, weil es von ihr herübergezogen wurde. Schwer zu sagen.«

»Hm. Und wie kann es sein, dass ein Lied so etwas auslöst?«

»Das Lied ist nur ein Bestandteil. Der Raum der zweite. Keiner weiß, was sonst noch eine Rolle spielt. In der Gegend von Kopenhagen gibt es ein Portal, das sich nur bei Nebel an Donnerstagen öffnet. In einem Ort im Mittleren Westen der

Vereinigten Staates eines, das von einem Regenbogen und einer bestimmten Stimmfrequenz geöffnet wird.«

»Sie machen sich über mich lustig.«

»Das liegt nicht in meinem Charakter.«

Dies glaubt ihr Laura ohne den geringsten Zweifel.

»Musik hat eine Wirkmacht wie kaum eine andere menschliche Fähigkeit. Überlegen Sie beispielsweise, welche Rolle Gesang in der Religion spielt.«

Dass Elle selbständig und unaufgefordert Informationen liefert, ist Laura neu.

»Überlegen Sie, wie Sängerinnen und Sänger verehrt werden. Gesang emotionalisiert. Vom Sänger geht eine Faszination aus, man spricht nicht umsonst von ›kultischer Verehrung‹. Beobachten Sie einmal, was in einem Menschen vorgeht, der singt. Der befindet sich auf einer anderen Frequenz. Daher ist es nicht überraschend, dass ein Lied eine Portalöffnung mitverursacht. Die wirklich bizarren Portale sind meines Erachtens das am Annapurna, das sich öffnet, wenn eine jungfräuliche Seniorin Ketchup kocht. Es war relativ unkompliziert zu behandeln. Per Regierungsbeschluss wurden der Anbau und Import von Tomaten verboten. Oder das in Mirleft, einem kleinen Ort in Marokko. Das tut sich auf, wenn ein homosexuelles Liebespaar sich trennt und im Zeitraum von acht Minuten und im Umkreis von etwas weniger als einer Meile eine Möwe stirbt. Nicht immer leicht, die Komponenten herauszufinden.«

Laura ist beeindruckt. »Wow. Und das ist Ihr Job?«

»Das ist, was McGrath seit Ewigkeiten tut.«

»Und seit wann sind Sie dabei?«

»Ein paar Jahre.«

»Was schlagen Sie vor, wie sollen wir uns jetzt verhalten?«

»Zuschlagen, sobald sich die Möglichkeit bietet.«

Im Saal der Oper senkt sich der Deckenlüster langsam herab in den Zuschauerraum. Die Kristalle scheppern und klirren, und Staub steigt von ihnen auf. Eine Überprüfung der Elektronik erfolgt mit befriedigendem Ergebnis. Keinerlei Störungen sind festzustellen.

Kurz vor 16 Uhr finden sich zwei Damen mit Instrumentenkoffern am Bühneneingang ein und begeben sich ein weiteres Mal unerlaubt in den Bühnenbereich der Komischen Oper. Dieses Mal gibt es keine Alleingänge. Laura folgt Elle durch die Korridore. Im Hinterbühnenbereich herrscht kaum Betrieb. Die Technik ist damit beschäftigt, die elektrischen Leitungen im Saal zu überprüfen und den Deckenleuchter wieder zu montieren. Elle öffnet ihren Koffer und holt zwei Taschenlampen heraus. Sie reicht Laura eine davon. Dann betreten die beiden den Bereich der Hinterbühne, in dem Teile des Bühnenbilds gelagert werden. Gigantische Fassaden. Konstrukte aus leichtem Holz und Stoffbahnen.

»Meine Güte – das ist so groß wie eine Lagerhalle. Wie soll man hier etwas finden, das sich verstecken will?«

Wie Elle sucht Laura mit ihrer Lampe die Fassaden ab. Elle richtet den Leuchtstrahl auch an die Decke – doch er verliert sich in der Höhe.

Sobald ein Geräusch zu hören ist, verbergen sie sich im Schatten der Theaterbauten. In der halben Stunde, die sie für die Inspektion brauchen, geschieht dies nur zwei Mal. In beiden Fällen sind es geschäftige Bühnentechniker, denen die Anwesenheit der Frauen jedoch nicht auffällt. Die Suche nach dem Etwas, bei dem es sich um alles handeln kann, verläuft erfolglos.

Von der Seitenbühne begeben sie sich hinab in den Kellerbereich, der direkt unter der Hauptbühne liegt. Hier befindet sich auch der Aufzug, der es Magda ermöglicht, zu Beginn ihres Konzerts aus dem Bühnenboden aufzusteigen. Der Raum wird von blaustichigen Glühbirnen beleuchtet. Fünf Türen gehen von ihm ab. Elle wählt die nächstgelegene.

Der schmale Gang ist noch schlechter beleuchtet, eng, und die Decke ist erdrückend niedrig. Sie öffnen die abgehenden Türen, lassen den Lichtstrahl über technische Gerätschaften schweifen, schließen die Tür wieder und gehen zur nächsten. Systematisch arbeiten sie sich durch das Labyrinth unter der Bühne und entdecken dort nichts, was nicht aussieht, als ob es genau dort hingehöre.

»Wissen Sie, ob heute Vorstellung ist?«

»Ich kann mal nachschauen, Moment.« Laura holt ihr Telefon aus der Tasche und ruft die Website der Komischen Oper auf. »Heute steht nichts auf dem Spielplan.«

»Gut.«

»Und nun?«

»Wie spät ist es?«

»Kurz nach sechs.«

»Dann warten wir, bis geschlossen wird, und suchen oben weiter.«

Abraham McGrath sitzt an seinem Schreibtisch und ist damit befasst, im Internet Zeitungsmeldungen zu überprüfen. In Belchatow, einer Kleinstadt im Süden Polens, häuft sich das Verschwinden von Schülerinnen an einer katholischen Mädchenschule. Bei einem Grubenunglück in der Nähe wurden wenige Tage vor dem ersten Verschwinden (von Ewelina Kowalczyk, zwölf Jahre) siebzehn Männer verschüttet und konnten nur noch tot geborgen werden. Das

Telefonat mit einem befreundeten Entomologen in Krakau bestätigt McGraths Verdacht. In der Umgebung von Belchatow scheint das Tagpfauenauge, eine dort sonst stark verbreitete Schmetterlingsart, ausgestorben zu sein. Jetzt ist es eindeutig. Das Portal von Belchatow ist wieder aktiv, das erste Mal seit über einhundertfünfzig Jahren.

Schmerzlich wird McGrath die Abwesenheit Steerpikes bewusst, der, bevor er sich selbständig machte, einer seiner besten Männer war. Er ruft sein Adressprogramm auf, um einen Agenten für den Fall auszusuchen – und schaut irritiert auf. Aus dem Nebenzimmer, in dem die Fenster zum Hofgarten aufstehen, glaubt er ein Geräusch gehört zu haben. Und war da nicht aus den Augenwinkeln eine Bewegung zu sehen gewesen? Etwas Silbriges?

Er öffnet die Schublade des Schreibtisches, in dem seine Beretta liegt, nimmt sie heraus, schraubt den Schalldämpfer auf – die Geschäftsräume befinden sich seit über achtzig Jahren in den Carlton House Terraces, daran soll sich auch in Zukunft nichts ändern. Sollte er schießen müssen, dann wenigstens lautlos. Nahezu geräuschlos erhebt er sich von seinem Stuhl, bringt die Pistole in Anschlag und schleicht durch das Büro. Bleibt in der Tür zum Nebenraum stehen. Schaut nach rechts zur offenen Fenstertür und dem Baugerüst, das aufgebaut ist, weil die rückseitige Fassade gestrichen wird. Der Raum ist leer.

Er durchquert ihn zur gegenüberliegenden Tür, schiebt sie auf und betritt den unbeleuchteten Flur. Die Tür zur Bibliothek steht weit offen. Er weiß, dass er sie nach dem Verlassen geschlossen hat. Er atmet tief durch, hebt die Beretta. Nähert sich der offen stehenden Tür. Betritt die Bibliothek.

Und lässt die Pistole sinken. »Hector. Du hättest auch einfach klingeln können.«

Kapitel 20

Hector Slasher sitzt nackt in einem der Sessel der Sitzgarnitur, erhebt sich aber, als McGrath den Raum betritt. Er geht dem alten Herrn entgegen und reicht ihm die Hand. McGrath nimmt sie und legt seine andere Hand auf Hectors Unterarm. Sein Blick ist prüfend, aber nicht ohne Wohlwollen.

Was er sieht, gefällt ihm nicht. Der Hector, den er kannte, hat sich verändert. Natürlich, er ist gealtert, aber es sind nicht die Falten, die McGrath unangenehm auffallen. Etwas ist ihm abhandengekommen: Es ist das Strahlen, für das man ihm spontan Zutrauen schenkte, das Funkeln seines Charmes, mit dem er Fremde um den Finger wickeln konnte. Es ist weg oder erreicht gerade nicht die Oberfläche.

»Abraham, schön, dich zu sehen.«

»Wie lang ist es her? Zehn Jahre?«

»Zehn? Eher fünfzehn?«

»Wie ist es dir ergangen?«

»Alles beim Alten. Die üblichen Herausforderungen, die bewährten Lösungen, ich mache meine Arbeit wie gewohnt. Wie geht es dir?« McGrath geht zu einem Schrank, holt einen Hausmantel hervor, reicht ihn Slasher, der ihn überstreift.

»Ist das immer noch der alte?«

»Nicht derselbe. Aber ich bin beim gleichen Modell geblieben.« McGrath bedeutet Slasher, Platz zu nehmen.

»Wie es mir geht. Nun ja. Ich hatte einen Vorfall. Es ist ein paar Jahre her. Eine kleine Explosion im Gehirn. Mit den Folgen habe ich heute noch zu tun.«

»Was sind das für Folgen?«

»Es ist, als ob man ein Licht ausgeschaltet hat. Und wo das gewesen ist, sitzt jetzt eine kleine Titanschraube. Mein Gefühlsleben ist im Eimer.«

»Das geht achtzig Prozent der Weltbevölkerung nicht anders, oder?«

Slasher muss lächeln. »Nein, so meine ich es nicht. Ich komme nicht mehr an meine Gefühle ran, die scheinen unter Verschluss zu stehen. Das einzige Gefühl, das geblieben ist – und davon nicht zu knapp –, ist Frustration. Na ja, manchmal wird aus dem Frust dann Wut. Ich habe immerhin zwei Emotionen zur Auswahl.«

»Und deine Ärzte sind sicher, dass das pathologisch ist?«

»Du meinst, ein Psychologe könnte da was machen? Leider nicht. Wir haben alles probiert.«

»Wie hat sich diese ›Explosion‹ auf deine Fähigkeiten ausgewirkt?«

»Die ersten Jahre habe ich es gar nicht erst probiert. Da kam ich mir vor wie ein angeknackstes Ei. Vor ein paar Minuten klappte es ganz gut. Aber es strengt mich mehr an als früher. Du solltest übrigens nicht die Balkontüren auflassen, wenn ein Baugerüst vorm Haus steht.«

Statt einer Antwort legt McGrath die Pistole auf den Tisch.

»Ich sehe, du bist, wie immer, vorbereitet?«

»Es hat sich mehr als einmal bewährt. Aber was verschafft mir die Ehre deines Besuchs?«

»Das ahnst du nicht?«

»Nun ja. Ich habe da so eine Vermutung.«

»Weshalb hast du dir ausgerechnet Laura ausgesucht? Hätte es nicht irgendjemand anderes sein können?«

McGrath ist unangenehm berührt. »Hector – der Nachwuchs wächst nicht gerade auf Bäumen.«

»Wäre es nicht fair gewesen, erst mit mir zu sprechen? Nach all den Jahren?«

»Du hast ja recht. Aber ich wusste nicht, wie ich den Anfang machen sollte. Schließlich warst du es, der damals den Kontakt abgebrochen hat.«

»*Unter*brochen. Ich hatte dasselbe Recht auf ein normales Leben wie jeder andere. Und das Recht habe ich mir genommen. Und dann kommst du und stiehlst mir meine Frau.«

»Wir wissen beide, dass das nicht stimmt. Du hast dich von ihr getrennt und nicht umgekehrt. Sie ist aus eigenen Stücken dabei. Ich musste keine große Überzeugungsarbeit leisten.«

»Jetzt, da du sie kennst – wie fühlst du dich dabei, sie solchen Gefahren auszusetzen? Du hast sie doch erlebt. Hast du keine Skrupel?«

»Für einen Mann, der keine Gefühle haben will, bist du erstaunlich fürsorglich.«

»Ich kann mich daran erinnern, wie es war. Und dass sie ein wertvoller Mensch ist, der ein wunderbares Leben verdient. Wohin hast du sie geschickt?«

»Nach Berlin. Die Oper. Ein vergleichsweise schwaches Portal. Da fällt mir ein – Belchatow hat sich geöffnet. Du hast nicht zufällig Interesse?«

»Selbst wenn ich Interesse hätte – du weißt, was ich zu tun habe. Ist sie allein?«

»Nein. Elle ist bei ihr.«

»Die kleine Elle? Die du aus dem Knast geholt hast?«

»Die kleine Elle ist mittlerweile dreißig Jahre alt. Und du weißt so gut wie ich, dass es lediglich eine Jugendstrafe war, noch dazu ungerechtfertigt. Sie steckte mitten in der Pubertät und hatte ihre Fähigkeiten noch nicht unter Kontrolle.«

»Und jetzt?«

»Ist sie eine der Besten.«

»Weiß Laura, dass sie möglicherweise auch Fähigkeiten bekommen hat?«

»Ich habe es angedeutet. Sie hat ein Auge darauf.«

»Ist Elle immer noch die Charmeurin von damals?« Hector grinst, und McGrath nimmt einen Funken des alten Slasher wahr.

»Ich fürchte, sie hat sich nicht sehr verändert.«

»Es staubt immer noch, wenn sie den Mund aufmacht?«

»Und sie ist nach wie vor auf Kollisionskurs mit sämtlichen Objekten.«

»Manche Dinge ändern sich nie. Denkt man jedenfalls. Bis es anders kommt.« Das kurze Aufflammen des alten Slasher erlischt binnen eines Satzes.

Trotz der sommerlichen Wärme draußen ist es im Kellergeschoss der Oper frisch, und Laura fröstelt. Sie hat jedes Zeitgefühl verloren, und es kommt ihr so vor, als sitze sie hier schon seit einer Ewigkeit. Um sich die Zeit zu vertreiben, hat sie Klatschgeschichten auf ihrem Smartphone gelesen, aber lustlos, eher aus alter Gewohnheit. »Meinen Sie, es dauert noch lang?«

Anstatt zu antworten, steht Elle auf und streckt sich. »Es kann losgehen. Und machen Sie das Handy aus.«

Als sie den Keller verlassen, ist die Tür, die auf den Hof und zum Verwaltungsgebäude führt, geschlossen. Eine tiefe Stille liegt über der Oper. Der Puls der Stadt mag schlagen, aber hier hört man ihn nicht. Im Licht der Taschenlampen bewegen sie sich durch den Zuschauerraum, gehen dann noch einmal hoch in den ersten Rang und betreten jede einzelne Loge, ohne jedoch etwas Auffälliges zu entdecken. Auch im zweiten Rang schreiten sie die Stuhlreihen ab. Der Zuschauerraum liegt im Dunkeln. Die Bühne kann man von hier nur erahnen.

Laura setzt sich frustriert auf einen Platz in der ersten Reihe. »Es ist doch völlig unsinnig, was wir machen. Nadel im Heuhaufen, sag ich nur.«

»Shh!«, macht Elle, und jetzt hört auch Laura das Geräusch. Es kommt nicht aus der Nähe. Es scheint irgendwo in Richtung Bühne seinen Ursprung zu haben.

»Was?«

»Shh!«

Da ist es wieder. Eine Art Krächzen? Laura steht auf, stolpert und rudert mit den Armen, um einen Sturz über die niedrige Brüstung zu verhindern. Das Gefühl, das sie angesichts der Gefahr durchströmt, ist wie ein Schwindelanfall. Wieder das Geräusch, das jetzt lauter ist, aber nicht, weil das Wesen, das es erzeugt, näher gekommen ist. Es scheint nur lauter zu … sprechen?

Elle kommt zurück, schiebt Laura auf den Gang, der den Mittel- vom Seitenrang trennt, und leuchtet mit ihrer Taschenlampe in Richtung Bühne, doch der Lichtstrahl durchdringt die Dunkelheit nicht. Jetzt wird aus dem Krächzen ein Kreischen, und an Lauras Körper stellen sich sämtliche

Härchen auf. Das Kreischen wird lauter, nicht weil das Wesen sich mehr anstrengt, sondern weil es auf sie zurast, einen unerträglichen gutturalen Ton ausstoßend, der schließlich in einer Note gipfelt, die das Trommelfell zu zerfetzen droht.

Laura und Elle lassen ihre Lampen fallen und halten sich mit beiden Händen die Ohren zu. Sie sehen nicht, was da auf sie zufliegt, aber sie spüren den Luftzug.

Durch den unmenschlichen Schrei hindurch hört Laura Elles Stimme:

»Rennen! JETZT!«

Sie dreht sich um, hat keine Orientierung, droht ein weiteres Mal über die Brüstung zu fallen, spürt, wie Elle sie am Arm reißt. Im selben Moment segelt etwas über sie hinweg. Der Lärm, der Gestank – Laura muss würgen. Sie verharrt einen Augenblick zu lange, da fährt ihr etwas – eine scharfe Kralle? – über die Stirn und reißt sie auf. Sie spürt heißes Blut über ihr Gesicht fließen. Und rennt.

(Ja, auch in diesem Moment hat Slasher einen Anfall, der sich im Wesentlichen nicht von den vorhergehenden unterscheidet. Aber bleiben wir in der Oper.)

Laura folgt, die Arme vor sich ausgestreckt, um mögliche Kollisionen zu vermeiden, den Geräuschen von Elles Schritten ins Foyer des ersten Ranges. Sie hält sich am Geländer fest, nimmt zwei Stufen auf einmal, hört ein Klirren und Scheppern von Kristallen, das Elle veranlasst, stehen zu bleiben. Sie rennt in Elle hinein, und beide stürzen, aber es ist kein tiefer Fall, sie waren schon fast am Fuß der Treppe angelangt.

»Verdammt!« Elle rappelt sich auf.

»Haben Sie gehört? Es ist uns nicht gefolgt.«

»Es hängt am Kronleuchter.«

»Sollen wir?«

»Los. Und leise.«

Sehr viel langsamer und leiser gehen die Frauen den Weg, den sie gekommen sind, wieder zurück. Ihre Taschenlampen liegen auf dem Fußboden und schicken sinnlose Lichtstrahlen in die Stuhlreihen. Auf allen vieren macht sich Elle auf den Weg zu einer der Lampen, doch bevor sie sie erreicht, erklingt erneut ein Scheppern des Leuchters, begleitet von einem Schreien-Krächzen, das sich fast wie ein Lachen anhört.

Was immer dort am Leuchter hing, es ist jetzt abgesprungen und wieder in Richtung Bühne geflogen.

Als Elle die Taschenlampe in der Hand hält und auf den Leuchter richtet, bewegt er sich noch vom Schwung des Abstoßes. Die Kristalle funkeln im Licht. Die Bühne dahinter liegt in undurchdringlicher Dunkelheit, und beide fühlen und müssen es nicht aussprechen: Was immer eben noch im Raum war – es hat ihn jetzt wieder verlassen.

KAPITEL 21

Die Wunde auf ihrer Stirn brennt wie Feuer.

»Sieht nicht gut aus. Das muss genäht werden.«

Laura betrachtet sich im Spiegel der Damentoilette und tupft das Blut ab. »Wie kann sich das bloß so schnell entzünden?«

»Das möchten Sie nicht wissen. Lassen Sie mich.« Elle macht ein Papierhandtuch feucht und wischt vorsichtig über den feinen Schnitt.

Laura zuckt zusammen. »Autsch! Können Sie nicht wenigstens so etwas wie ›das wird jetzt gleich wehtun‹ sagen?«

Nachdem die Wunde mit den zu Verfügung stehenden Mitteln versorgt ist, machen sie sich auf den Weg hinaus. Elles Dietrich öffnet ihnen alle Türen.

Erst im Taxi, nach der Behandlung an der Charité, wo ihre Wunde mit zwölf Stichen genäht wurde – und ja, es wird eine Narbe bleiben –, schaltet Laura ihr Mobiletelefon wieder an. Sie hat drei Sprachnachrichten und eine SMS, in allen Fällen Nachrichten von Magda: Ich erreiche nur deine Mailbox. Was machst du heute Abend? »Magda hat sich gemeldet. Wir sollten uns zusammensetzen. Kommen Sie mit zu mir?«

Elle nickt.

Laura weist den Taxifahrer an, direkt nach Kreuzberg zu fahren.

»Wie viel weiß sie?«

»McGrath und ich vermuten, sie hat Portalerfahrung. Und dieses Mal war sie ja unmittelbar involviert. Sie hat das Ding gesehen.«

Auch wenn die Nacht lau ist, haben sich die drei Frauen um den Küchentisch zusammengefunden. Die Türen zur Terrasse sind verschlossen. Keine von ihnen fühlt sich heute noch wohl in der Dunkelheit.

»Was ist passiert? Hast du dich verletzt?«

Laura berichtet über ihre Exkursion in die Oper. Sie wählt ihre Worte mit Bedacht. »Wir haben es nicht sehen können, aber es ist definitiv etwas da. Selbst wenn ich es nicht für möglich hielte – den Beweis trage ich auf der Stirn.«

»Und du sagst, es ist – geflogen?«

»Man konnte den Wind spüren, den es dabei verursachte.«

»Das hört sich alles komplett verrückt an, aber nach dem, was ich heute auf der Bühne gesehen habe … trotzdem.«

»Mir geht es wie dir. Ich möchte mir nicht vorstellen, was es ist. Aber wir kommen nicht darum herum. Elle, was sollen wir tun? Irgendetwas muss doch geschehen, solange dieses Dings da herumfliegt.«

»Wir müssen auf eine Gelegenheit warten, es entweder zurückzutreiben, es davon zu überzeugen, freiwillig zu gehen, oder es zu töten.«

Mit diesem letzten Wort wird der Ernst der Lage noch offensichtlicher.

»Töten! Sie sagen das so, als sei es nichts. Wir sind doch kein Killerkommando!«

Elle zeigt, wie zu erwarten war, keine Regung. »Wir wissen noch nicht, in welcher Absicht es hier ist. Heute erschien es mir durchweg bösartig. Wenn dem so ist, dann hat es weniger Skrupel, als Sie ihm zutrauen.«

»Ich habe mich ziemlich bedroht gefühlt, als ich da lag mit meinem blöden Fischschwanz.«

»Sicher, und der Kratzer hier deutet auch nicht auf ein gutmütiges Wesen.«

»Es hätte uns aber auch ins Foyer folgen können. Und es hätte Ihnen nicht nur einen kleinen Kratzer verpassen, sondern Sie skalpieren können. Aber das hat es nicht getan. Es ist zurück auf den Leuchter.«

»Sie meinen – es spielt mit uns?«

»Es ist müßig, zu spekulieren. Wir müssen das Ding bei Licht erwischen. Ich kann nichts unternehmen, wenn ich es nicht sehen kann.«

»Aber wie sollen wir jetzt weitermachen? Wir proben morgen wieder auf der Hauptbühne!«

»Das Wichtigste im Moment für Sie – verhindern Sie, dass das ›Lied an den Mond‹ geprobt wird. Zögern Sie das raus, so lange Sie können. Sorgen Sie dafür, dass immer eine von uns bei Ihnen sein kann. Für Smith sind wir ab sofort Ihre persönlichen Assistentinnen.«

»Der wird ausrasten, wenn er das hört.«

»Zurzeit unser kleinstes Problem.«

»Magda, denk dran. Es sind nur noch wenige Tage, wenn überhaupt.«

»Was meinst du damit?«

»Ich meine, wir müssen die Premiere verhindern.« An Elle gewandt fährt Laura fort. »Das sehe ich doch richtig, oder?«

Doch Elle antwortet nicht, und ihr Blick ist schwer zu deuten.

An diesem Vormittag betreten Laura und Elle die Oper ohne Dietrich oder Instrumentenkoffer. Sie haben einen kurzfristigen Termin mit der Intendantin gewährt bekommen.

»Sie scheinen einen Narren an meinem Haus gefressen zu haben, Mrs Slasher, Sie sind ja förmlich eine feste Größe geworden.« Konstanze Lange trägt ihr Haar heute hochgesteckt. Ihre schlichten, aber edlen Perlenohrringe kommen so besonders gut zur Geltung. Einmal mehr scheint die in helles Taupe gekleidete Frau im dunklen Interieur des Felsenstein-Zimmers zu leuchten. »Wie läuft Ihre Spurensuche, Mrs Slasher?«

Laura, ertappt, bleibt um eine Antwort verlegen.

»Ihre Großmutter.«

»Meine ... ja ... also ... Meine Großmutter. Es ist so. Also, um ganz ehrlich zu sein, ich muss Ihnen etwas beichten, Frau Lange. Ich habe bei unserem ersten Treffen nicht ganz die Wahrheit gesagt.« Ihre Hoffnung auf Unterstützung durch Elle bleibt unerfüllt. Die sitzt schweigend neben ihr und macht keine Anstalten, sich in das Gespräch einzumischen. Hat McGrath Laura als Sprachrohr des Teams gebucht?

Die Intendantin legt den Kopf schräg und die Fingerspitzen ihrer Hände aneinander. Laura fühlt sich an Mrs Beaufort, ihre Highschool-Prinzipalin, erinnert, in deren Zimmer sie sich viel zu oft hatte einfinden müssen. »Ich bin nicht wirklich hier, um Locations zu scouten. Die Angelegenheit ist um einiges delikater.«

»So?«

Wie soll man einem rational denkenden, intelligenten Menschen beibringen, dass man eine Art moderner Ghostbuster ist? Für einen kurzen Moment zieht Laura eine Demonstration ihrer Fähigkeit in Erwägung, um der Intendantin eine Vorstellung davon zu geben, was in der Tat möglich ist. Aber dazu ist ihr die Fähigkeit zu peinlich. »Miss Carter und ich haben einen Auftrag. Und der bezieht sich auf Ihr Haus.«

»Sie möchten meine Intendanz!« Konstanze Lange lacht, aber ihre braunen Augen bleiben stumpf.

»Auf den Punkt gebracht: Sie haben ein Problem. Wir sind hier, es zu lösen.« Endlich ein Wort von Elle.

Laura übernimmt. »Gestern gab es bei den Proben zu ›Rusalka‹ einen Vorfall.«

»Ja, ich weiß. Das Mond-Prospekt hat sich vom Leuchter gelöst.«

»Das ist es nicht, was wir meinen. Das war lediglich ein Nebeneffekt des eigentlichen Vorfalls.«

»Und um was soll es sich da gehandelt haben?«

»Das ›Lied an den Mond‹, vorgetragen auf der Bühne der Komischen Oper, öffnet ein Portal.« Manchmal hat die auf den Punkt gebrachte Ausdrucksweise Elles auch ihre Vorteile. »Gestern ist ein Wesen durch dieses Portal gekommen, das in unserer Realität keine Existenzberechtigung hat.«

Konstanze Lange ist sichtlich amüsiert, nimmt aus ihrer Kristallkiste eine Zigarette, zündet sie an und bedeutet den Frauen fortzufahren.

»Was sich für Sie jetzt sehr lächerlich anhören muss«, schaltet sich Laura wieder ein. »Ich hätte es selbst nicht geglaubt, wenn ich es nicht mit eigenen Augen gesehen hätte.«

»Sie waren gestern hier? Wie sind Sie hereingekommen?«

»Das tut jetzt nichts zur Sache.«

»Ich meine, das tut sehr wohl etwas zur Sache. Sagt Ihnen der Tatbestand des Hausfriedensbruchs etwas?«

»Wir waren Gäste von Magdalena.«

»Magdalena ist hier ebenso wie Sie nur ein Gast und kann nicht schalten und walten, als ob ihr das Opernhaus gehört.« Die Intendantin äußert das nicht vorwurfsvoll, sie konstatiert. Es scheint ihr Vergnügen zu bereiten, dass die beiden Frauen sich winden müssen, was zumindest eine von ihnen auch tut.

»Wie gesagt, der Punkt ist, dass wir einen Auftrag haben, und dieser dürfte in Ihrem Sinn sein. Wir können noch nicht abschätzen, was für eine Gefahr von diesem Wesen ausgeht. Unsere Aufgabe ist es, das Schlimmste zu verhindern.«

»Und wie wollen Sie das veranstalten, gesetzt den Fall, dass Ihre kleine fantastische Geschichte auch nur ein Fünklein Wahrheit beinhaltet?«

»Wir können vorab keine Angaben zu unserer Methodik machen.« Das hört sich in Lauras Ohren besser an als die eigentliche Antwort, die »keine Ahnung« lauten müsste.

»Meine Damen, entschuldigen Sie, meine Zeit ist knapp bemessen. Nichts an Ihrer Geschichte ist logisch, geschweige denn glaubhaft. Allein schon, weil ›Rusalka‹ immer wieder mit großem Erfolg aufgeführt wurde und bislang niemand zu Schaden gekommen ist.«

Elle öffnet ihre Tasche und holt einen Stapel Fotos heraus. Sie legt sie vor Konstanze Lange auf den Schreibtisch.

Im Gesicht der Intendantin spiegelt sich eine Abfolge verschiedenster Emotionen. Sie ist entnervt, stutzt, nimmt ein Foto in die Hand, studiert es eingehend, runzelt die Stirn, schüttelt den Kopf. Ihre Lippen zittern, ihr Blick wird glasig. »Das ist doch nicht möglich!«

»Sie sehen es selbst.«

»Das können nur Fälschungen sein. Wenn das echt wäre, dann hätte es einen Skandal gegeben.«

Laura schaltet sich ein. »Und hier kommt meine Kollegin, Miss Carter, ins Spiel. Sie hat ein besonderes Talent. Sie kann Erinnerungen löschen.«

Zweiter Aufzug

Tief in der Hölle dunkelste Nacht
Deiner Erwählten folge nun nach

Kapitel 22

Hector Slasher hat keinen Blick für die Landschaft, als er mit dem Taxi vom Flughafen in die Stadt fährt. Zu sehr leidet er noch unter den Folgen des letzten Anfalls. Was ihn angetrieben hat herzukommen, ist eine Ahnung, eine Gewissheit, die jedoch schwer für ihn zu verarbeiten ist. Er muss Laura sehen, auch wenn seine Gefühle für sie nur eine Erinnerung sind. Dennoch verspürt er förmlich den Zwang, sie zu treffen. Er weiß nicht, was er sich davon verspricht. Er weiß nicht, wie sie auf ihn reagieren wird. Das ist alles nicht konsequent – und er ist immer ein folgerichtig vorgehender Mensch gewesen. Allerdings, wenn er es sich jetzt überlegt, nicht mehr, seit Laura ins Spiel kam.

Eigentlich war es seine Aufgabe in Ashby House gewesen, Laura zu bespitzeln. Im Rahmen dessen verführte er sie. Oder hatte sich da bereits alles geändert, und sie hatte ihn verführt? Anstatt ihre Geheimnisse zu verraten, war er zu ihrem Beschützer geworden. Sogar Steerpike hatte er beschützt, und das, obwohl er eine Verbindung zu McGrath vermutet hatte und der Mann ihm suspekt gewesen war.

Zwischen Hector und Laura war ein Band entstanden, das in den ersten Jahren ihrer Ehe immer dicker und enger geworden war. Vor wenigen Tagen erst hatte er es zerschnitten.

Oder es zumindest versucht. Denn so einfach schien es nicht zu sein, die Verbindung zwischen ihm und ihr zu kappen.

An Konstanze Langes Abwehrhaltung hat sich nichts geändert. »Es ist beeindruckend, was Sie erzählen, meine Damen. Aber ich suche immer noch den Raum nach einer versteckten Kamera ab. Bei den Fotos kann es sich um Fälschungen handeln. Das kann doch heutzutage jedes Schulkind mit Photoshop.«

»Dann machen Sie eine Recherche. Die Frau auf dem Foto ist Ingeborg Saalbach. Sie hat die Rusalka im Jahr 1998 gespielt, ihr letztes Engagement. Überprüfen Sie die Lohnlisten. Schauen Sie nach, wer nach einer ›Rusalka‹-Premiere nicht mehr auf der Lohnliste stand. Es konnte viel vertuscht werden, aber es gibt Beweise.«

»Das ist absurd.«

»So mag es aussehen. Aber das Leben *ist* absurd.« Elle deutet auf ein weiteres Foto. Laura möchte gar nicht wissen, was darauf abgebildet ist. Ihr hat die Reaktion der Intendantin gereicht. »Das ist der Körper von Werner Rabe, er saß im August 1962 im Publikum. Er war Lehrer an der Staatlichen Schauspielschule. Und hier«, sie schiebt ein weiteres Foto über den Tisch, »sein Kopf. In seiner Stasi-Akte heißt es, er habe am Tag der Premiere Staatsflucht begangen. Es ist der einzige Eintrag, er war immer ein unbescholtener Diener seines Volkes. Linientreu. Von ihm fehlt offiziell jede Spur. Fakt ist, dass seine Leiche in der Braunkohle-Heizung der Oper entsorgt wurde.«

»Frau Lange, Sie müssen die Premiere abblasen.«

Die Intendantin steht auf und geht unruhig durch den Raum. Der lange Aschekegel ihrer Zigarette fällt auf den Teppich. »Wie stellen Sie sich das vor? Haben Sie eine Ahnung, was da auf dem Spiel steht? Was für einen Verlust wir einfahren, wenn wir eine Inszenierung ganz einfach kippen? Ganz zu schweigen von dem Prestige! ›Rusalka‹ ist ein potentieller Hit. Ich kann doch nicht zur Presse gehen und berichten, dass mich zwei«, sie rudert mit den Armen, »zwei Geisterseherinnen darum gebeten haben, eine Oper aus dem Programm zu nehmen, in die Unmengen von Subenvtionsgeldern geflossen sind. Eine unserer aufwändigsten Inszenierungen! Das ist Verschwendung von Steuergeldern! Das kann sich kein Haus der Stadt leisten. Die Premiere ist seit Wochen ausverkauft!«

»Umso wichtiger, dass sie nie stattfindet. Oder glauben Sie, dass eine Katastrophe besser für den Ruf des Hauses wäre? Möchten Sie das verantworten?«

»Menschen werden sterben.« Wenn Elle es aussprach, klang es noch drastischer.

»Ich kann Ihnen nicht glauben, es tut mir leid. Das ist alles albern. Verrückt.«

»Dass es in Ihren Augen verrückt ist, heißt nicht, dass es nicht trotzdem wahr ist.«

»Wir drehen uns im Kreis. So kommen wir nicht voran. Ich möchte die Unterhaltung an dieser Stelle beenden.«

Laura schüttelt resigniert den Kopf. »Hat schon mal jemand zu Ihnen gesagt: Das wird Ihnen noch leidtun? Wenn nicht, ist jetzt der Zeitpunkt gekommen.«

»Sie drohen mir?« Konstanze Lange stützt sich mit den Händen auf den Schreibtisch, und ihre Augen lodern.

Laura hält dem Blick stand. »Nein. Das ist keine Drohung, das ist eine schlichte Prognose.«

Die Intendantin richtet sich auf, so weit ihr leichter Buckel es zulässt. »Ich bitte Sie, augenblicklich mein Büro zu verlassen, und ich will Sie in diesem Haus nie wieder sehen. Raus!«

»Den Gefallen können wir Ihnen nicht tun.«

»Magdalena hat uns mit ihrem Personenschutz beauftragt.«

»Sie setzen keinen Fuß mehr in mein Haus!«

»Wenn wir nicht, dann Magdalena auch nicht.«

»HINAUS!«

Es ist weniger das Dröhnen ihrer Stimme als das irre Funkeln ihrer braunen Augen, das auf Laura Eindruck macht. Sie erhebt sich.

Elle tut es ihr nach. »Auf Wiedersehen, Frau Lange.«

»Ganz bestimmt nicht.« Sie stößt ihre Zigarette im Aschenbecher aus.

Sie stehen schon in der Tür, da dreht sich Elle noch einmal um. »Sie sollten sich glücklich schätzen, dass wir hier sind. Sie haben soeben ein Todesurteil ausgesprochen. Ohne unsere Hilfe wird es ein Massaker geben.«

»An Ihren Händen klebt jetzt schon Blut, Frau Lange.« Seltsamerweise – und perverserweise, angesichts des Szenarios, das Elle heraufbeschworen hat – gehen Laura Slasher die Worte über die Lippen wie Honig. Es ist lange her, dass sie sich so stark und so im Recht gefühlt hat. Es fühlt sich gut an. Es gibt ihrem verfahrenen Leben einen Sinn.

Die Intendantin schaut mit einem Ausdruck unfassbarer Wut über ihre Schulter. Ihr Blick wendet sich erst ab, als auf dem Sideboard eine Kristallvase explodiert, Anemonen und Iris zu Boden fallen und eine kleine Dampfwolke von den Splittern aufsteigt.

»Wie hat sie reagiert?«

»Sie ist wild entschlossen, die Premiere durchzuziehen. Du musst aussteigen.«

Magda schüttelt resigniert den Kopf. »Dann trifft es eine andere, oder?«

»Hm.« So weit hat Laura nicht gedacht. »Aber willst du dich nicht erst einmal selbst in Sicherheit bringen?«

Magda rührt und rührt und rührt in ihrem Kaffee.

»Oh, Entschuldigung, darf ich?« Ein junger Mann mit asymmetrischem Haarschnitt und britischem Akzent ist an ihren Tisch vorm Café des Kulturkaufhauses Dussmann in der Friedrichstraße getreten. »Könnte ich bitte ein Autogramm von dir bekommen?«

»Na klar. Hast du was zum Schreiben?«

Er kramt in seinem Jutebeutel und fördert ein Notizbuch zutage, auf dem eine Babuschka-Figur abgebildet ist. Sein Kugelschreiber endet in einer Minifassung des Fernsehturms.

Magda schreibt: Alles auf Anfang. »Für?«

»Für meinen Mitbewohner – Karl.«

»Und du bist?«

»Simon.«

Magda schreibt: Für Simons Mitbewohner Karl, und signiert mit: Magdalena.

Der junge Brite verabschiedet sich mit einem Lächeln und verschwindet in Richtung Unter den Linden.

»Ich vergesse immer, wie berühmt du bist. Du bist so ganz anders als die Stars, die ich kennengelernt habe.«

Magda zuckt mit den Achseln. »Bodenhaftung. Das ist alles so temporär. Kein Grund, auszurasten und durchzudrehen.«

»Für die meisten, die ich kennengelernt habe, ist genau das Anlass genug.«

»Du trägst die Haare anders.«

Am Vormittag hat sich Laura einen Pony geschnitten, um den auffälligen Verband auf ihrer Stirn zu kaschieren.

»Sieht ein bisschen nach Florence Welsh aus, gefällt mir.«

Laura lächelt und behält für sich, weshalb das Lied »The Dog Days are Over« in ihr ambivalente Gefühle auslöst.

Die Frauen sitzen eine Weile da, ohne ein Wort zu wechseln, bis Magda das Schweigen bricht. »Weißt du, ich habe einen Freund, der ist Blogger. Der führt öffentlich Tagebuch und schreibt über Gott und die Welt und ganz viel über Kate Bush und Marilyn und was weiß ich, alles, was ihm irgendwie wichtig ist. Und im Gegensatz zu den Bloggern, die nur herumätzen und Gift spritzen, schreibt er in erster Linie über schöne Sachen oder Zeugs, das ihn gerade bewegt. Und die Blogs, die er liest, hat er auf seiner Seite verlinkt. Die sind teilweise auch ganz zauberhaft. Und wenn mal ein Blog, das er verlinkt hat, eingestellt wird, dann nimmt er es nicht von seiner Seite runter, sondern setzt den Link in Klammern. Könnte ja sein, dass da noch mal was kommt. Oder aus Respekt – nur weil es eingestellt wurde, heißt das ja nicht, dass es bis dahin nicht ganz toll war.«

Lauras Blick macht deutlich, dass sie keinen Schimmer hat, worauf Magda hinauswill.

»Und so fühle ich mich im Moment. Ich würde mich gern in Klammern setzen für eine Weile. Verstehst du, was ich meine?«

Laura erschrickt innerlich, lässt sich aber nichts anmerken. Sie hat gerade – und dies ist das erste Mal in ihrem Leben, da ist sie sich sicher – ein mütterliches Gefühl. »Ich will dich ja nicht erschrecken, Magda, aber irgendwie löst du heute in mir ständig den Wunsch aus, dich in den Arm zu nehmen.«

KAPITEL 23

»Guten Tag, was kann ich für Sie tun?«

»Können Sie bitte auf dem Zimmer meiner Frau anrufen und schauen, ob sie da ist?«

»Der Name Ihrer Frau?«

»Mrs Laura Slasher.«

Der Concierge schaut in den Monitor seines Computers und tippt den Namen ein. »Tut mir leid. Mrs Slasher hat vorgestern ausgecheckt.«

»Oh. Nun. Dann rufe ich sie an. Danke.«

Hector wendet sich von der Rezeption ab und schaut prüfend durch die Eingangshalle, als ob Laura sich hier irgendwo versteckte. Da sieht er eine auffällige Erscheinung aus der Richtung der Fahrstühle kommen. Etwas zu groß, etwas zu elegant gekleidet, die schwarzen Haare lackartig glänzend. »Elle?«

Die Frau bleibt stehen und schaut ihn an. Erkennt ihn schließlich. »Mr Slasher.«

»Wie geht es dir? Das letzte Mal, als wir uns sahen, hast du noch Zahnspangen getragen! Ich muss sagen, du hast dich prächtig entwickelt.«

»Sie sehen nicht gut aus. Als ob man einen Schalter ausgeknipst hätte. Fast erschreckend.«

Obwohl er ihre Art kennt, ist Slasher ein wenig konsterniert. In seinem Umfeld hat ihn niemand *so* direkt auf seinen Zustand angesprochen. Aus leeren Augen betrachtet Elle ihn wie ein Objekt hinter einer Schaufensterscheibe. »Du hast nicht zufällig meine Frau gesehen?«

»Doch.«

»Wann und wo?«

Sie schaut auf ihre Armbanduhr. »Vor einer Stunde und zwanzig Minuten in der Behrenstraße.«

»Und du weißt nicht zufällig, wo sie sich gerade jetzt aufhält?«

»Nein, ich bin keine Hellseherin.«

»Und was sie vorhatte?«

»Sie wollte sich mit einer Bekannten treffen.«

»Weißt du auch, wo?«

Sie biegen gerade von der Friedrichstraße ab, als Laura abrupt stehen bleibt. Magda ist irritiert. »Hey, was ist los?«

Doch Laura steht wie eingefroren und schaut schräg über die Straße. Ihr Gesicht ist bleich.

»Laura?«

»Entschuldige. Es ist nur … Da steht mein Mann.«

»Meine Güte. Du zitterst ja.«

Sie ringt um Fassung. Und ringt. Und ringt. Und gewinnt sie wieder. Sie *ist* ein zähes Biest. Dann zieht sie Magda in den Schatten der Arkaden der Friedrichstraße, aus dem Blickfeld Slashers heraus. »Ich hab keine Ahnung, wie ich mich verhalten soll. Es sind keine zwei Wochen her, dass wir uns getrennt haben. Was *macht* er hier?« Erstaunlich schnell legen sich das Zittern und das Herzrasen. Es war nur der Schock, ihn zu sehen. Mit ihm hatte sie als Letztem gerechnet. »Was soll ich denn jetzt tun?«

»Wem sagst du das?«

Laura schüttelt sich, um ihre Konzentration wiederzufinden. »Egal. Magda, wie besprochen. Elle wartet am Bühneneingang auf dich. Ruf deinen Agenten an und bitte ihn, die Oper zu informieren, dass du ab sofort immer von einer von uns begleitet wirst.«

»Und wenn sie sich querstellen, drohe ich mit Ausstieg.«

»Dann droht die Lange mit einer Klage.«

»Und mein Agent rät ihr abzuwägen, was besser ist: eine Klage, die in der Öffentlichkeit breitgetreten wird, oder ein kleiner Kompromiss in Gestalt von Personenschutz.«

»Okay, alles klar. Ich komme nach.«

»Kann ich dich wirklich allein lassen?«

Laura lächelt ermutigender, als sie sich eigentlich fühlt. »Bis später.«

Die Frauen treten aus dem Schatten und gehen zur Fußgängerampel. Auf der gegenüberliegenden Seite steht Hector. Die Ampel wechselt auf Grün.

»Deine Haare leuchten wie die heiligen Feuer Gottes.«

Sie muss lachen, obwohl sie das nicht will. »Was sollen denn die heiligen Feuer Gottes sein?«

»Hab ich mir eben ausgedacht.«

»Blödmann.«

»Ich bin erleichtert. Ich hätte es mir schwieriger vorgestellt, dich zu finden.«

»Du hast keinen Grund, erleichtert zu sein, glaub mir. Ein Spruch über meine Haarfarbe macht deinen Brief nicht ungeschehen. Können wir irgendwo anders hingehen?« Tatsächlich stehen sie an der hoch frequentierten Ampel äußerst ungünstig und werden von vorbeieilenden Passanten angerempelt. »Lass uns in Richtung Brandenburger Tor gehen, da ist weniger los.«

»So schnell so ortskundig?«

»Ich kenne gerade mal den Pariser Platz und die nähere Umgebung der Wohnung, in die ich gezogen bin. Wenn du Sightseeing machen möchtest, dann musst du eine Bustour machen.«

Sie laufen eine Weile schweigend nebeneinanderher.

»Was machst du hier, Hector?«

»Dasselbe könnte ich dich fragen.«

»Etwas Sinnvolles.«

»Entschuldige. Ich bin der Letzte, der etwas an dir oder deinen Entscheidungen auszusetzen hat.«

»Wohl wahr.«

Im Flanierschritt gehen sie weiter, entlang an Souvenirläden.

»Und? Magst du mir nicht sagen, weshalb du hier bist?«

Er greift nach ihrer Hand, aber sie zieht sie zurück. »Es ist …«, setzt er an.

»Kompliziert?«

»Danke. Kompliziert. Ich habe gespürt, dass etwas nicht stimmt.«

»Ich auch. Die ganzen letzten Jahre.«

»Nein, ich meine in den vergangenen Tagen. Du warst in Gefahr, hab ich recht?«

»Berufsrisiko.«

»Elle scheint keinen guten Einfluss auf deine Kommunikationsfähigkeit zu haben, Laura. Du warst doch sonst nie so einsilbig.«

Laura bleibt stehen und atmet tief durch. »Was erwartest du von mir, Hector? Du hast es mir schriftlich gegeben, dass du nicht mehr mit mir zusammen sein willst. Und dann reist du mir nach, und wir laufen durch Berlin und machen Scherze und Smalltalk? Was soll ich davon halten?«

»Alles, was ich weiß, ist, dass ich dich unter mir begraben habe. Es war nicht recht. Du hast Anspruch auf ein gutes Leben, und das bedeutet, auf einen Mann, der … funktioniert, der kein Wrack ist. Ich kann dich nicht bei mir halten, wenn da vielleicht irgendwo ein Mann existiert, der wirklich der Richtige für dich ist. Dachte ich. Was ich nicht wusste und womit ich nicht gerechnet habe, ist, wie stark wir doch verbunden sind. Es ist, als ob irgendetwas in mir einfach nicht ohne dich sein kann.«

»Ist das etwas, das du weißt, oder etwas, das du fühlst?«

»Ich weiß es.«

Die kleine Hoffnung, die gerade in ihr aufgelodert ist, wird zurückgedimmt auf ein schwaches Glühen. »Das ist schade. Wenn du es auch fühlen könntest, hätten wir eine Chance. Es zu wissen reicht leider nicht.«

»Was hast du da?« Mit einem Finger streicht er ihr den Pony aus der Stirn.

»Das ist nichts.«

»Das ist nicht nichts, das ist ein Verband. Ihr wart schon im Einsatz?«

»Ja, so kann man es sagen.«

»Das Portal hat sich geöffnet?«

»Gestern Nachmittag. Ein bestimmtes Lied in Verbindung mit der Bühne der Komischen Oper. Dort.« Sie deutet auf den Kastenbau auf der gegenüberliegenden Straßenseite.

»Was ist rübergekommen?«

»Wir haben es noch nicht klar erkennen können. Allem Anschein nach kann es fliegen, und es macht krächzende Geräusche.«

»Es hat dich angegriffen!«

»Elle hat mich beschützt. Nicht zum ersten Mal. Sie ist eine Frau mit erstaunlichen Talenten.«

»Apropos. Hast du irgendwelche Fähigkeiten an dir festgestellt? Ich meine …«

»Ich weiß, was du meinst, und – ja.«

»Was ist es?«

»Es ist mir unangenehm.«

»Sag schon!«

»Es ist nichts besonders Tolles.«

»Raus damit.«

»Also gut.« Sie schaut skeptisch in sein erwartungsvolles Gesicht. »Ich kann Wasser kochen.«

»Bitte?«

»Na, was ich gesagt habe.« Sie schaut ihn genervt an und dreht ihre Handflächen nach oben. »Ich kann Wasser zum Kochen bringen, kraft meiner Gedanken. Da hast du's, jetzt ist es raus.«

Erst schaut er perplex. Dann staunend. Dann grinst er.

»Ich warne dich!« Sie hält ihm den Zeigefinger vor die Nase.

Er versucht, nicht zu lachen, was nur dazu führt, dass der Drang immer stärker wird.

Sie boxt ihn leicht in die Seite.

Er prustet los und kann nicht mehr an sich halten.

»Ich hab ja gesagt, dass es nichts Besonderes ist. Und hör gefälligst auf zu lachen, du Hund!«

KAPITEL 24

Keine Wolke steht am Himmel. Die Sonne strahlt auf das frühlingshaft satte Grün des Tiergartens, über dem die goldene Göttin der Siegessäule thront und blitzt. Hector sitzt auf einer Bank, während Fußball spielende Kinder um ihn herumtollen und Studenten ihre Vorlesungspause zum Frisbeespielen nutzen. Er lässt die Begegnung mit Laura Revue passieren.

Die Stadt steht ihr gut. In der Masse der Menschen sticht sie heraus, sie zieht die Blicke auf sich. Sie ist immer noch eine schöne Frau. Ihr etwas alberner Hollywood-Vintage-Chic – wer sonst trägt noch Grace-Kelly-Kopftücher? – hebt sie hervor. Unter den Linden kam sie ihm vor wie die einzige Farbe in einem Meer aus Grau.

Er hat sie in die Welt hinausgeschickt, und jetzt ist es nicht ganz einfach für ihn zu sehen, wie sie sich dort bewährt. So hat er sie kennengelernt: eine Frau, die immer wieder auf die Beine kommt. Und das ist es auch, was er für sie will. Es soll ihr gut gehen. Da soll keine Sorgenfalte stehen auf ihrer Stirn, kein Zweifel in ihrem Blick, keine Trauer. Verdammt!

Sie ist das erste Mal allein im Verwaltungsgebäude der Oper unterwegs. Linoleumfußböden, die schon bessere Tage gesehen haben, funktionale Büromöbel in den kastenförmigen Arbeitsräumen, deren Türen meist offen stehen und Licht in den Flur lassen, hier und da ein altes Requisit. Da Elle jedoch kein besonderes Empfinden für Glamour hat, nimmt sie davon keine Notiz.

»Herrn Lorenzens Büro?«

Die attraktive Frau mit den langen Haaren, die fast genau so groß ist wie Elle, deutet den Gang hinab. »Die letzte Tür rechts. Aber wenn ich mich nicht irre, ist er bei einem Termin.«

Elle nickt und geht den Gang hinab. Als sie vor der Tür angekommen ist, schaut sie sich noch einmal um. Die Frau ist bereits in einem der Büros verschwunden.

Elle findet Lorenzens Zimmer unverschlossen und leerstehend vor, so wie sie es gehofft hat. Leise zieht sie die Tür hinter sich ins Schloss und schaut in das Gesicht von Rufus Wainwright auf einem Plakat. Regale, Büroschränke, ein Computerarbeitsplatz und ein großer Schreibtisch, auf dem sich Bücher und Papiere stapeln. Das Fenster geht hinaus auf die Linden, auf dem Fensterbrett stehen drei üppig blühende Orchideen und weitere Bücherstapel.

Elle wandert die Schränke und Regale entlang. Ein Glasschrank mit antiquarisch wirkenden Kladden. Regale voller Aktenordner mit Lehrmaterialien für Schulklassen. Handouts und Datenblätter, Libretti Dutzender Opern, Fachliteratur. Aufnahmen auf CDs, auf Vinyl und auf Schellack. DVDs, Videokassetten und sogar Dosen mit Filmrollen, die Aufzeichnungen der hauseigenen Inszenierungen enthalten.

Lorenzens Computer ist in Betrieb. Elle setzt sich davor, öffnet im Internet ihre Dropbox und ruft ihre Auflistung der »Rusalka«-Vorführungen auf. Sie druckt die Datei ungeniert auf Lorenzens Drucker aus, schließt die Website und löscht den Cache. Mit dem Ausdruck geht sie zurück zu den Filmaufzeichnungen.

Es gibt keine Übereinstimmung. Von »Rusalka« existieren keine Aufnahmen, oder sie befinden sich nicht in diesem Büro. Elle nimmt die Filmdosen aus dem Regal. Die Aufnahmen reichen zurück bis ins Jahr 1922, als die Komische Oper noch Revue- und Operettentheater war. Sie blättert in einem der Programmhefte, es stammt aus dem Jahr 1928. Stämmige Menschen in gestelzten Posen blicken ihr von den Bildern entgegen. Längst vergessene Varieté-Größen, Akrobaten, starke Männer, feist wirkende Damen in dünnen Kleidern. Da! Am 24. März 1928 gastierte das Ensemble Porelli mit dem Programm »Die schönsten Lieder aus Oper und Operette mit Werken von Lincke bis Lehár und von Verdi bis Dvořák«.

Die Porellis unterscheidet von den anderen abgebildeten Vortragskünstlern, dass sie theatralischer (und sittlicher) gekleidet sind. Zwei der drei Damen tragen üppige Perücken mit langen Korkenzieherlocken, die zu dieser Zeit längst passé waren. Zwei von ihnen – die Bildunterschrift identifiziert sie als Agnes und Sieglinde Porelli – entsprechen auch nicht dem Altersdurchschnitt der Schlangenfrauen und Singende-Geige-Spielerinnern, Kunsttänzerinnen und Chansonnetten. Sie sind deutlich reifer. Bei Enrico und Tadzio Porelli handelt es sich um Zwillingsbrüder. Auf dem Foto wirken sie in ihren Cuts und mit den pomadierten Haaren und Bärten wie Mittfünfziger. Vermutlich waren sie zum Zeitpunkt, als die Aufnahme gemacht wurde, eher Mitte dreißig. Ihr jüngerer Bruder Stefano hingegen ist eine echte Augenweide und weist starke Ähnlichkeit mit einem anderen zeitgenössischen Exilitaliener, Rodolpho Valentino, auf. Eine Haarsträhne hat sich aus der Pomadierung gelöst und fällt ihm frivol in die Stirn. An seine Brust schmiegt sich die jüngste der Porelli-Damen, Dorita, ihre hüftlangen blonden Haare fließen weich über ihre rechte Schulter. Das Oberteil ihres weißen Kleides entblößt die linke Schulter fast bis zur Achsel.

Elle geht, setzt sich an Lorenzens Schreibtisch und ruft Wikipedia auf. Der Name Porelli ist in Italien nicht selten. Sie muss lange scrollen, bis sie nach den Giuseppes, Angelos, Gianluigis das »Ensemble Porelli« findet, das in der englischsprachigen Wikipedia als »The Porellis« aufgeführt wird. Der Artikel, den sie findet, ist übersichtlich und strotzt vor roten Links, die auf Wikipedia unrecherchierte Personen oder noch ausstehende Belege anzeigen.

Die Brüder Porelli waren im Ruße des Ätna auf Sizilien als Söhne einer Fischerfamilie aufgewachsen. Früh war ihre Passion der Gesang gewesen. Da das Geld für eine Opernausbildung nicht ausreichte, verdingten sie sich auf Jahrmärkten und in Tanzcafés. Autodidaktisch schulten sie ihre Stimmen, doch der große Durchbruch blieb aus, bis Tadzio auf die Idee kam, dass ansehnliche Frauen im Ensemble möglicherweise den Act aufwerten konnten. Die Brüder hatten in ihren späten Zwanzigern noch einen glühenden Appeal, und es dauerte nicht lange, bis sie, nun schon im dekadenten Berlin der frühen Zwanziger angelangt, die gesanglich begabte Agnes Grube kennenlernten, die sich in Tadzio verliebte, kaum dass er an ihrem Tisch im Romanischen Café vorbeiflanierte. Trotz aufgebrachter Eltern vermählte sich das Paar bereits sechs Wochen nach der ersten Begegnung. Agnes' Trauzeugin war ihre Cousine Sieglinde. Zwischen Enrico und Sieglinde funkte es, und aus zwei höheren Töchtern wurden binnen drei Monaten zwei gefallene, leidlich talentierte Opernsängerinnen. Doch wen interessierte die Stimme, wenn die Porellis so ein reizender Anblick waren?

Das Berliner Publikum jedoch, es ist und war ein Verwöhntes. Die Novität der singenden Pärchen nutzte sich ab, das Tingeln machte nicht wirklich reich, der Jazz und das Chanson wurden in den In-Circles der Weimarer Republik populärer als die Opernmusik. Tadzio und Enrico griffen auf eine bewährte Taktik zurück und beschlossen, das Ensemble aufzuhübschen. War nicht ihr kleiner Bruder Stefano immer schon der Attraktivste der drei gewesen?

Stefano wurde kurzerhand eingeschifft. Nach einer Partnerin für ihn musste nicht lange gesucht werden. In einem Automatenrestaurant in der Nähe des Bahnhofs Friedrichstraße traf er auf die aus dem Rheinland stammende Doris, deren größter Traum es war, im Rampenlicht zu stehen. Nach mehrwöchiger Schulung ihrer Stimme harmonierten die drei Paare und bewarben sich an den einschlägigen Auftrittsorten. Auch mit Blick auf eine weitere Verwertbarkeit nach Ablauf der Karriere als Ensemble fiel ihre erste Wahl auf das Metropol-Theater. Es soll dort ihr erster und auch letzter Auftritt in Sechserformation gewesen sein. In welcher Aufstellung die Porellis weitermachten und wann oder weshalb sie sich auflösten, darüber sagt der Eintrag nichts.

»Dass Dvořák auf dem Plakat genannt ist, heißt noch lange nicht, dass ausgerechnet ›Das Lied an den Mond‹ auf dem Programm stand.«

»Dass die Porellis sich nach dem Auftritt aufgelöst haben, gibt allerdings zu denken.«

»Hm.« Laura schaut über die Brüstung der Terrasse auf den Balkon gegenüber, wo sich zwei ansehnliche junge Männer sonnen. »Weiß man, was aus ihnen geworden ist?«

»Darüber sagt die Seite nichts. Ich war überrascht, überhaupt einen Eintrag zu finden.«

»Wenn jemand dafür infrage kam, die Arie zu singen, dann sicher die Jüngste, Doris oder Dorita oder wie sie hieß. Vielleicht finden wir über die etwas?« Laura gibt den Suchbegriff auf ihrem MacBook ein, einziger Treffer ist aber nur der knappe Artikel »The Porellis« bei Wikipedia, den Elle bereits gefunden hat. »Berühmt ist sie jedenfalls nicht geworden. Aber wenn wir im Netz nichts finden – wo dann?«

»Möglicherweise hier.« Elle öffnet ihre Handtasche und zieht etwas Rundes hervor, das in ein Tuch eingewickelt ist. Sie entfernt das Tuch und legt eine Filmrolle auf den Tisch. »Die Dose habe ich dortgelassen, damit nicht auffällt, dass etwas fehlt.«

»Clever, Elle!«

Laura nimmt die Filmrolle in die Hand, dreht sie hin und her, findet aber keine Aufschrift. »Und was haben wir hier?«

»Eine Wochenschau aus dem März 1928.«

»Jetzt müssen wir nur noch einen Projektor finden, auf dem wir sie abspielen können.«

»Rufen Sie Magdalena an. Vielleicht hat sie Filmleute im Bekanntenkreis.«

Keine zwanzig Minuten später sind Laura und Elle auf dem Weg zum Potsdamer Platz. Er sticht durch seine für Berlin ungewöhnlich hohe Bauweise wie eine Insel aus der umgebenden Häuserlandschaft hervor. Hier finden nicht nur alljährlich im Februar die Berliner Filmfestspiele statt, hier sind auch die Film- und Fernsehakademie und das Filmmuseum beheimatet. Magdalena hat eine Freundin, Dozentin an der DFFB, mit besten Kontakten zur Stiftung Deutsche Kinemathek, wo man den Freundinnen der Sängerin einen kurzfristigen Termin gewährt hat, um das Filmmaterial zu sichten.

»Schauen Sie nur! Das sieht gar nicht aus wie der Rest Berlins.« Laura gefällt die Architektur. Insbesondere die gigantische Überdachung des U-Bahnhofs beeindruckt sie durch ihre Schlichtheit.

Die Kuppel des Sony-Centers, in dem Museum, Filmhochschule und Kinemathek untergebracht sind, steigt spitz in den Himmel wie ein altmodischer Lampenschirm in modernem Stahl. Trotz der hohen Bauten hat der Platz etwas Luftiges, Weites. Dies trifft auch auf die Innenräume des Filmhauses zu. Der Aufzug ist aus Glas und gibt den Blick auf das gesamte Atrium frei, das das Zentrum des vorderseitigen Gebäudes bildet.

Als sich die Fahrstuhltüren öffnen, wartet bereits ein junger blonder Mann auf sie, dessen Outfit ebenfalls vom aktuellen Hipster-Stil inspiriert, allerdings mehr auf Business poliert ist. Sein Hosenboden sitzt dort, wo er hingehört, und sein weißes Hemd ist von Gucci und nicht vom Flohmarkt. Doch auch er hat nicht auf Hosenträger, Kastenbrille und Schlüsselkette verzichtet.

Er lächelt die Frauen offen an. »Mrs Slasher, Miss Carter? Mein Name ist Max Klett. Wenn Sie mir bitte folgen würden.«

Die Korridore in den Räumlichkeiten sind erstaunlich schmal, und auch die Büros sind von überschaubarer Größe.

Klett führt Laura und Elle in einen Vorführraum. »Was haben wir denn für Material?« Elle reicht ihm die Filmrolle, und er findet den geeigneten Projektor. »Darf ich fragen, worum es sich handelt?«

»Wir vermuten, eine Wochenschau aus dem Jahr 1928.«

»Sie recherchieren wofür?«

»Eine private Angelegenheit. Es geht um eine Gesangsgruppe aus der damaligen Zeit.«

Klett schaltet das Licht an, schließt die Vorhänge und legt den Film ein. »Ich bin zwei Türen weiter. Melden Sie sich einfach, wenn Sie fertig sind.« Lächelnd startet er den Projektor, geht zur Tür, löscht das Licht und verlässt den Raum.

Am unteren Bildrand rudert ein Boot von links nach rechts, am rechten Bildrand fährt ein Automobil in Richtung des Betrachters, danach eine Karte mit dem Titel »Emelka Woche 1928 Nr. 11«. Auf einer Titelkarte die Überschrift des folgenden Beitrags: »Gasexplosion in der Landsberger Allee«, gefolgt von einer Aufnahme des beschädigten Wohnhauses, dann eine halbe Minute Bilder von Trümmern und Menschen, die in den Trümmern Aufräumarbeiten vornehmen. Im nächsten Beitrag geht es um »Das mechanische Hirn: Neue Versuche mit einem ferngesteuerten Auto in Hamburg«. Der dritte Beitrag befasst sich mit »Jugendlichen Jazzjüngern«. Es ist der vierte Beitrag: »Die Proben der Porellis«.

Die erste Einstellung zeigt den Hauptpteingang des Metropol-Theaters in der Behrenstraße, noch ohne die Umschalung der sechziger Jahre. Drei Herren lassen drei Damen den Vortritt beim Betreten des Theaters. Der jüngste der Herren, es kann nur Stefano Porelli sein, gibt seiner Gattin Doris noch ein neckisches Küsschen auf die Wange. Sie schlägt verschämt kokett die Augen nieder und eilt dann mit Minischritten ins Foyer. In der nächsten Einstellung sind die sechs bereits auf der Bühne und in Kostümen. In Großaufnahme kann man Dorita beim Schmachten begutachten, bis sie Stefano in die starken Arme sinkt und er ihr einen forschen Kuss gibt. Die letzte Einstellung des Beitrags zeigt die Künstler, nun wieder in Zivil, beim Verlassen des Theaters. Sie scharen sich um einen Aufsteller, auf dem ihr Plakat hängt. Die Kamera zeigt nun den Banderolen-Aufdruck: »Welt-Uraufführung am 24.3.1928.«

»Schade. Das hilft uns nun auch nicht weiter.«

»Möglicherweise gibt es einen Beitrag über die Premiere.«

»Ich glaube nicht, dass die Firma, die den Bericht gedreht hat, in zwei aufeinanderfolgenden Wochen über dieselben Künstler berichtet.«

»Aber vielleicht eine andere Firma.«

Klett nimmt die Filmrolle aus dem Projektor und legt sie in eine Filmdose, die er mitgebracht hat. »Dieses alte Filmmaterial ist sehr empfindlich. Nicht dass es noch beschädigt wird!« Er reicht Elle den Film, die ihn in ihre Tasche steckt.

»Sagen Sie, Herr Klett, Sie kennen sich nicht zufällig mit Wochenschauen aus?«, fragt Laura.

»Es ist nicht mein Hauptfeld, Mrs Slasher, aber natürlich habe ich auch schon Wochenschauen gesichtet.«

»Wissen Sie, wie viele Wochenschauen es in den Zwanzigern gab? Oder war die Emelka die einzige?«

»Mir fallen spontan noch zwei weitere ein. Die von Opel und die der UFA.«

»Und die sind nicht zufällig hier in der Kinemathek?«

»Die Kinemathek archiviert nur Spielfilme und Dokumentationen. Nachrichtensendungen sind im Bundesarchiv untergebracht.«

»Haben Sie da vielleicht einen Kontakt?«

»Doch, sicher. Aber das Filmarchiv ist ziemlich weit draußen, in Lichterfelde, und Sie müssen eine Filmsichtung beantragen. Aber wissen Sie was? Ich stehe ständig in Kontakt mit den Kollegen. Wenn Sie möchten, kann ich einen Film für Sie anfordern, und Sie schauen ihn sich hier an.«

»Wenn das möglich wäre!« Laura schenkt Klett ihr strahlendstes Lächeln, und der junge Mann errötet.

»Kostet mich einen Anruf und einen Kurier.«

»Den Kurier übernehmen selbstverständlich wir.« Sie holt ihr Portemonnaie aus der Tasche und zieht einen Zwanziger hervor. »Es geht uns um Wochenschauen der 12. und 13. Kalenderwoche 1928. Und alles mögliche Material rundherum, in dem es Beiträge über eine Premiere im Metropol-Theater geben könnte. Ich weiß ja nicht, was dort alles archiviert wird. Uns interessiert auch das Material, das es vielleicht nicht in die Wochenschau geschafft hat – sofern das überhaupt noch existiert.«

Elle nickt ihr mit einem Blick zu, in dem so etwas wie Anerkennung liegt.

»Ich kümmere mich darum. Ich kann Ihnen nicht versprechen, dass es heute noch klappt, aber sobald ich etwas habe, rufe ich Sie an.«

»Wunderbar. Dann herzlichen Dank, Herr Klett, und auf bald.«

KAPITEL 25

Nachdem Hector Slasher ein wenig verloren zum Alexanderplatz spaziert ist, der ihn so deprimiert hat, dass er den gleichen Weg wieder zurückgegangen ist – vorbei an der Brachfläche, wo noch vor ein paar Monaten die Trümmer des asbestverseuchten Palasts der Republik gestanden hatten, vorbei am prächtigen Berliner Dom und an der Humboldt-Universität –, fragt er sich, was er eigentlich hier tut. Er hat nicht nachgedacht, als er sich auf den Weg nach Deutschland machte, er ist schlicht einem Impuls gefolgt. Es ist definitiv nicht die zweifellos vorhandene Attraktivität der deutschen Hauptstadt, die Hector hierher führt, sondern seine Frau. Und wenn er schon hier ist, dann kann er sie auch in ihrem Vorhaben unterstützen, immerhin ist er nicht ganz unerfahren, was Portale angeht.

Ohne zu wissen, dass Laura und Elle genauso vorgegangen sind, nimmt er an einer Führung durch die Oper teil. Beschäftigt damit, nach Zeichen paranormaler Aktivität Ausschau zu halten, ist er nicht sehr konzentriert auf Lorenzens Ausführungen. Im Umgang registriert er, wie schon Laura ein paar Tage zuvor, den seltsamen verbrannten Geruch. Anders als sie kann er ihn sofort zuordnen. Braunkohle. Noch Jahrzehnte nach Austausch der Heizung ist der Geruch verheizter Braunkohle nicht fortzubekommen. Die Gruppe bewegt sich durch ein Treppenhaus im alten Teil des Gebäudes, das wirkt, als habe sich seit Beginn des 20. Jahrhunderts hier nichts mehr verändert. Die Treppenstufen sind durchgetreten und abgenutzt, die Wände vergilbt, der Brandgeruch ist hier besonders intensiv. Ein verspieltes Detail fällt Hector ins Auge: Die Halterungen des hölzernen Geländers sind in weiß gestrichenem Metall in Form von Vogelkrallen gestaltet.

Nach Beendigung der Führung steht Hector vor der unscheinbaren Fassade und denkt, dass in diesem Gebäude alles auf den Punkt gebracht wird, was er in der Stadt bislang gesehen hat. Das Alte und das Neue, der Prunk und der Pragmatismus, schön und hässlich, Kunst und das Handwerk, das dazu führt. Dass dieses Gebäude über ein Portal verfügt, passt zweifellos in das Gesamtbild. Er muss an Macbeth denken: »Ein Märchen ist's, erzählt von einem Blöden, voller Lärm und Wut, das nichts bedeutet.« Wenn das Portal sich öffnet, dann werden noch zwei charakterisierende Kriterien hinzukommen: Lärm und Wut.

In einem Antiquariat in der Charlottenstraße hat er sich mit Literatur über das Opernhaus eingedeckt. Das Wetter ist zu schön, um sich auf das Hotelzimmer zurückzuziehen, so setzt sich Hector auf eine Bank am Gendarmenmarkt mit Blick auf das imposante Konzerthaus. Er überfliegt ein Buch über die Architektur von Theatern und Opernhäusern und bleibt bei einem Beitrag über das Aufkommen von Bauvorschriften hängen. Erst in den 1880ern wurden Auflagen etabliert, die bis heute gelten. So wurde es Pflicht, den Zuschauerraum vom Bühnenraum zu separieren – man konzipierte zwei Gebäude statt einem einzelnen. Der Eiserne Vorhang, der Bühnen- und Zuschauerhaus im Notfall trennen kann, wurde Vorschrift für Bühnen ab zweihundert Quadratmetern Grundfläche. Die Anzahl von Rängen und insbesondere Logen wurde aufgrund mangelhafter Fluchtmöglichkeiten im Katastrophenfall reduziert. Grund für diese Neuerungen waren zwei verheerende Brände. Im März 1881 kam es im Théâtre Municipal in Nizza aufgrund einer Gasexplosion zu einer Brandkatastrophe. Im Winter desselben Jahres brannte das vollbesetzte Wiener Ringtheater während einer Aufführung von Jacques Offenbachs Oper »Hoffmanns Erzählungen« nieder. Wieder war es zu einer Gasexplosion auf der Bühne gekommen, die sich auf die Prospektzüge, den gesamten Bühnenraum und schließlich auch auf den Zuschauerraum ausbreitete. Zwischen vierhundert und fünfhundert Menschen fanden in den Flammen den Tod, bedingt durch ungünstige Umstände und widrige Architektur. So öffneten sich die Türen der Notausgänge nach innen, und Vertreter der Polizei verhinderten mit Plakaten, auf denen »Alle gerettet« stand, potentiellen Helfern den Zugang zum Saal, in dem das Feuer tobte und Menschenleben in Stampeden, durch Rauchvergiftungen und Verbrennungen ausgelöscht wurden.

Der Beitrag ist illustriert mit einer Darstellung von Carl Pippich. Sie zeigt eine agitierte Menschenmenge, die sich auf dem Balkon über den Kolonaden des Haupteingangs drängt, eine hell gekleidete Frau, die Arme emporgerissen, im freien Fall auf ein Sprungtuch, das Mitarbeiter der Feuerwehr ausgebreitet halten. Rauchwolken wabern im Bildhintergrund und rahmen den Fall der Frau, die von unten beleuchtet zu sein scheint.

Slasher liest »Gasexplosion« und denkt sich seinen Teil. Durch Klang und Raum erzeugte Portale mögen selten sein, aber die Vorfälle in Nizza und Wien deuten für die Komische Oper auf Präzedenzen. In Nizza und Wien brannten die Häuser bis auf den Grund – die Portale zerstörten sich selbst. Die gegenwärtigen Brandvorschriften würden eine solche Katastrophe in Berlin verhindern. Aber gleichzeitig würden sie eine weitere Portalöffnung bewirken, sobald »Das Lied an den Mond« auf der Hauptbühne erklang. Die Katastrophe, die eine Portalöffnung auslösen konnte, würde einem Brand mit fünfhundert Opfern in nichts nachstehen.

»Zeit zu handeln«, sagt sich Slasher und beginnt, sich nach einem Ort umzusehen, an dem er sich ungestört ausziehen und seine Kleidung deponieren kann.

Es scheint Gewohnheit zu werden, dass die Abende auf Lauras Terrasse ausklingen. Nach einem kalorienarmen Salat öffnet Magda die zweite Flasche Wein und schenkt Laura und Elle nach.

»Es war ein seltsames Gefühl heute Nachmittag. Smith war wie ausgetauscht. Und alle taten ganz angestrengt, als sei gestern nichts passiert. Konstanze hat sich den ganzen Tag nicht blicken lassen.«

»Ist sie sonst bei den Proben dabei?«

»Das nicht – sie hat ja ihr Fenster zur Bühne, da kriegt sie alles mit. Aber normalerweise läuft man sich über den Weg, meistens im Casino oder auf dem Hof. Wie seid ihr vorangekommen?«

Laura zuckt die Achseln. »Nicht wirklich gut. Wir verfolgen eine Spur in die Vergangenheit. Möglicherweise gab es eine Portalöffnung in den Zwanzigern, und wir suchen nach Belegen. Deshalb brauchten wir den Kontakt zur Kinemathek. Elle hat im Büro des Opernhistorikers Filmmaterial entdeckt.«

»Was für Filmmaterial?«

»Über ein Sextett, das möglicherweise ›Das Lied an den Mond‹ gegeben hat. Leider waren es Aufnahmen von der Probe. Wir haben aber die Hoffnung, dass der Abend der Aufführung mitgeschnitten wurde.«

»Und was versprecht Ihr euch davon?«

»Dass wir mehr zu sehen kriegen. Unsere Netzrecherchen über die Truppe sind im Sande verlaufen. Und in der Operngeschichte ist kein Vorfall vermerkt, aber das muss nichts heißen, es kann vertuscht worden sein. Das ist bei ›Rusalka‹ ja Tradition.«

»Irgendwelche Vorfälle bei der Probe?«, möchte Elle von Magda wissen.

»Reibungsloser Ablauf. Aber, wie gesagt, es ist ein seltsames Gefühl. Ich stehe die ganze Zeit emotional auf den Fingerspitzen.«

»Besser so, als sich in falscher Sicherheit zu wiegen. Es gibt noch etwas, das ich euch sagen muss.« Laura schaut in Magdas erwartungsvolles Gesicht und in Elles Pokerface. »Ich glaube, dass wir, ob wir wollen oder nicht, Unterstützung bekommen haben.«

»Dein Mann?«

»Es würde mich wundern, wenn er sich heraushielte. Er ist schließlich ein Gentleman.«

Ein allein laufender Hund würde in Berlin-Kreuzberg nicht weiter auffallen, selbst wenn es sich um einen Weimaraner von der Größe einer dänischen Dogge handelt. In Berlin-Mitte erregt ein solches Tier jedoch Aufsehen, und so muss der Hund, den Laura einst Mowgli taufte, den Anschein erwecken, als folge er einem Herrn. Reizten ihn früher solche Spiele, so ist Hector heute nicht in Bestform. Die Transformation, die ohnehin kein leichter Prozess ist, gestaltet sich seit seiner Erkrankung noch energiezehrender. So trottet der Hund die Behrenstraße entlang und fühlt sich alt. Auch der Sprung auf die Ladefläche eines Lieferwagens und über den Metallzaun in den Innenhof der Oper wirkt angestrengt, es ist keine fließende Bewegung, man merkt dem Tier den Kraftakt an.

Das Verwaltungsgebäude ist um diese Uhrzeit leer, die Kasse geschlossen, die Büros sind verwaist. Die Tür zum Bühnengebäude steht offen. Der Hund durchquert leere Gänge. Er nimmt Witterung auf. Es ist nichts Gutes, was er da riecht. Auch wenn seine Bewegungen behäbiger geworden sind – seine Nase ist noch genauso fein wie früher, und auf sein Gehör ist ebenso Verlass. So tritt er in den Schatten, als er hinter sich ein Geräusch hört.

Jemand betritt das Bühnengebäude und schließt die Tür zum Hof. Der Hund nimmt den leicht beschleunigten Herzschlag wahr, riecht Nervosität, Anspannung und etwas anderes, das er nicht zuordnen kann. Die Person nähert sich, bleibt aber nach ein paar Schritten abrupt stehen. Der Hund schaltet um auf Totstellmodus: Sein Atem wird langsamer, er zwingt sich zu absoluter Geräuschlosigkeit. Die Person geht weiter, an ihm vorbei. Es ist eine Frau um die sechzig, attraktiv, zweifellos die Intendantin, die sich weigert, die Katastrophe zu verhindern. Sie trägt einen Umzugskarton und geht etwas gebückt, dann bleibt sie erneut stehen und schaut sich um. Sie kann ihn dort im Schatten unmöglich sehen, aber dennoch spürt er, dass etwas in ihr weiß, dass sie nicht allein ist. Er wittert, wie ihr Adrenalispiegel nach oben schießt, und plötzlich setzt die Witterung aus. So deutlich er sie eben noch über die unterschiedlichen Hormonausschüttungen wahrzunehmen vermochte, so abrupt endet die Aussendung. Es ist, als habe sich ein Geruchsfilter über ihre Körperchemie gelegt.

Vorsichtig und ohne ein Geräusch zu verursachen folgt er ihr. Sie betritt das Büro mit Blick auf die Bühne und schließt die Tür hinter sich. Seine Nase mag ihn im Stich gelassen haben, aber auf seine Ohren kann er sich verlassen. Und so nimmt er hinter der Tür etwas wahr, das sich für ihn anhört wie ein Knurren.

KAPITEL 26

Am Vormittag setzt ein feiner Nieselregen ein, der die Farben aus der Stadt zu saugen scheint. Laura trinkt ihren Kaffee im Wohnzimmer, von der offenen Terrassentür kommt der Duft von Balkonerde. Im Haus gegenüber hört jemand eine Mozart-Sonate, eines der wenigen klassischen Stücke, die Laura erkennt. Es hat etwas Träumerisches und bringt Laura dazu, einen Moment innezuhalten. Sie denkt an die Zeit, als sie noch Ehefrau war, daran, wie sie von der Trennung überrumpelt wurde, an McGraths Kontaktaufnahme, die genauso unerwartet kam, an den ohne große Zweifel angenommenen Auftrag, der sie in eine fremde Stadt brachte, in der sie überraschenderweise eine Freundin gefunden hat. Sie hätte gerne Zeit, all dies sacken zu lassen, jedes einzelne Ereignis zu bewerten, ein Gefühl dafür zu entwickeln. Doch die Premiere von »Rusalka« rast auf sie zu und lässt ihr keine Zeit für eine Bestandsaufnahme. Das Einzige, was im Moment zählt, ist, zu funktioneren. Und Hector dabei nicht aus den Augen zu verlieren.

Die Proben in der Oper beginnen heute schon um zehn Uhr. Es ist vereinbart, dass Elle den Personenschutz übernimmt. Laura geht unter die Dusche und wäscht sich die Haare. Über das Geräusch ihres Föhns hinweg hört sie, dass sie eine Nachricht aufs Handy bekommen hat. Sie ist von Max Klett. Sie ruft ihn in seinem Büro in der Kinemathek an.

»Zwei gute Nachrichten für Sie! Ich konnte die Wochenschauen finden, und Sie müssen nicht einmal das Haus verlassen. Das Bundesfilmarchiv hat große Teile seiner Sammlung online gestellt. Wenn Sie einen Account erstellen, können Sie sich die Aufnahmen in relativ hoher Bildqualität anschauen. Ich schicke Ihnen den Link aufs Handy.«

»Wunderbar, ich danke Ihnen, Herr Klett!«

»Was das Archivmaterial angeht, das Sie ansprachen – da ist leider nichts verfügbar. Mein Tipp wäre, nach der Quelle zu suchen, aus der die Wochenschauen bezogen wurden. Die Kollegen überprüfen gerade, woher das Material stammt. Sobald wir mehr wissen, melde ich mich noch einmal bei Ihnen.«

»Hervorragend! Herr Klett, sie sind ein wandelndes Beispiel für die Effizienz Ihrer Landsleute!«

Die SMS mit dem Link zur Website des Filmarchivs ist keine zwei Minuten später eingegangen. Laura fährt den Mac hoch und geht online. Die Beiträge der Opel-Wochenschau sind ordentlich gelistet. Sie findet den erhofften Film an letzter Stelle. »Aufruhr im Metropol!«, lautet der Titel, und die nächste Titelkarte gibt eine kurze Zusammenfassung: »74 Verletzte bei Theater-Tumult«. Sie übersetzt mit einem Online-Übersetzer ins Englische. Laura startet den Stream, und sofort setzt Frustration ein. Die stummen monochromen Fimbilder vermitteln nur bruchstückhaft das Geschehen, und weitere klärende Titelkarten fehlen.

Die Kamera fängt die Frontansicht des Theaters ein, fährt auf ein Plakat, das den Opernabend der Porellis ankündigt. Die nächste Einstellung zeigt den leeren Zuschauerraum, in dem es ganz offensichtlich den besagten Theater-Tumult gegeben hat. Im mittleren Bereich des Saales sind ganze Sitzreihen herausgerissen, die nun quer im Raum verteilt liegen. Am Boden kann man schemenhaft Gegenstände ausmachen – langsam fängt die Kamera die Überbleibsel der Katastrophe ein: der verstreute Inhalt von Handtaschen, Herrenhüte, Damenhandschuhe. Eine der Saaltüren hängt schräg in den Angeln, der Bühnenvorhang in Fetzen. Auf der Bühne liegt verloren ein zierlicher Damenschuh. Eine abschließende Titelkarte gibt wieder nur unbefriedigend Auskunft: »Wiedereröffnung frühestens im Juni«.

In der UFA-Wochenschau findet der Vorfall ebenfalls Berücksichtigung. »Panik nach Massenprügelei im Metropol« übersetzt sie. Auch dieser Beitrag beginnt mit einem Blick auf das Plakat der Porellis, wird jedoch gefolgt von einer Einstellung, die zwei der Brüder in einem Krankenzimmer zeigt. Sie sitzen aufrecht in nebeneinander aufgestellten Betten. Einer von ihnen trägt den rechten Arm in einer Schlinge und einen Kopfverband. Um den Hals des anderen ist ein Gipskranz gelegt, auch seine Arme sind bandagiert. Der jüngste Bruder und die Porelli-Damen fehlen in dieser Aufnahme. Der nächste Titel verkündet »Das Ausmaß der Verwüstung!« und präsentiert ähnliche Bilder wie die Opel-Wochenschau: der Zuschauerraum des Metropol-Theaters in seinem desolaten Zustand nach dem Tumult.

Der Film endet abrupt, als sei er einfach abgeschnitten worden. Die Website des Bundesfilmarchivs gibt jedoch keinen Hinweis darauf, dass es sich um eine fragmentarische Fassung der Wochenschau handelt.

Als in die konzentrierte Stille hinein plötzlich die Melodie ihres Handys ertönt, zuckt Laura erschrocken zusammen. »Suddenly I'm in too deep to ever get out«, singt Belinda

Carlisle, und Laura plant, den Klingelton bei nächster Gelegenheit zu ersetzen.

»Max Klett. Ich habe eine Telefonnummer für Sie!«

»Meine Güte, sind Sie schnell!«

»Die Wochenschauen stammen aus einer privaten Sammlung. Die Erben eines Theo Cohn haben sie der Kinemathek gestiftet. Seine Enkelin wohnt noch unter derselben Adresse am Schlachtensee, am Elvirasteig. Sie sagt, sie sei viel unterwegs, deshalb sei heute ein guter Tag, um vorbeizuschauen.«

Magda und Elle sind bei der Probe, und allein möchte sie sich nicht auf den Weg machen. Viele Bekannte hat sie in Berlin nicht, und so greift sie auf die naheliegendste Begleitperson zurück, wenn auch mit ein paar Gewissensbissen, weil ihr Stolz schwächelt.

Hector nimmt nach dem ersten Klingeln ab. »Ich hatte gehofft, von dir zu hören.«

Nach den relativ kurzen Wegen, die sie bislang in Berlin zurückgelegt haben, kommt ihnen die Fahrt an den Schlachtensee fast wie ein Tagesausflug vor. Zunächst herrscht auf der Fahrt in Hectors Mietwagen befangenes Schweigen, das die Zeit noch mehr in die Länge zieht. Als im Radio ein altes Lied von Kate Bush erklingt, schaltet Laura es aus. Nicht jetzt.

Hector eröffnet das Gespräch, um von Unausgesprochenem abzulenken. »Wo fahren wir eigentlich hin?«

»Es gab offenbar schon in den späten Zwanzigern einen Vorfall in der Oper. Er könnte der einzige sein, der dokumentiert ist. Wir fahren zu der Frau, die die Wochenschau-Aufnahmen der Kinemathek gestiftet hat.«

»Um was herauszufinden?«

»Irgendetwas. Es gibt nicht viel, was wir momentan tun können, oder? Hast du schon etwas unternommen?«

»Ich war gestern Abend in der Oper.«

»Hast du – ?«

»Ja.«

»Und wie ging es dir dabei?«

»Sagen wir so – ich muss mit dem Trick sparsam umgehen, es ist ziemlich erschöpfend.«

»Hast du etwas entdecken können?«

»Nichts Eindeutiges. Außer mir war offenbar nur die Intendantin im Gebäude. Und ich hatte den Eindruck, dass sie wusste, dass ich da war. Aber ich kann mich nicht mehr so gut auf mein Gespür verlassen wie früher. Vielleicht werde ich im Alter paranoid.«

»Spinner.«

»Luder.«

Der kleine Schlagabtausch bringt Laura zum Lächeln. Damit Hector es nicht sieht, schaut sie aus dem Fenster.

Durch den feinen Regen biegen sie in eine Straße ab, die fast wie ein Waldweg wirkt. Es ist wieder ein komplett anderes Berlin, das sich ihnen präsentiert. Gepflegte Einfamilienhäuser mit üppigen Gärten weisen den Bezirk als wohlhabend aus. Der Baumbestand ist alt, anders als in der Innenstadt, in der nach dem Krieg kein Stein mehr auf dem anderen stand, von der Pflanzenwelt ganz zu schweigen. Die Baumwipfel breiten sich über der Straße aus wie Dächer. Sie fahren weiter, bis die Straße in einem Parkplatz endet, von dem aus man Aussicht auf einen Waldsee hat. Der Elivrasteig geht links ab – eine schmale Straße, deren Häuser Blick auf den Schlachtensee haben, auf dem vereinzelte Ruder- und Paddelboote ziehen, einige geschmückt mit Regenschirmen, von anderen hängen ausgeworfene Angeln. Das Wasser reflektiert das dunkle Grün des umliegenden Waldes. Der Anblick wirkt beruhigend – ein kleines Wunder, diese stille Natur am Rande der Großstadt.

»Hier ist es, du kannst parken.« Laura legt sich ein bunt gemustertes Pucci-Kopftuch um, um ihr Haar vorm Regen zu schützen.

Die beiden gehen ein paar Schritte und atmen tief die duftende Waldluft ein. Sie riecht nach Erde und Sommerregen.

Das Haus, das sie suchen, liegt etwas zurückgesetzt und hat einen Vorgarten, in dem zwei Gummiboote und Paddel auf dem Rasen liegen. Es ist ein Holzhaus mit Giebeldach, die Haustür steht offen, und von drinnen sind geschäftige Stimmen zu hören. Es gibt keine Türklingel, und so klopft Hector, doch das Klopfen ist drinnen offenbar nicht zu hören.

Also ruft Laura: »Hallo, ist jemand zu Hause?«

»Kommen Sie rein! Wir sind in der Küche!«

Laura zuckt die Achseln, und sie betreten das Haus. Vom Flur aus können sie in die Küche sehen, deren Fenster auf einen kleinen Garten hinausschauen. Durch das dichte Grün der Bäume schimmert der See. Zwei Jugendliche, eindeutig Geschwister, sind damit beschäftigt, Geschirr in Schränken zu verstauen. Eine attraktive Brünette in Lauras Alter räumt Gläser in eine Geschirrspülmaschine.

Sie spricht sie auf Englisch an. »Hallo. Ich bin Betsy. Herr Klett hat schon angekündigt, dass Sie vorbeischauen.« Sie reicht Laura die Hand und strahlt. »Sie müssen entschuldigen, wie es hier aussieht. Wir hatten gestern Gäste und haben die Grillsaison eröffnet.« Ein leichter Mascara-Schatten unter ihren Augen kündet noch von der Partynacht.

Betsy ist Laura auf Anhieb sympathisch. »Hi, ich bin Laura, und das ist Hector.« Es gibt am Zustand der wohnlichen Küche nichts auszusetzen, im Gegenteil. Das Haus ist geschmackvoll und in warmen Farben eingerichtet, das leichte Chaos gibt ihm einen wohnlichen Charakter, man fühlt sich sofort wohl. »Schön haben Sie es hier!«

»Danke. Ja, hier lässt es sich aushalten. Wir schätzen uns glücklich. Kinder, seid bitte Engel. Macht ihr uns einen Tee?«

»Orange Mandarine?«

Laura freut sich. »Mein Lieblingstee!«

»Kommen Sie, wir setzen uns raus, die Veranda ist überdacht.«

Es hat etwas zutiefst Behagliches, geschützt draußen zu sitzen und dem Regen dabei zuzuhören, wie er auf das Laub fällt. Auch der Geruch der Natur trägt einen meilenweit weg von dem Gefühl, in Berlin zu sein. »Herr Klett sagt, Sie seien viel unterwegs. Arbeiten Sie im Ausland?«

»Viel unterwegs bin ich, das stimmt, aber nicht wegen der Arbeit. Ich reise einfach gern. Bis vierzig lässt es sich ganz gut in der Großstadt aushalten, aber dann muss man der Jugend Platz machen und sich andere Inhalte suchen. Die Party ist vorbei – lasst uns mit dem Reisen beginnen!«

»Eine gesunde Einstellung!« Als jemand, der sich mit Anfang zwanzig die Frage gestellt hat, wie schrecklich sich das Leben jenseits der vierzig anfühlen würde, ist Laura erstaunt, wie entspannt man in den neuen Lebensabschnitt hineingleitet. Alle paar Monate ein paar Schüsse Botox tun ein Übriges.

»Ehrlich gesagt – die Party ist noch gar nicht vorbei. Und wissen Sie was? Vergessen wir den Tee. Es steht noch Champagner von gestern kalt. Der wird auch nicht besser.«

Hector nimmt Betsy die Flasche ab und entkorkt sie. Mit dem satten »Plock« des Korkens endet der Regen, und die Wolken ziehen sich vor der Sonne zurück.

»Sie müssen sich irgendwann ein Boot mieten, da unten gibt es einen Verleih. Das lohnt sich allein schon wegen der Frau, die ihn betreibt. Wir nennen sie ›die seltsame Gräfin vom Schlachtensee‹. Ein echter Drachen. Aber auch ein Charakter. Man gibt dort als Pfand seinen Ausweis ab. Als Freunde von mir ihren wieder abholen wollten, konnte sie ihn nicht mehr finden. Anstelle nervös zu werden, sagte sie nur: ›Weg ist weg. Ja, soll ich mich jetzt auf den Kopf stellen, oder was?‹«

Laura und Hector lachen.

»Dann machen Sie sich einen schönen Picknickkorb und schippern einen Tag mal nur über den See. Entspannung pur.«

»Sind wir dafür denn nicht zu alt?«, gibt Hector zu bedenken.

»Sie müssen lernen, alles, was sie tun, das nicht ihrem biologischen Alter entspricht, Ihrem Exzentrizitätsfundus zuzuordnen! Man fühlt sich gleich viel besser.«

»Darauf!« Laura hebt das Glas und stößt mit Betsy an.

»Und wie die Mutter des Regenten in ›Der Prinz und die Tänzerin‹ sagt: ›Wenn man jung ist, braucht man viel Mascara –«

»Und wenn man alt ist, noch viel mehr!«, ergänzt Laura, und die Frauen lachen. »Apropos alt.«

»Mein Großvater!«

»Genau.«

Jetzt müssen alle lachen.

»Er war ein Filmsammler?«

»Nein. Das kann man so nicht sagen.«

»Wir hatten es angenommen, wegen der gestifteten Filmrollen.«

Es kommt Laura immer noch schrecklich normal vor, wenn Hector »wir« sagt.

»Er war ebenfalls Exzentriker. Und hat unter anderem als Kameramann gearbeitet. Aber die beiden Filmrollen waren die einzigen, die sich in seinem Nachlass fanden. Ich dachte, in der Kinemathek sind sie besser aufgehoben als auf meinem Dachboden.«

»Oh.« Man hört Laura die Enttäuschung an. »Wir hatten gehofft, dass es noch mehr Material gibt.«

Betsy runzelt die Stirn. »Es ist seltsam, dass Sie das sagen. Mein Großvater ist an Alzheimer gestorben. Als es mit ihm zu Ende ging, da hatte er Erinnerungen an seine Zeit als Schuljunge und als junger Mann, aber er wusste seinen Namen nicht mehr. Als ich ihn einmal im Pflegeheim besuchte, sprach mich ein Krankenpfleger an. Mein Großvater rede immer wieder von ›seinem Film‹. Er wolle seinen Film sehen. Ob ich wüsste, welcher Film das sei, und ob ich ihn vielleicht einmal mitbringen könnte. Als wir seinen Nachlass sichteten, fand meine Mutter auf dem Dachboden die beiden Filmrollen. Ich habe sie mir damals angeschaut, aber ich habe keine Ahnung, was an diesen beiden Wochenschauen Besonderes sein sollte.«

»Sie sagten, er sei Kameramann gewesen. Ist es denn nicht seltsam, dass sich nur zwei Filmrollen fanden? Gibt es noch ein Archiv irgendwo?«

»Als Kameramann hat er nur in jungen Jahren gearbeitet. Er hat dann zum Journalismus gewechselt.«

»Mutter!« Das junge Mädchen kommt mit dem Teetablett und schüttelt angesichts des Champagners den Kopf. »Um diese Uhrzeit!«

»Irgendwo ist immer gerade sechs Uhr abends. Möchtest du auch ein Glas, Angie-Schatz?«

»Okay!« Angie grinst, holt sich ein Glas und baut dann am anderen Ende des Gartens eine Liege auf, auf der sie sich mit einem Buch niederlässt.

»Das Leben ist kurz, nicht wahr?«

»Unter anderem.«

»Dann schenken Sie nach, Hector.«

»Wissen Sie, ob er der Kameramann war, der die Aufnahmen für die Wochenschau gemacht hat?«

»So habe ich es mir zusammengereimt. Es gab in beiden Wochenschauen einen Beitrag über das Metropol-Theater. Ich vermute, die Aufnahmen stammen von ihm. Er hatte auch eine kleine Sammlung Pressenotizen zu dem Vorfall.«

»Gibt es die noch?«

Betsy schüttelt den Kopf. »Ich fürchte, nein. Es waren drei oder vier Artikel aus den Zwanzigern – über diese Massenschlägerei, um die es auch in den Filmbeiträgen geht. Und ein Bericht aus den späten Vierzigern. Aber der hatte mit den anderen offenbar nichts zu tun. Den hat er vielleicht in Erinnerung an eine alte Flamme aufgehoben.«

»Worum ging es in dem Artikel?«

»Das war einer wie viele damals. ›Was wurde eigentlich aus …?‹ In dem speziellen Fall ging es um eine Sängerin, deren Spur sich irgendwo verloren hatte. Das war ja in den Jahren nach dem Krieg nicht unüblich, vor allem in Berlin. Die Stadt lag in Schutt und Asche, und manche Rückkehrer konnten nicht einmal identifizieren, wo ihr Haus gestanden hatte. Das sah von oben aus wie ein Schweizer Käse. Wer hat das gleich gesagt?«

»Billy Wilder«, springt Hector ein.

»Können Sie sich an den Namen der Frau erinnern?«

»Das kann ich. Als ich klein war, hatten wir einen Dackel, der genauso hieß. Den Nachnamen habe ich vergessen, aber sie hieß Doris.«

Vor ihrem inneren Auge sieht Laura einen Damenschuh in Schwarzweiß, der verloren auf der Bühne des ehemaligen Metropol-Theaters liegt.

Kapitel 27

Per Telefonkonferenz haben sich die Slashers und Elle auf den aktuellen Stand gebracht. Während sich Laura und Hector auf den Rückweg in die Stadt machen, werden in der Oper die Proben für eine Mittagspause unterbrochen. Elle begleitet Magda in den Hof und bringt sie bis zur Pforte, wo ein Freund sie zum Essen abholt. Elle wartet, bis der Großteil der Angestellten das Verwaltungsgebäude Richtung Casino verlassen hat.

Der Gang zu Lorenzens Büro ist leer. Hinter der ersten Tür hört sie das Klicken von Fingern auf einer Tastatur, lässt sich dadurch jedoch nicht von ihrem Vorhaben abbringen. Lorenzen ist offenbar in der Mittagspause, sein Büro ist verwaist. Von seinem Schreibtisch nimmt Elle eine Büroklammer, mit der sie beabsichtigt, den Glasschrank zu öffnen, in dem die alten Notizbücher liegen, von denen sie sich Aufschluss über den Vorfall im März 1928 erhofft. Doch die Büroklammer erweist sich als überflüssig. Der Schrank, in dem gestern noch die Kladden lagen, ist leer. Verschwunden ist auch die leere Büchse, in der sich die Filmrolle befand, die sie nun bei sich behält.

Als sie noch einmal den Blick über die Regale schweifen lässt, hört sie Geräusche auf dem Gang. Eine Tür knallt, eine

Frau weint, und eilige Schritte bewegen sich auf Lorenzens Büro zu. Elle hechtet unter den Schreibtisch und kauert sich eng an die Wand. Die Tür wird aufgestoßen, sie sieht aus ihrem Versteck Damenbeine im Türrahmen und hört lautes Schluchzen.

»Warte doch!« Eine andere Frauenstimme.

Die weinende Frau dreht sich um in die Richtung, aus der sie gekommen ist.

»Beruhige dich!« Ein zweites Paar Damenbeine erscheint in Elles Sichtfeld.

Beide Frauen betreten den Raum und schließen die Tür hinter sich.

»Ich will mich aber nicht beruhigen!«

»Du willst doch nicht, dass dich jemand so sieht.« Die zweite Frau spricht mit beruhigender Stimme. »Ist doch gut!«

»Gar nichts ist gut. Du hättest sie hören sollen. Diese alte, miese Hexe.«

»Pst! Nicht so laut.«

»Ist doch wahr! Sie macht es mit jedem. Dreht einem das Wort im Mund um. Unterstellt, man habe etwas gesagt, das man überhaupt nicht gesagt hat! Kaltschnäuzig. Sie lügt so unverschämt, das ist einfach unfassbar! Nach unten teilt sie aus, und nach oben schleimt sie. Genau so kommt man weiter! Schau doch, wie weit sie's schon geschafft hat! Aber weißt du was, ich hab da keine Lust mehr drauf. Ich spiel das Spiel nicht mehr mit. Die kann mich mal!«

»Du kannst doch jetzt nicht den Job hinschmeißen wegen der Alten!«

»Aber ich will nicht mehr. Ich bin fertig. Das ist eine so vergiftete Atmosphäre, das halt ich nicht aus, da geh ich kaputt.«

»Das kannst du aussitzen. Die bleibt doch nicht für immer.«

»Träum weiter. Die bleibt. So lange, bis ihre ostheoporotischen Knochen sich pulverisieren.«

Die tröstende Frau lacht kurz auf.

Die eben noch Weinende nun auch.

»Na komm, berappel dich. Sie ist es nicht wert, dass man sich so aufregt.«

»Du hast ja recht. Aber es ist so verdammt ungerecht. So ein Scheusal, das es so weit bringt. Ich könnte kotzen.«

»Nein, das lässt du mal schön. Und jetzt gehst du für Damen und rekonstruierst mal fein dein Gesicht. Muss ja nicht jeder sehen, wie sie dich aufgebracht hat.«

»Argh.« Geräuschvolles Naseputzen. »Danke dir.«

»Schon okay.«

Die beiden Frauen verlassen das Büro, und Elle schnappt nur noch zwei Sätze ihres Gesprächs auf.

»Weißt du, was Lorenzen gemacht hat, als sie ihn mal am Wickel hatte?«

»Nein, erzähl.«

Dann ein Flüstern, gefolgt von einem »Nein!!!« und einem kurzen Auflachen.

Elle kriecht aus ihrem Versteck hervor, steht auf und streicht sich Staub vom Rock. Noch einmal scannt sie die Regale, doch die plötzliche Abwesenheit der Kladden scheint ihr die logische Erklärung dafür zu sein, dass genau dort sich verbirgt, was sie sucht.

»Ich kann dir verraten, wo die sich befinden – ich bin ziemlich sicher, dass die Intendantin sie hat. Als ich gestern Abend in der Oper unterwegs war, hat sie einen Umzugskarton in ihr Büro getragen.«

Hector, Laura, Elle und Magda sitzen buchstäblich mitten Unter den Linden, wo auf dem Mittelstreifen Stühle und Tische aufgestellt sind und ein Imbiss kleine Mahlzeiten und kalte Getränke anbietet.

»Sie hat sie ins Felsenstein-Zimmer gebracht? Elle, kommen wir da rein?«

Elle zuckt die Achseln. »Kein Problem.«

»Aber nicht, so lange sie sich darin aufhält.« Magda stochert in ihrem ohnehin kaum angerührten Salat. »Smith hat erzählt, dass sie heute ein Kreativtreffen mit zwei Regisseuren hat.«

»Dann am Abend. Hector und Elle, wollt ihr das gemeinsam machen?«

»Sicher.«

Elle nickt wortlos.

Laura wendet sich an Magda. »Steht eine Probe des Mond-Liedes an?«

»Smith wirft seine Probenplanung ständig um. Heute hat er das gesamte Orchester wieder nach Hause geschickt, und wir haben nur mit Klavier geprobt. Erst hat er durchgesetzt, dass alle Bühnenproben mit den Musikern stattfinden, und dann schickt er sie wieder weg. Man weiß bei ihm selten, woran man ist. Schwer zu sagen, was er als Nächstes plant.«

»Sollte es dazu kommen, weigere dich. Oder improvisiere eine Halsentzündung. Lass auf keinen Fall zu, dass das Lied dort gesungen wird.«

»Ich weiß nicht, wie lange ich ihn hinhalten kann.«

»So lange wie möglich. Du möchtest nicht wissen, was passieren kann.« Laura denkt an die Fotos, die Elle Konstanze Lange präsentiert hat, und an die Filmaufnahmen vom Zuschauerraum im März 1928. Und sie denkt noch etwas weiter zurück: an Gebäude, die ihre Bewohner verspeisen.

Das verlorene Kapitel

Um es vorwegzunehmen und um Sie, liebe Leserin, lieber Leser, mit einem Wissensvorsprung auszustatten, der zur Folge haben könnte, dass Sie sich im weiteren Verlauf berechtigterweise große Sorgen um unsere Protagonisten machen, wenn diese das Opernhaus betreten, an dieser Stelle eine Rückblende.

Es ist zwar schon Ende März, aber der Frühling fühlt sich an, wie Frühling sich früher einmal anfühlte. Kein vorgezogener Sommer, sondern ein Klima, das es erforderlich macht, abends den Mantel überzuwerfen. Das Theater ist zwar nicht ausverkauft, aber trotzdem gut besucht. Im vorderen Bereich des Zuschauerraums sitzen die Menschen in Stuhlreihen, ab der Saalmitte an kleinen Tischen. Insbesondere an den Tischen und in den Logen herrscht, obwohl bereits die zweite Hälfte des Konzerts begonnen hat, reges Kommen und Gehen. Bei Wein und Bier, Danziger Goldwasser und Weinbrand werden unter den Zuschauern Geschichten ausgetauscht, andere Gäste kommentiert – vor allem die Jazz-Girls mit ihren kurzen Frisuren und Röcken, die die Waden freilassen, lösen gehässige Kommentare der älteren Konzertbesucherinnen aus, doch ihre seidenbestrumpften Beine ziehen die heimlichen Blicke deren Begleiter auf sich. Die Künstler auf der Bühne irritiert dieses Verhalten des Publikums nicht. Es ist auch nicht despektierlich gemeint – es entspricht der Norm. Ins Metropol kommt man nicht in erster Linie, um sich eine Theateraufführung anzuschauen oder ein Konzert zu hören. Hierher kommt man, um gesehen zu werden. Die Bühnenkunst ist für die Gäste nur eine Klangfarbe in der Gestaltung eines bunten Abends.

Es ist eben angenehmer, zu Musik von Loge zu Loge zu ziehen und Konversation zu betreiben. Nur wenigen Künstlern gelingt es, die Aufmerksamkeit allein auf sich zu ziehen und dem Saal nur ein einziges Geräusch zu entlocken: Jubel. Richard Tauber gehört dazu, Käthe Dorsch oder auch Fritzi Massary.

Langbeinige Kellner mit eng am Schädel pomadierten Haaren und Scheiteln, wie mit dem Degen gezogen, balancieren ihre Tabletts wie Varietékünstler. Verneigen sich vorm Gast mit militärischer Präzision und klackenden Hacken. Der Rauch von Zigarren und Zigaretten, die in langen Haltern aus Elfenbein oder Bakelit stecken, mischt sich mit dem charakteristischen Braunkohlegeruch des Gebäudes und dem Kölnisch Wasser, das die Damen hinter die Ohrläppchen und in die Dekolletés geträufelt haben.

Der vordere Bereich, wo die Besucher in Stuhlreihen sitzen, ist ruhiger, mehr auf das Konzert konzentriert und lässt sich vom lärmenden Treiben in seinem Rücken nicht aus der Ruhe bringen. Sie sind in den Genuss eines abwechslungsreichen Konzerts gekommen – die Herren Porelli trugen ihre Lieder mit der forschen Leidenschaft vor, die Italienern zugesprochen wird. Die Damen der Familie repräsentierten die sehnende Weiblichkeit, die keusche Huldigung – jenes

Frauenbild, das die Flapper und Jazz-Girls bereits erfolgreich entthronen.

Dorita Porelli, oder Doris, gerade einundzwanzig Jahre alt, steht an der Schwelle zu dieser neuen Weiblichkeit. Privat trägt auch sie miederlose Kleider, die gerade eben das Knie bedecken, besucht mit Vorliebe Automatenrestaurants, einfach weil sie neu und schick sind. Mit ihren gleichaltrigen Freunden streifen sie und Stefano durchs wilde und gefährliche Nachtleben der Stadt, trinken Sekt in Engtanzkneipen, machen die Nacht zum Tag und geben sich wie Jazz-Babys. Nicht selten sitzen sie bei ihrem letzten Glas in den Budiker-Kellern am Morgen, wenn die Arbeitslosen das erste Bier des Tages zu sich nehmen. Sie genießen alle Möglichkeiten, die ihnen die Stadt bietet, und sie hat viele zu bieten!

Auf der Bühne jedoch ist Dorita der Porelli-Tradition verpflichtet. Über ihrem Fasson-Haarschnitt mit modischem Pony trägt sie eine wallende blonde Langhaarperücke. Das Kleid, das sie für ihren Auftritt gewählt hat, ist jungfräulich weiß, üppig gerüscht und mit Samtschleifen und künstlichen Perlen bestickt. Sie zieht eine Schleppe hinter sich her, als sie die Bühne betritt. Ihre Arme mit den glockenhaft weiten, sich nach unten hin lang öffnenden Ärmeln sind angehoben, wie man es sich bei einer Schlafwandlerin vorstellt. Das Sprachgemurmel und das Lachen auf der Rückseite des Saals scheinen völlig an ihr vorbeizugehen, während sie auf die Bühnenmitte zuschreitet und von den vorderen Reihen mit einem freundlichen, wenn auch nicht enthusiastischen Beifall begrüßt wird. Sie senkt den Kopf, deutet ein leichtes Nicken an, legt in einer anmutigen Bewegung die Hände zusammen und verschränkt sie wie zum Gebet vor der Brust. Der Dirigent hat sein Zeichen erhalten, hebt den Taktstock, und die Musik der sechsköpfigen Kapelle setzt ein.

»Silberner Mond, du am Himmelszelt, strahlst auf uns nieder voll Liebe …«

Wie um das Gesungene zu unterstreichen, erstrahlt der Deckenleuchter heller, während die anderen Lichtquellen der Saalbeleuchtung abgeschwächt werden. Diese ungewöhnliche Maßnahme sorgt insbesondere im hinteren Teil des Zuschauerraums für Irritation. Zunächst setzt verwirrtes Schweigen ein, dann werden Unmutsäußerungen laut. Die Damen jenseits der dreißig im vorderen Teil des Saals sind nicht erfreut über eine Beleuchtung, die immer unschmeichelhafter wird, je heller sie gestellt wird.

»Still schwebst du über Wald und Feld, blickst auf der Menschheit Getriebe …«

Dorita ist vielleicht noch nicht lange auf der Bühne tätig, aber dennoch ein Profi. Obwohl die Helligkeit des Leuchters, den sie als Mond ansingt, langsam unangenehm für ihre weit geöffneten Augen wird, schaut sie weiterhin in Richtung der Saalkuppel und singt weiter.

»Oh, Mond, verweile, bleibe, sage mir doch, wo mein Schatz weile …«

Ein junger Mann, Theo Cohen, der den Abend als freier Reporter mit Kontakten zu allen gängigen Wochenschauen auf Film mitschneidet, wendet den Blick von seinem Sucher ab, als er das seltsame Lichtspiel bemerkt. Vor seinen Augen ist es ohne den Schutz der Kamera noch heller. Irritiert vergisst er zu kurbeln. Die Frau auf der Bühne ist nun so hell beleuchtet, dass er auf Höhe der zehnten Stuhlreihe, wo er sich mit seiner Kamera positioniert hat, ihre Gesichtszüge nicht mehr ausmachen kann. Sie ist ein weißer Schemen vor einem roten Samtvorhang. Erst jetzt resigniert sie – ihr laufen bereits Tränen aus den Augen –, hebt die Arme und schlägt die Hände vors Gesicht.

»Sage ihm, Wandrer …«

Doch dann explodieren die Glühbirnen des Deckenleuchters in einem letzten sonnenhellen Gleißen, und der Lärm Dutzender Explosionen übertönt ihre Stimme. Filigrane Glasfragmente rieseln auf das Publikum herab, und entsetzte Ohs und Ahs gehen durch den Saal. Die Musik verstummt. Die plötzliche Dunkelheit mag eine Wohltat für die Augen sein, hat aber auch zur Folge, dass die Kapelle die Noten nicht mehr sehen kann. Orientierungslos steht Dorita auf der Bühne, die Arme immer noch wie eine Suchende ausgestreckt.

Gerade als sich die Sängerin und das Publikum in der Dunkelheit wieder zu orientieren beginnen, scheint unter der Kuppel eine neue Lichtquelle auf – so groß wie ein Fußball zunächst und von strahlender Intensität, die sich langsam zu vergrößern beginnt. Es ist, als öffne sich die Deckenkuppel hinter dem Gemälde und gebe den Blick frei auf ein von tausend Sonnen gleißendes Firmament. Doch wie kann das sein? Draußen ist es doch Nacht und dunkel. Noch immer fallen aus dem Deckenleuchter einzelne Lüsterkristalle und Glasscherben herab, sodass manche der Besucher aufstehen und sich schütteln müssen. Sie helfen sich gegenseitig, die Scherben und Partikel abzuklopfen. Blut beginnt von verletzten Fingern zu tropfen.

Als interessiere sie plötzlich das Geschehen auf der Bühne, äußern sich einige Herrschaften im hinteren Bereich nun erregt über diejenigen, die aufgestanden sind, weil sie ihnen den Blick auf die Bühne nehmen. Dort ist allerdings ohnehin nichts zu sehen außer einer irritierten Dorita, die sich die schmerzenden Augen reibt, und ihrem Mann Stefano, der ihr zu Hilfe eilt.

Fast alle Blicke des Publikums sind nun an die Decke des Saals gerichtet – teils aus Sorge über den Leuchter, der möglicherweise herabstürzen könnte, teils um das Lichtschauspiel zu betrachten und zu versuchen, das zu begreifen, was hier gerade geschieht.

Als erste Gäste den Saal verlassen und Theo Cohen von einer nach Mottenkugeln riechenden weißhaarigen Matrone schmerzhaft angerempelt wird, bemerkt er, dass er vergessen hat, das zu tun, wofür er hier ist: zu drehen. Er ergreift die Kurbel und hebt die unhandliche Standkamera an, zieht sie sich vor den Bauch, setzt sich auf einen frei gewordenen Platz und lehnt sich zurück, um aufzuzeichnen, was sich da oben ereignet. Immer wieder wird die Kamera durch Gäste, die eilig den Saal verlassen, zum Wackeln gebracht, aber Theo lässt sich nicht irritieren. Er weiß, dass er seinen Augen kaum trauen kann. Aber auf das Celluloid in seiner Kamera ist Verlass. Er hält die Kamera in Richtung Decke, kurbelt, lässt aber den Saal nicht aus den Augen.

Nach der ersten Unruhe wird nun eine steigende Panik deutlich spürbar. Eine der Ausgangstüren ist von einem Menschenknäuel verstopft, entrüstete Warnungen und Beleidigungen mischen sich mit den Schmerzensschreien von Konzertbesuchern, die entweder eingekeilt sind oder die bei den Fluchtversuchen anderer achtlos beiseitegeschubst und gestoßen werden. Bei anderen, insbesondere den Gästen im Bereich mit den Tischen, löst die Panik einiges Amüsement aus. Das Publikum aus den oberen Rängen zieht es jetzt eher hinein in den Saal, um das Spektakel aus größerer Nähe zu goutiern. Dass sie der Katastrophe dadurch viel näher sind, können sie freilich nicht ahnen. Aus der Mittelloge im ersten Rang deutet ein strammes Flapper-Mädchen lachend mit ihrer Zigarettenspitze auf einen dicken Mann im Saal, der gestürzt ist und nicht mehr hochkommt, weil ständig Menschen über ihn steigen. Das Flapper-Mädchen merkt erst, als es bereits zu spät ist, dass sie besser nach oben hätte schauen sollen. Doch so bleibt ihr der Anblick erspart, wenn auch nicht die Konsequenzen. Ein einziger Schlag, und sie kippt über die Brüstung der Loge, überschlägt sich und kommt mit dem Rücken zuerst auf einem der Tische im Saal auf, eine Sektflasche unter sich zermalmend. Es soll der letzte Tag sein, an dem sie sich halsabwärts bewegen kann.

Blut und Sekt mischen sich und fließen, rosafarbenen Schaum hinterlassend, über den Boden. Ein Kellner gleitet aus, doch dann wird er von hinten gerammt und mit voller Wucht Richtung Bühne gestoßen. Mit Armen und Beinen rudernd, saust er wie ein Geschoss über Tische und Stuhlreihen. Sein Körper kommt auf der Bühne auf und rutscht noch mehrere Meter weiter – Stefano Porelli kann seine Frau gerade noch zur Seite ziehen. Doch schon wird sie emporgerissen. Stefano greift nach ihr, erwischt sie am Bein, dann werden die beiden über die Bestuhlung geflogen. Stefano hält fest, lässt nicht locker, obwohl seine Beine schmerzhaft gegen die Stühle schlagen. Erst als sie den Saal mehrfach durchquert haben und seine Schienbeine zerschmettert und die Knochen zertrümmert sind, kann er nicht mehr. Das Bewusstsein hat ihn bereits verlassen, als er auf dem Bühnenboden aufschlägt, Doritas Schuh in der verkrampften Faust haltend. Das Schicksal meint es gnädig mit ihm, denn in seiner Bewusstlosigkeit entgeht ihm die hysterische Stampede im Saal und der Anblick dessen, was mit seiner Frau geschieht.

Kapitel 28

An diesem Abend ist es ein Leichtes, die Oper zu betreten. Ganz offiziell kaufen Slasher und Elle bei Erika Müller Karten für Barrie Koskys Inszenierung »Die sieben Todsünden«. Es ist ein kurzweiliger Abend, der damit endet, dass die Sängerin und Schauspielerin Dagmar Manzel Klassiker von Brecht und Weill vorträgt. Erika Müller hat ihnen Plätze im ersten Rang rechts außen, nahe der Bühne empfohlen – für einen eher konzertanten Abend wie diesen ein guter Tipp. Außerdem sitzen sie hier der Proszeniumsloge links gegenüber, hinter der sich das Felsenstein-Zimmer befindet, Konstanze Langes Büro mit Blick auf die Bühne.

Nach dem euphorischen Schlussapplaus steht das Publikum auf und geht auf die Ausgänge zu. Elle und Hector schlendern den Umgang entlang, langsamer als die anderen Gäste. Sie gehen auch nicht in Richtung der Haupttreppe, sondern passen einen günstigen Moment ab und schlüpfen wieder in ihre Loge. Dort warten sie, hinter eine Stuhlreihe geduckt, bis vom Umgang und aus dem Foyer keine Geräusche mehr kommen, das Saallicht erlischt und nur noch die Notbeleuchtung in der Dunkelheit glimmt. Elle erhebt sich und bedeutet Slasher, ihr zu folgen.

Geräuschlos schließen sie die Tür zur Loge und machen sich auf den Weg auf die gegenüberliegende Seite des Ranges. Gerade als sie das Halbrund umkreist haben, werden Schritte auf der Haupttreppe hörbar. Der Pförtner scheint seine erste Runde zu drehen. Rasch zieht Elle Slasher mit sich in die Loge direkt gegenüber der, in der sie während des Konzertabends gesessen haben. Elle rafft ihren Rock, stellt einen Fuß auf die Brüstung der Loge, umfasst eine Säule und zieht sich hoch auf ein schmales Sims, steigt achtsam um Scheinwerfer und technisches Equipment, bis sie die Proszeniumsloge erreicht hat und über die Brüstung hineinklettert. Dass dies leichter aussieht, als es ist, merkt Slasher, als er ihr folgt. Als der Lichtstrahl der Taschenlampe des Pförtners durch den Saal geistert, kauern die beiden bereits am Boden der Loge, hinter der sich das Ziel ihres Ausflugs befindet. Die Saaltür fällt wieder ins Schloss, der Pförtner hat offenbar seine Runde fortgesetzt.

Die Fenstertür zum Felsenstein-Zimmer ist von innen mit einem blickdichten Vorhang verschlossen. Die Stille dahinter lässt vermuten, dass sich niemand darin aufhält. Trotzdem sind sie sich des Risikos bewusst und gehen vorsichtig und leise vor. Da an dieser Seite der Tür kein Schloss angebracht ist, bleiben nur zwei Möglichkeiten. Das Zerschlagen des Glases steht nicht zur Debatte, also versucht Elle den altbewährten Kartentrick. Sie schiebt eine Kreditkarte zwischen Tür und Schloss und hebelt den Schnapper zurück.

Im Büro ist es finster. Durch das einzige Fenster, das auf den Hof hinausgeht, dringt kaum Licht. Nachdem er sichergestellt hat, dass der Vorhang wieder an seinem Platz ist, zieht Slasher eine kleine Taschenlampe aus seiner Sakkotasche und schaltet sie ein.

Das Zimmer, für ein Intendantenbüro recht klein, ist aufgeräumt und sauber. Anders als in den Büros im Verwaltungsgebäude riecht es hier nach Braunkohle. Elle geht zum Schreibtisch an der Fensterwand, um die Tischlampe anzuschalten. Auf dem Weg dorthin kollidiert sie mit einem Sessel, stolpert, kann sich aber noch fangen.

Im gedämpften Licht der Schreibtischlampe beginnen sie mit der systematischen Durchsuchung des Büros. Slasher konzentriert sich auf das Regal, während Elle sich der Schlösser des Schreibtisches annimmt. Unter Einsatz von Büroklammern und eines Inbusschlüssels ist es ihr ein Leichtes, die Schlösser zu knacken. In den Schreibtischschubladen befindet sich nichts, was dort nicht auch hingehört. In dem persönlichsten Fach entdeckt Elle eine Flasche Chanel No. 5, eine Bürste und eine Dose Haarspray sowie ein kleines Make-up-Täschchen, in dem sich tatsächlich nur Make-up, Puder, Lippenstifte und Mascara befinden. Im größten Fach, dem einzigen, in dem die Kladden Platz hätten, herrscht Leere.

Slasher wandert währenddessen das Regal ab, in dem sich Literatur befindet, die offenbar noch aus den Zeiten Felsensteins stammt. Stichprobenartig nimmt er Stapel von Büchern aus den Fächern und schaut, was sich dahinter verbirgt. Das Regal bedeckt die ganze Wand, es dauert deshalb eine Weile, bis er mit der Durchsuchung fertig ist.

Nachdem Elle den Schreibtisch ebenfalls ergebnislos durchforstet hat, schreitet sie die Wände ab und überprüft die hölzerne Vertäfelung. Ihre Finger gleiten über Simse und Kanten auf der Suche nach einer Feder oder einem Schnappmechanismus, der zu einem verborgenen Schrank gehören könnte. Doch nichts dergleichen kommt zum Vorschein.

Als Slasher den Raum durchquert, um Elle von der anderen Seite aus entgegenzuarbeiten, stutzt er. Er geht, diesmal langsamer und aufmerksamer, denselben Weg zurück. Auf einer Fläche von vielleicht einem Quadratmeter fühlt sich der Boden anders an. Auch macht das Parkett beim Überqueren ein knarrendes Geräusch, und ein Teppich ist über diese Stelle gebreitet.

»Elle?« Hector bedeutet ihr, zu ihm zu kommen.

Gemeinsam rollen sie den Teppich zurück. Selbst in dem schummrigen Licht sehen sie deutlich die schmale Kerbe, die ein Quadrat im Boden beschreibt, und in das Holz eingelassen einen halbrunden Metallring, der die Falltür öffnet. Hector hebt den Metallring an, zieht, doch nichts bewegt sich. Elle versucht es ebenfalls, zieht und dreht an dem Ring, und die Tür geht auf.

Die beiden blicken in undurchdringliches Schwarz, und ein Geruch steigt empor, der anders ist als alles, was sie je gerochen haben. Elle muss würgen, Slashers Körper reagiert mit einer Adrenaliausschüttung, die ihn in Kampfbereitschaft versetzt.

Es ist das erste Mal seit langem, dass Laura allein ist. Von der Terrasse aus sieht sie, wie Magda in der Wohnung gegenüber ihren Text lernt. Sie geht dabei auf und ab, das Libretto in der Hand. Im angrenzenden Dachgeschoss, bei Magdas Nachbarn, ist ein Flatscreen-Fernseher in Betrieb. Die beiden jungen Männer liegen auf einem Sofa und schauen sich »Sunset Bouevard« an. Das Schwarz und Weiß der Bilder taucht sie in ein kaltes Licht.

Laura erinnert sich an einen verregneten Nachmittag vor vielen Jahren, an dem sie so mit Hector auf dem Sofa lag, ineinander verknäuelt und trotzdem die Augen nicht vom Bilschirm nehmen könnend, wo Norma Desmonds Reise in den Wahnsinn ihren Lauf nahm. Als sie in der letzten Szene auf den Zuschauer zuschritt und ihr Umriss immer mehr verwischte, hatte Laura sich fest an ihren Mann geschmiegt und ihr Gesicht an seine Brust gepresst. Sie mochte und mag keine Horrorfilme, und »Sunset Boulevard« scheint ihr ganz klar ein Horrorfilm zu sein. Dabei ist doch das, was in den Köpfen der Menschen vor sich geht, der wahre Horror, denkt sie. Sind nicht die Dinge, zu denen das Gehirn fähig ist, schlimmer als jede Heimsuchung? Dennoch ist die Angst vor einem Gespenst, das es gar nicht gibt, genauso beunruhigend. Angst ist Angst. Nicht in der Lage zu sein, das »Etwas, bei dem es sich um alles handeln könnte«, zu bestimmen macht die Sache nicht einfacher und die Angst nicht geringer.

Sie geht in die Wohnung und schließt die Balkontür hinter sich. Sie ist heute Abend nicht nur allein, sie fühlt sich auch so. Ihr ist danach, zu rauchen, aber sie kämpft den Impuls nieder. Sie denkt an Hector und daran, was in seinem Kopf vor sich geht. Und was in seinem Kopf nicht vor sich geht. Sie weiß, dass ihre Seelenverwandtschaft noch vorhanden ist. Sie weiß aber nicht, ob es gut für sie ist, ihm nach der Trennung so nahe zu sein. Gerade jetzt tut es weh, auch nur daran zu denken, dass er in derselben Stadt, aber nicht bei ihr ist.

Und wie so oft in Stunden wie dieser, wenn sie in Selbstmitleid versinkt, setzt sie noch eins drauf und holt alte Erinnerungen an Steerpike hervor, der sie beschützt hat, selbstlos und ohne Rücksicht auf Verluste. Aber sie erinnert sich auch daran, dass sie, selbst wenn sie schutzlos war, immer wieder auf die Beine gekommen ist, sich am eigenen Schopf aus dem Sumpf gezogen hat. Die Zeit mit Hector auf dem Höhepunkt seiner Fähigkeiten war deutlich freud- und friedvoller gewesen als das Leben zuvor. Das Danach war zwar hart, aber vielleicht sollte sie sich einfach weigern, das Gegebene als gegeben hinzunehmen und dem Leben abzuverlangen, was es ihr vorenthielt. »Alles auf Anfang«, zitiert sie einen Satz aus einem von Magdas Liedern in die Stille des Raumes hinein und sagt sich, dass dies nicht die schlechteste Option ist. Besser allemal, als wenn alles zu Ende wäre.

An der Kopfseite des Schachts ist eine Wandleiter angebracht. Mit der Taschenlampe zwischen den Zähnen macht sich Slasher als Erster an den Abstieg. Unten angekommen, findet er sich in einem kleinen, unangenehm niedrigen Raum wieder. Der Lichtstrahl seiner Lampe fällt auf eine Türöffnung und verliert sich in der Weite eines abgehenden Korridors. »Du kannst kommen«, flüstert er nach oben, und Elle folgt ihm die Leiter herab. Sie muss sich leicht bücken, um nicht mit dem Kopf an die Decke zu stoßen.

»Hier«, sagt er und reicht ihre eine zweite Taschenlampe.

Hector geht voran, den Gang hinab. Es wird spürbar kälter, und unter den ohnehin schon unangenehm strengen Geruch, der vorherrscht, mischt sich der Geruch von Schimmel und etwas Abgestandenem. Der Korridor ist noch niedriger als der Raum, von dem er abgeht, und bedrückend schmal. Nach ein paar Metern sehen sie die erste Tür. Sie schließt weder oben noch unten ab und ist mehr ein Bretterverschlag, verriegelt mit einem erstaunlich neu aussehenden Vorhängeschloss. Elle braucht weniger als zehn Sekunden, um es zu öffnen. Die Tür knarrt in den Angeln, als sie sie aufstößt.

Der Raum ist leer bis auf einen einzigen Gegenstand, bei dem es sich um einen Tresor von der Größe eines Kühlschranks handelt.

»Schaffst du den?«

Elle schaut sich das Nummernschloss an. »Sprengen wäre das Einfachste. Aber ich habe nichts dabei.«

»Ich würde mir auch Sorgen um den Inhalt machen. Wir wollen schließlich nichts beschädigen.«

»Das ist ein Biest. Kann eine halbe Stunde dauern.«

Hector ist erleichtert. »Tu dein Bestes, ich schau mich währenddessen um.«

Weder scheint Elle Angst zu haben, allein zurückzubleiben, noch hat sie sichtlich Sorge, dass der Tresor sich ihr verweigern könnte. Mit einer leicht träge wirkenden Entschlossenheit macht sie sich an die Arbeit.

Hector geht zurück in den Gang, der leicht abschüssig ist und in einen weiteren Schacht mündet, der mit einer Leiter versehen ist, die abwärts führt. Das Metall der Sprossen fühlt sich kalt und klamm in seinen Händen an, die Temperatur scheint noch weiter gesunken zu sein. Hector zählt die Sprossen, so wie er manchmal, wenn sein Hirn ihn mit Selbstvorwürfen bombardiert, seine Schritte zählt. Es ist unangenehm, nicht zu wissen, was unter ihm ist, doch das Zählen beruhigt.

Sehr unvermittelt betritt er Boden. Hier ist der Gang etwas breiter, jedoch noch immer nicht breit genug, um beide Arme seitlich ausstrecken zu können, und auch höher, aber nicht minder beklemmend. Seine Alarmbereitschaft wächst, als der Lichtstrahl über ein Gitter wandert, das in die Wand eingelassen ist. Unwillkürlich macht er einen Schritt zurück, richtet die Lampe auf den Raum hinter dem Gitter.

Der Verschlag ist deutlich größer als das Zimmer, in dem sich der Tresor befindet. Es steht bis auf einige alte Requisiten leer: eine Stehlampe und zwei künstliche Baumstämme. Im Licht der Taschenlampe funkelt Metall an der Wand, und Hector schaut genauer hin: ein Metallring, in die Wand eingebracht. Davon herab hängt eine breitgliedrige Kette, die knapp über dem Boden endet.

Er hat genug gesehen und geht weiter den Gang hinunter, der nach wie vor etwas abschüssig ist und erneut auf eine Leiter zuführt. Hector hat keine Ahnung, wie weit unter der Erde er sich bereits befindet, und auch längst die Orientierung verloren. Er hat keine Vorstellung davon, unter welchem Teil des Gebäudes diese Kellerräume liegen. Von dem Gang, durch den er sich jetzt bewegt, gehen mehrere Türen ab, die zu verschließen sich niemand die Mühe gemacht hat.

Hinter den Verschlagtüren finden sich unter tiefem Staub und nur teilweise mit Laken und Planen abgedeckt Möbel, die schon seit Jahrzehnten kein Licht mehr gesehen haben. Ermattete Spiegel werfen das Licht seiner Taschenlampe zurück, in der Feuchtigkeit modernder Samt liegt in großen Haufen auf dem Boden. Doch eine Tür unterscheidet sich von den anderen. Sie ist solide und schließt oben und unten ab. Er öffnet sie, und der seltsame Geruch, den Elle und er beim Öffnen der Falltür im Felsenstein-Zimmer wahrgenommen haben, überwältigt ihn geradezu.

In einer Ecke des Raumes befindet sich eine Art Plateau, darauf mehrere Lagen Stoff, ansonsten ist der Raum leer. Als Hector begreift, dass es sich um eine Schlafstelle handelt, beschleunigt sich sein Herzschlag.

Er denkt an Elle und befindet, dass es keine gute Idee war, sie allein zu lassen. Schon will er den Rückweg antreten, als er im Licht seiner Taschenlampe eine weitere Falltür am Ende des Korridors erkennt. Die Neugier siegt über seinen Beschützerinstinkt. Er bückt sich, dreht den Metallring – und fällt. Panik überkommt ihn, doch ehe sich ihm ein Schrei entringt, schlägt er hart auf dem Boden auf, und er hört, wie mit lautem Knall die Falltür über ihm zuschnappt.

Seine Taschenlampe ist ihm aus der Hand gefallen und liegt ein paar Meter entfernt. Als er sich aufrappelt, überprüft er, ob seine Knochen den Sturz unbeschadet überstanden haben. Abgesehen von einigen Abschürfungen an den Handinnenflächen und einem schmerzenden Ellbogen ist er in Ordung. Er nimmt die Lampe und leuchtet an die Decke. Die Falltür ist geschlossen und außerhalb seiner Reichweite.

»Verdammt.«

Das Licht der Lampe flackert kurz, und einen Moment lang befürchtet Hector, es könnte erlöschen, doch es stabilisiert sich. Der Raum, in dem er sich jetzt befindet, ist so weitläufig, dass ein LKW darin Platz hätte. Er schaut sich nach einem Gegenstand um, den er so positionieren kann, dass er die Falltür erreicht, kann aber nichts Geeignetes finden. Der Weg nach oben ist abgeschnitten.

Als er über ihm den Schrei hört, legt sich kalter Schweiß auf seinen Nacken. Es ist der qualvolle, langgezogene Schrei einer Kreatur, die aufs Grausamste gequält wird.

Hector reißt sich die Kleider vom Leib, transformiert und rennt in die Dunkelheit.

Das Schreien hört nicht auf. Es wird nur leiser, je weiter er sich entfernt.

Es geht weiterhin spürbar abwärts, es wird kälter, die Luft feuchter. Nach fünf Minuten im Höchsttempo erreicht er eine Ebene, und nach ein paar weiteren Metern beginnt der Boden anzusteigen. Er muss das Tempo verlangsamen. Immerhin hat er jetzt eine Ahnung, wo er sich befindet. Er schaut nach oben, als könne er durch das Gestein schauen und das darüber befindliche Wasser der Spree ausmachen. Kurz überfällt ihn Panik, dann drängt er alle Gedanken beiseite und rennt weiter.

KAPITEL 29

Die Tür ist mit einem Drehschloss versehen wie eine U-Boot-Schleuse. Sie zu öffnen erfordert eine weitere Transformation. Unter seinen Händen ist das Metall klamm und kalt. Er zittert, nicht nur vor Kälte, sondern auch wegen der Anstrengung, die mit jeder Transformation verbunden ist. Erst weigert sich das Schloss, doch mit etwas mehr Krafteinsatz lässt es sich schließlich aufdrehen.

Hector zieht die Tür auf und blickt in Dunkelheit. Seine Sicht und Instinkte sind nun wieder die eines Menschen, und ohne die Taschenlampe ist er so gut wie blind. Langsam fährt er mit den Fingern über die Wand zu seiner Rechten. Er ertastet das Plastik eines alten Lichtschalters, rund, mit einem eckigen Kippschalter in der Mitte, betätigt ihn, und kurz flammt das Licht einer von der Decke hängenden Glühbirne auf, erlischt jedoch den Bruchteil einer Sekunde später mit einem »Pling«. Der kurze Moment ist jedoch ausreichend für eine erste Orientierung. Den großen Tisch in der Mitte des Raumes muss er möglichst umgehen. Hector schiebt sich an der Wand entlang, in der Hoffnung, einen weiteren Lichtschalter ausfindig zu machen. Doch nach wenigen Zentimetern treffen seine Finger auf einen Schrank, der die ganze Wand einnimmt. Unvermittelt stößt sein Schienbein gegen etwas, das sich im Weg befindet, von ihm wegrollt und mit einem lauten, metallischen Scheppern umkippt.

Auf der gegenüberliegenden Seite angekommen, erfühlt er einen Türgriff, betätigt die Klinke und gelangt in einen weiteren Raum. Auch hier sucht er nach einem Lichtschalter und hat mehr Glück. An der Decke springt mit flirrendem Geräusch eine Neonröhre an. Er muss für einen Moment die Augen schließen, so sehr blendet ihn das Licht.

Boden und Wände sind mit dunkelgrünen Kacheln gefließt, die Decke ist mit einer schmutzig gelben Ölfarbe gestrichen. Etwas, das nach einer überdimensionalen Badewanne oder einem kleinen Tauchbecken aussieht, ist das auffälligste Stück in diesem Raum. In einem Regal liegen mehrere Rollen mit Schläuchen, an der Wand sind Kanister aus Blech gestapelt, an denen der Rost frisst. Durch die offene Tür dringt jetzt auch Licht in das Zimmer, das er gerade durchquert hat. Auf dem Boden liegen der fahrbare Beistelltisch, den er umgestoßen hat, sowie die Instrumente, die sich darauf befunden haben. Hector geht näher und betrachtet sie: Klammern und Skalpelle. Der Tisch in der Mitte des Raumes ist ein Operationstisch. Er bemerkt auch, dass sich die Wand mit der Schleusentür zu einem Tor öffnen lässt.

Auch wenn der Raum den Eindruck erweckt, er sei lange nicht mehr benutzt worden, liegt noch der charakeristische Geruch von Desinfektionsmitteln und aggressivem Industriereiniger mit der Duftnote Fichtennadel in der Luft. Eine andere Note mischt sich darunter, die mit menschlichen Sinnen kaum wahrnehmbar ist, die Hector aber mit einem Rest von animalischem Instinkt registriert. Leid. In diesem Raum ist unaussprechliches Leid zugefügt worden.

In einem Spind findet er eine Ausstattung, die immer

noch besser ist, als den weiteren Weg nackt zurückzulegen: weiße Baumwollhosen, so sehr gestärkt, dass sie sich wie Pappe anfühlen, ein Feinrippunterhemd und einen Arztkittel aus einer Zeit, in der Chirurgenkittel noch weiß waren.

Vom Operationssaal aus gelangt er durch eine weitere schleusenähnliche Tür in ein schmales Treppenhaus. Durch einen Lichtschacht dringt ein Minimum an Helligkeit, gerade genug, um sich zu orientieren.

Der Aufstieg ist kräftezehrend. Hector zählt zehn Treppenabsätze. Oben angekommen, kann er durch ein Fenster in den Hof schauen. Das Weinen eines Kindes dringt aus dem gegenüberliegenden Haus. Hector blickt auf ein mehrstöckiges Gebäude älteren Baujahrs. Es ist jetzt nicht die Zeit, Erleichterung zu verspüren – nicht nach dem, was er in den Gewölben unter der Oper gehört hat –, aber er hat eine gewisse Wertschätzung für den Moment seines Aufstiegs aus der Unterwelt. Er befindet sich auf einem Krankenhausgelände, wo er in seiner Kleidung nicht auffällt, sodass er den Ort ungehindert verlassen kann.

Die Tür zum Hof ist verschlossen, aber das Fenster lässt sich öffnen. Die Wärme der Frühlingsnacht schlägt ihm entgegen. Er klettert hinaus und atmet tief die Nachtluft ein. Das Haus, das er gerade verlassen hat, erweist sich als zweistöckiges Wirtschaftsgebäude. Hier sollte man weder fünf Untergeschosse noch einen Operationssaal vermuten.

Ein Mann im Arztkittel, der um zwei Uhr morgens barfuß aus dem Schatten der Statue Carl-von-Ossietzkys, zu dem er eine leichte Ähnlichkeit aufweist, auf die Luisenstraße tritt, könnte auffällig sein. Doch die Luisenstraße ist um diese Uhrzeit weitaus weniger frequentiert als die unweit verlaufende Friedrichstraße. In Berlin ist vieles auffällig und wird allein aus diesem Grund nicht weiter beachtet. Der Grund hierfür ist Selbstschutz. Bei all der lichten Leichtigkeit, die die Stadt an Sommertagen zu bieten hat, dem Gefühl von Laisser-faire und Jeder-nach-seiner-Fasson, sind und bleiben die Nächte bedrohlich. Der Irre, der in der U-Bahn nach einem schlägt, die Betrunkene, die weinend und sich die Haare raufend die Straße entlangläuft auf der Suche nach jemandem, der ihr zuhört, die Zugedröhnten und Verpeilten auf dem Weg von Club zu Club, die jungen Schläger, die ihre Aggression ziellos ausufernd an Stadtrandbahnhöfen ausleben, auffällige Limousinen, die unauffällige Imbisse und Kioske beliefern … Ein Mann, barfuß im Arztkittel, hinterlässt keinen bleibenden Eindruck. Weitestgehend unbeachtet macht er sich im Lauftempo auf den Weg über die Marschallbrücke zum Pariser Platz, die Linden entlang, vorbei am Adlon und den Botschaften, die Glinkastraße rechts. Schon hört er die Sirenen von Feuerwehr und Polizei. Als er in die Behrenstraße abbiegt, kommt er gerade rechtzeitig, um zu sehen, wie der Feuerwehrwagen die Sirene und das Blaulicht ausschaltet und in gemächlichem Tempo abfährt. Er hat eine entsetzliche Vorahnung, was dies bedeutet. Er steht in Schockstarre.

Die Vorahnung bestätigt sich wenige Minuten später, als ein Leichenwagen vorfährt. Slashers Kopf sinkt auf die Brust, und er muss sich zusammenreißen, um nicht einfach auf den Asphalt zu sinken. Er ist außer Atem, sein Herz schlägt zu schnell, und sein Kopf tut weh. Aber all dieser physische Schmerz kann es nicht aufnehmen mit der bodenlosen Scham, die er verspürt. Er hat Elle ausgeliefert. Er hat sie auf dem Gewissen.

Laura träumt, sie sei zurück in Ashby House. Ein Traum, den sie schon häufiger geträumt, der sie aber längere Zeit verschont hat. Es ist dunkel, ein leichter Wind weht durch den Korridor im zweiten Stock. Das Licht ihrer albernen Gruselfilmkerze flackert. Im Traum ist ihr die Abwesenheit Mowglis bewusst, sie fragt sich, wo er ist, jetzt, wo sie ihn braucht. Sie muss in den Dunklen Raum. Sie muss Steerpike herausholen. Sie kann das alles doch nur mit Mowglis Hilfe schaffen.

Die Flamme der Kerze erlischt, und sie weiß, etwas hat sie ausgeblasen. Etwas, das alles sein kann.

Und jetzt schießt sie geradezu in das Dunkel, in die Leere, in das Nichts, das sie verschlingen wird. Bis der Hund bellt. Wütend. Warnend. Und sie die Augen öffnet und vom Licht der Nachttischlampe, die zu löschen sie vergessen hat, geblendet wird.

Sie ist orientierungslos. Was ist das für ein Zimmer? Nein, Gott sei Dank nicht Ashby House. Jetzt fällt es ihr wieder ein. Sie ist in Berlin, im fünften Stock eines Hauses in Kreuzberg, und sie ist in Sicherheit. Dann ertönt noch einmal das Geräusch, das sie aus dem Schlaf gerissen hat. Es ist die Türklingel, die jetzt ungeduldig und ausdauernd betätigt wird.

Vom Schlaf und vom Alptraum noch benommen, macht sie sich auf den Weg zur Wohnungstür und ergreift den Hörer der Gegensprechanlage. Ihre Stimme hört sich zerknittert an. »Wer, zum Teufel – ?«

»Ich bin's. Hector. Tut mir leid, dass ich dich so spät störe, aber …«

Sie drückt auf den Knopf, der die Haustür öffnet.

»Kaffee?«

»Nein. Gin, falls du welchen hierhast.«

Hector geht an ihr vorbei in die Wohnung, und sähe er nicht so lädiert aus, sie könnte an seinem Geruch erkennen, dass etwas nicht stimmt. Seine ganze Erscheinung illustriert einen Gang durch die Hölle. Sie wirft sich einen Hausmantel über und geht ins Wohnzimmer, um Gläser und Gin zu holen.

»Nimm's mir nicht übel, Hector, aber du siehst schrecklich aus.« Seine hellen Augen wirken im Licht der Küchenlampe fahl, darunter liegen dunkle Ringe. Seine Lippen sind bläulich weiß, seine Schultern vornübergebeugt.

Er legt den Kopf auf die Tischplatte und atmet resiginiert aus.

»Was ist passiert?«

Er schaut sie nicht an, als er antwortet: »Elle.«

Alles am Ton dieser einen Silbe gibt Aufschluss und ist Erklärung für das, was geschehen ist.

Laura setzt sich. Als sie zur Ginflasche greift, um einzuschenken, spürt sie, wie sie langsam und unkontrolliert zu zittern beginnt. Sie füllt die beiden Gläser bis zum Rand, und es gelingt ihr wundersamerweise, keinen Tropfen zu verschütten.

»Wir haben im Boden des Intendantenbüros eine Falltür entdeckt. Darunter war ein Zimmer, in dem ein Tresor stand. Elle wollte sich darum kümmern, ihn zu knacken. Wir vermuten, dass dort die Notizbücher versteckt sind. Ich bin weiter durch das unterirdische Gängesystem und habe mir die Räumlichkeiten angeschaut. Es ging immer tiefer nach unten, eine Treppe nach der anderen. Irgendwann fiel eine Tür hinter mir zu, und ich konnte nicht mehr zurück. Elle war allein oben, und dann hörte ich das Schreien.«

Laura nimmt einen großen Schluck Gin.

»Es gab keinen Weg zurück, also bin ich in die andere Richtung gelaufen.«

Sie bemerkt erst jetzt seinen Aufzug, eine altertümliche Arztkluft. »Du hast transformiert?«

»Ich musste Land gewinnen. So ging es schneller. Vom Keller der Oper, oder was auch immer für ein Keller das ist da unten, gibt es eine Verbindung zu einem Krankenhaus.«

»Die Charité! Ich war dort wegen meiner Stirnwunde.«

»Von dort bin ich dann zurück zur Oper. Ich kam zu spät. Als ich dort war, fuhr gerade der Leichenwagen vor.«

Das Zittern hat ihren ganzen Körper erfasst. Über den Tisch hinweg streckt sie ihre Hände aus und bedeckt seine. »Oh, Hector, ich weiß, was du jetzt denkst. Ich weiß genau, was in dir vorgeht, aber bitte, mach dir um Himmels willen keine Vorwürfe! Wir haben alle gewusst, worauf wir uns einlassen –«

»Und vor diesem Hintergrund ist es noch schlimmer. Ich habe sie schutzlos zurückgelassen.«

»Ach, was – schutzlos! Wenn es jemanden gibt, der sich gut um sich selbst kümmern kann, dann sie.«

»Wenn es jemanden *gab*. Es war ein blöder Fehler, es ist unentschuldbar.«

»Es war nicht *dein* Fehler. Bitte quäle dich nicht mit Selbstvorwürfen. Elle ist genauso sehr Profi und Einzelgänger wie du.«

»War. Sie ist nicht mehr.«

Obwohl sie keinen Anlass hat, für Elle Sympathie zu empfinden – dafür war die Kollegin zu schroff und zu ablehnend –, trifft Laura die Erkenntnis hart. Niemand verdient es, ein solches Ende zu nehmen. »Sie war ja nicht gerade ein umgänglicher Mensch, aber das hätte ich ihr nicht gewünscht.«

»Wir müssen McGrath verständigen.«

»Das kann ich übernehmen.«

»Nein, das muss ich schon selbst erledigen.«

»Hector, bitte!«

»Heute Nacht war sie mein Partner, und es ist an mir, McGrath in Kenntnis zu setzen.«

Laura versucht nicht weiter, auf ihn einzureden. Er hat schließlich recht. »Lass uns bis morgen warten, es ist mitten in der Nacht.« Wie er sie von der anderen Seite des Tisches anschaut, gleichermaßen ein erschöpfter, kraftloser Mann und ein kleiner Junge, der etwas Schlimmes angestellt hat. Es treibt ihr die Tränen in die Augen.

»Wäre es okay für dich, wenn ich hierbleibe heute Nacht?«

Bei aller Traurigkeit wärmt ihr die Vorstellung das Herz.

»Ich schlafe selbstverständlich auf dem Sofa.«

Die Flamme in ihrem Herzen erlischt abrupt.

Erst nachdem sie ihm auf dem Sofa ein Bett gemacht hat und in ihr eigenes, viel zu großes Bett gegangen ist, lässt sie die Tränen zu. So leise, dass er sie nicht hören kann. Sie glaubt, ihn zu kennen, wie ihn niemand kennt, aber sie hat keine Ahnung, dass er ihre Tränen im Nebenzimmer zwar nicht hören, aber riechen kann.

Seine Scham und seine Selbstvorwürfe kommen erst zur Ruhe, als der Schlaf seinen erschöpften Körper übermannt.

Kapitel 30

Die Sonne scheint in Lauras Schlafzimmer, als sei nichts Schlimmes geschehen. Sie erwacht, und sofort ist die Erinnerung an den Vorabend da. Elle. Hector auf dem Sofa im Wohnzimmer. Sie möchte schreien, stattdessen geht sie leise, um ihren Mann nicht zu wecken, durch das Wohnzimmer in die Küche, wo noch die Gläser und die Flasche von der letzten Nacht auf dem Tisch stehen. Sie räumt die Gläser in den Geschirrspüler, stellt die Flasche in den Kühlschrank und setzt Kaffee auf. Die Uhr am Herd sagt ihr, dass es gerade einmal halb acht ist, und umso mehr erschrickt sie, als sie ein Klopfen an der Wohnungstür hört.

Sie schaut durch den Türspion und stellt erleichtert fest, dass es Magda ist.

Laura öffnet die Tür.

»Hast du schon gehört?« Die Augen der Sängerin sind noch verschlafen, und sie wirkt mit ihren ungewaschenen Haaren und dem zu großen T-Shirt über Jeans-Shorts, die Füße in Flip-Flops, als sei sie ins Erstbeste gestiegen, was sie neben ihrem Bett gefunden hat.

Den Finger auf die Lippen legend bedeutet Laura ihr, leise zu sein, und Magda betritt die Wohnung auf Zehenspitzen.

»Hast du jemanden hier?«, flüstert sie.

»Meinen Mann.«

Magda grinst.

»Auf dem Sofa.«

Magdas Grinsen legt sich.

»Komm mit in die Küche.«

Magda setzt sich an den Küchentisch, während Laura vorsichtig die Tür schließt und Kaffeetassen für beide auf den Tisch stellt.

»Wie kommt's, dass er …?«

»Blöde Redewendung, aber das ist wirklich eine lange Geschichte.«

»Schon okay. Aber weshalb ich hier bin – hast du schon gehört, was in der Oper passiert ist?«

Laura setzt sich und seufzt. »Hector war gestern Nacht in der Oper.«

»Du meinst, er hat es gesehen?!«

»Nein. Er hat es nur gehört.«

»Oh, mein Gott. Dann weiß er nicht, was passiert ist?«

»Er hörte laute Schreie, dann war in der Richtung, aus der die Schreie kamen, der Weg abgeschnitten. Über einen Tunnel ist er geflüchtet und in der Charité herausgekommen. Zurück an der Oper, kam er gerade rechtzeitig, um den Leichenwagen zu sehen. Was ist geschehen? Weißt du mehr?«

»Ich habe gestern Abend vergessen, das Handy auszustellen, und bin wach geworden, weil heute früh eine SMS kam. Die Generalprobe ist bis auf Weiteres abgesagt. Es sei in der Nacht zu einem Unfall gekommen. Unfall. Mitten in der Nacht. Was soll es da für Unfälle geben, wenn keiner im Haus ist? Also habe ich Smith angerufen. Der war sauer, dass ich ihn weckte, und wusste erst einmal von gar nichts. Dann hat er seine Nachrichten gecheckt und dieselbe SMS gefunden. Also habe ich Konstanze Lange angerufen, und sie hat mir unter dem Siegel der Verschwiegenheit erzählt, dass gestern in der Oper eine Frau zu Tode gekommen ist. Weil das Gebäude der Tatort ist und wegen der Spurensicherung hat die Kripo das Haus geschlossen. Nicht einmal die Kasse hat geöffnet. Für die Generalprobe muss jetzt ein Ausweichort gefunden werden.«

»Hat sie etwas zur Todesart gesagt?«

»Es war kaum aus ihr herauszukriegen, was überhaupt passiert ist. Also keine Details von ihr. Du sagst, Hector hat sie schreien gehört?«

Laura nickt.

»Oh, mein Gott. Es hat ein paar Minuten gedauert, bis mir klar wurde, dass es Elle sein muss, und dann bin ich sofort rübergekommen. Es tut mir so leid.«

»Wir waren nicht die besten Freundinnen, aber ich wünschte, wir wären nie hierhergekommen. Das war offensichtlich eine Nummer zu groß für uns. Wenn es schon Elle trifft – und sie war die Stärkere von uns –, dann weiß ich nicht …«

»Willst du aufgeben?« Magda schaut sie erschrocken an, und es liegt auch ein wenig Verletztheit in ihrem Blick.

So hat Laura den Gedanken noch nicht ausformuliert. Aber die Frage gilt es zu überdenken. Sie ist froh, als sich die Küchentür öffnet und sie um eine Antwort herumkommt.

»Guten Morgen. Ich habe Kaffee gerochen.«

Und wieder greift ihr eine kalte Hand ans Herz, als sie ihn da in der Tür stehen sieht, verschlafen, mit verwuschelten schwarzen Locken, der athletische Oberkörper frei, mit ersten weißen Haaren in der dunklen Brustbehaarung. Magdas bewundernder Blick entgeht ihr nicht und verstärkt ihr Gefühl von Besitzergreifung, das sie überspielt, indem sie den beiden den Rücken zudreht und eine dritte Kaffeetasse aus dem Schrank holt.

Hector setzt sich an den Tisch, und für eine Weile sagt niemand etwas. Magda steht auf, sie ist verlegen. »Na, dann geh ich mal.«

»Versuch, den freien Tag zu genießen.«

»Unter den Umständen … Hector, es tut mir leid für Sie. Machen Sie sich keine Vorwürfe.«

Der Schatten eines Lächelns legt sich über seine Züge. »Danke.«

Laura bringt Magda zur Tür. »Wir melden uns, sobald es etwas Neues gibt.«

»Passt auf euch auf.«

»Und du auf dich.«

In der Küche ist es Hector, der das Wort ergreift. »Du musst zurück nach England. Oder, wenn du das nicht willst, zu deiner Schwester nach Los Angeles. Du bist hier nicht sicher.«

Laura lacht humorlos auf. »Zurück zu Lucille? Das steht ganz sicher nicht zur Debatte. Ich bin froh, dass wir endlich eine Wellenlänge gefunden haben, auf der wir klarkommen, und die setzt voraus, dass wir zwischen uns den Atlantik und anderthalb Kontinente haben.« Obwohl Laura selbst einen Fluchtimpuls verspürt hat, fühlt es sich völlig anders an, wenn ihr Mann ihr nahelegt, einzupacken und abzuhauen.

»Ich kann nicht dabeistehen und mitansehen, wie du in dein Verderben rennst.«

»Vielleicht hast du vergessen, wie es dazu kam, dass ich jetzt hier bin.«

»Das macht es für mich nicht einfacher, Laura, das kannst du mir glauben.«

Sie setzt sich ihm gegenüber und schaut ihm dabei zu, wie er sich quält.

»Ich weiß, dass ich dich verlassen habe, aber doch nur zu deinem Besten!«

»Du hast ganz offensichtlich keine Ahnung, was gut und was schlecht für mich ist, sonst hättest du mich nicht vor die Tür gesetzt, sondern für uns gekämpft. Glaubst du, dass es für mich einfach war, zu sehen, wie du leidest? Aber wenn ich es schon nicht ändern konnte, dann habe ich mich wenigstens an den Anblick gewöhnt. In guten wie in schlechten Tagen, Hector. Das waren die Worte, wenn ich mich recht erinnere.«

»Da war ich noch ein anderer Mann.«

»Wenn ich schon nicht den Mann haben kann, den ich geheiratet habe, dann gebe ich mich sehr gern zufrieden mit dem, was aus ihm geworden ist. Und wenn sich das jetzt wie Betteln anhört, dann entschuldige, dass ich meinen Stolz schon lange verloren habe. Weißt du was? Es lebt sich manchmal besser so.« Sie hasst sich dafür, dass ihr Tränen in die Augen steigen. Sie steht auf und geht ans Fenster. Alles, wonach sie sich jetzt sehnt, ist, dass er zu ihr kommt, seine Hände auf ihre Schultern legt und sie festhält. Sie will die Wärme seines Körpers spüren, seine Haut auf der ihren. Ihn riechen und endlich wieder dieses Gefühl von Aufgehobensein verspüren, das sie manchmal so sehr vermisst, dass es wehtut. Sie schaut aus dem Fenster, blickt ins Leere, dreht sich um.

Er sitzt immer noch am Tisch, das Gesicht in den Händen vergraben.

»Ich lege dir ein paar Sachen von meinem Vermieter raus, damit du nicht in dem Arztkittel zurück ins Hotel musst.«

Er richtet sich auf und schaut sie an. »Laura, bitte! Bleib nicht in Berlin. Ich will nicht auch noch schuld sein, wenn dir etwas zustößt. Ich kann dich nicht beschützen, ich kann ja nicht einmal mich selbst beschützen.«

Bilder aus der Vergangenheit, in der er ein sehr guter Beschützer war, steigen in ihr hoch, und als sie merkt, dass ihre Augen wieder feucht werden, geht sie zur Tür. Sie schaut ihn nicht an, als sie spricht. »Nur weil du ein paar ungewöhnliche Fähigkeiten besitzt, heißt das noch lange nicht, dass du für mich ständig den Beschützer spielen musst. Du könntest lernen zu akzeptieren, dass die Dinge sind, wie sie sind. Ich erwarte von dir nicht, ein Superheld zu sein. Alles, was ich will, ist, dass du uns eine Chance gibst. Aber dazu musst du zuerst dir selbst eine Chance geben. Du bist kein schlechter Mann, Hector. Ein Schuft vielleicht. Aber kein schlechter Mann. Hör einfach auf, es dir einzureden.«

Sie wartet seine Antwort nicht ab, geht ins Wohnzimmer und schließt die Tür hinter sich.

Sie legt eine alte Jeans und ein weißes Hemd aufs Sofa, steckt einen Fünzigeuroschein in die Brusttasche des Hemdes und stellt ein paar Schuhe für ihn auf den Boden. Dann nimmt sie ihren Mac und setzt sich unter einen Sonnenschirm auf die Terrasse. Sie beachtet ihn nicht, als er sich die Sachen holt und anzieht. Es tut weh, als sie hört, dass er die Haustür hinter sich zuzieht, ohne sich von ihr verabschiedet zu haben. Es ist, als ob er sie ein weiteres Mal verlassen hat, und der Schmerz bäumt sich auf wie in den ersten Tagen, als sie sich im Hotel verschanzt hat. Als jede wache Stunde eine Tortur war und sie das Gefühl hatte, der Welt verloren gegangen zu sein. Sie könnte den Tränen freien Lauf lassen, aber sie tut es nicht. Wenn sie jetzt anfinge, würde sie nicht wieder aufhören können.

Sie reißt sich zusammen und legt einen Schalter um. Schluss mit dem Sinnieren. Nach vorne schauen. Vor ihr steht ein Computer mit einer Google-News-Seite auf dem Bildschirm. Ihr Deutsch ist zu schlecht für die deutschen Artikel über die Geschehnisse der Vornacht, aber sie findet auch englischsprachige Berichte über die Vorfälle.

TODESOPFER IM BERLINER OPERNHAUS

Die Intendantin der Komischen Oper Berlin, Konstanze Lange, ließ heute Morgen in einer Pressemitteilung verlauten, dass die Aufführung von »Im weißen Rössl« am Samstag nicht stattfinden kann. Ebenfalls wird die Kasse geschlossen bleiben. Grund für die Absage ist ein Unfall, der sich in der Nacht von Freitag auf Samstag in den Räumlichkeiten der Oper ereignet hat, in dessen Folge ein Mensch ums Leben kam. Bei dem Opfer handelt es sich um eine noch nicht identifizierte Frau. Ein Fremdverschulden kann zu diesem Zeitpunkt nicht ausgeschlossen werden. Die Kripo Berlin hat die Ermittlungen aufgenommen.
Der Pförtner des Hauses hatte in der Nacht, durch Schreie alarmiert, das Opfer entdeckt. Die Frau konnte nur noch tot geborgen werden. Laut Kriminalkommissarin Liebe ist die Leiche in einem Zustand, der eine eindeutige Identifizierung erschwert. Man erhofft sich weitere Erkenntnisse von einer Zahn- und DNA-Analyse und überprüft die Vermisstenanzeigen.

Illustriert ist der Beitrag mit einem Foto, das den Transport der Leiche auf einer Bahre in den Leichenwagen zeigt. Laura kämpft ein flaues Gefühl im Magen nieder. Sie merkt, dass sie noch nicht gefrühstückt hat, aber Essen ist das Letzte, wonach ihr jetzt zumute ist.

Aus dem Wohnzimmer erklingt Belinda Carlisles Gesang. Laura geht hinein und schaut auf ihr Handy. Erst ist sie irritiert, als sie den Namen auf dem Display sieht. Dann überfällt sie Panik. Jemand hat Elles Handy gestohlen. Wer, wenn nicht ihr Mörder? Und der hatte jetzt Lauras Nummer gewählt. Sie schluckt. Mit einem zitternden Zeigefinger betätigt sie die Annahmetaste.

Kapitel 31

»Ich habe keine Anweisung erhalten. Wann beginnen die Proben?«

Laura stockt der Atem, und ihr Herzrasen erfährt eine weitere Beschleunigung. »Elle? Sind Sie es?!«

»Wer sonst?«

»Ich – wir dachten – «

»Wann beginnen die Proben? Gehen Sie oder ich?«

»Elle, wir dachten, Sie sind tot!«

»Wie kommen Sie darauf?«

Lauras Panik, gefolgt von Ungläubigkeit, wird nun von Ärger abgelöst. (Bedenken Sie, es ist noch nicht einmal neun Uhr morgens. Unsere Protagonistin hat an diesem Vormittag schon ganz andere Emotionen durchlaufen. Sollten Sie bislang eine ähnliche Berufswahl in Erwägung gezogen haben, sollten Sie es sich angesichts der emotionalen Belastungen, die dieser Beruf mit sich bringt, noch einmal überlegen. Das Gleiche gilt im Hinblick auf die Partnerwahl. Große Gefühle stellen die Betroffenen vor große Aufgaben. Dies nur am Rande.)

»Hector hat Schreie gehört und daraus geschlossen, dass Sie angegriffen wurden.«

»Ich schreie nicht.«

»Wie auch immer! Sie müssen Hector anrufen – er wird von Schuldgefühlen zerfressen!«

»Das verstehe ich nicht. Dafür gibt es keinen Grund.«

»Ja, das weiß ich jetzt auch, aber er weiß es nicht! Haben Sie eigentlich eine Ahnung, in was für eine Panik Sie uns versetzt haben? Warum haben Sie sich nicht gleich gemeldet, verdammt noch mal?«

Elles Stimme verrät wie immer keinerlei Emotion. Sie klingt weder verärgert noch defensiv. »Ich hielt es für wichtiger, die Journale in Sicherheit zu bringen und die Spuren unseres Einbruchs zu beseitigen. Außerdem schien es mir zu spät für einen Anruf. Man hat mir gesagt, dass Anrufe nach 21 Uhr unhöflich seien.«

»Das ist nun wirklich der dümmste Moment für gute Kinderstube, meine Güte! Waren Sie in der Oper, als es geschah?«

»Als was geschah?«

»Jemand ist gestorben, eine Frau. Wir dachten, es wären Sie.«

»Oh.« Selbst das »Oh« klingt unbeeindruckt, eher so, als habe sie sich die Äußerung für Situationen wie diese antrainiert. »Dann wäre ich wohl besser länger geblieben. Es schien mir jedoch wichtiger – «

»Ja, schon verstanden. Sie haben die Bücher?«

»In einer Plastiktüte neben mir.«

»Elle, es ist egal, ob in einer Plastiktüte, einem Weidenkorb oder in Geschenkpapier gewickelt. Sie haben sie?«

»Das sagte ich bereits.«

»Dann tun Sie mir den Gefallen und rufen Hector an, und anschließend kommen Sie mit den Journalen zu mir.«

»Dann wird heute nicht geprobt?«

»Haben Sie mir überhaupt zugehört? In der Oper ist letzte Nacht eine Frau umgebracht worden. Die Polizei ermittelt!«

Am anderen Ende der Leitung entsteht eine längere Pause. »Mrs Slasher. Ich weiß nicht, ob Sie bemerken, dass Ihr Ton mir gegenüber ungebührlich und unhöflich ist. Ich weiß, dass Sie mich für eine Art Maschine halten. Aber auch wenn ich auf Sie den Eindruck mache, stoisch und gefühlskalt zu sein, das bin ich nicht. Es ist wie im Fall Ihres Humors. Es ist nicht so, dass ich ihn nicht verstehe. Er amüsiert mich lediglich nicht.«

»Sie machen mich wahnsinnig.«

»Das liegt mir fern.«

»Meinen Sie, wir könnten vielleicht aufhören, über Befindlichkeiten zu sinnieren, und stattdessen erledigen, weshalb wir hergekommen sind?«

»Das ist in meinem Sinne.«

»Wunderbar. Dann machen Sie sich auf den Weg!«

»Ich habe im Taxi in den Aufzeichnungen geblättert. Es sind Notizbücher verschiedener Intendanten.«

»Haben Sie eine Idee, was sie damit wollte?«

»Keine Ahnung. Kommt mir wie eine ziemlich wahllose Sammlung vor.«

Laura öffnet ein in dunkelrotes Leder gebundenes Buch. »Dies ist von Felsenstein.« Sie blättert, überfliegt die Seiten. »Unspektakulär. Notizen zu einer Oper namens ›Das schlaue Füchslein‹. Das ist vielleicht für Musikhistoriker von Interesse, aber ich sehe nicht, wie uns das weiterhelfen sollte. Kostümskizzen, Ideen für das Bühnenbild. Eine Besetzungsliste. Aber vielleicht schauen besser Sie, Sie sprechen ja die Sprache.«

Ein Buch nach dem anderen nimmt Elle sich vor, und das

mit einer Sorgfalt und Gründlichkeit, dass Laura ungeduldig wird. Sie fühlt sich nutzlos. Zu beobachten, wie Elle langsam mit dem Finger über jede Zeile fährt wie ein Schulkind beim Auswendiglernen, trägt nicht zu ihrer Zufriedenheit bei. Da sie nichts Besseres zu tun hat, geht sie duschen und schminkt sich danach mit großem Aufwand. Ein Blick ins Wohnzimmer zeigt Elle, die gerade mal beim zweiten Heft aus dem Stapel angekommen ist. Frustriert greift Laura zum Glätteisen und nimmt sich ihre Haare vor.

Als Elle endlich nach ihr ruft, ist Laura perfekt geschminkt, wenn auch für die Uhrzeit zu dramatisch, ihre Haare hängen glatt und schimmernd über die Schultern, und sie hat sich bereits zweimal umgezogen. Ihre endgültige Wahl fiel auf ein schwarzes Kilian-Kerner-Kleid mit halbem Arm und U-Boot-Ausschnitt, knielang und schmal geschnitten.

»Ich weiß nicht, wie Sie das machen.«

»Hm?« Laura hat keine Ahnung, worauf Elle hinauswill.

»Dass Sie jeden Tag aussehen wie jemand aus der Zeitung.«

»Ich nehme das als Kompliment.«

Die Falte zwischen Elles Augenbrauen lässt darauf schließen, dass es eher eine Feststellung war und sie sich über den Aufwand wundert. »Zurück zu den Journalen.« Sie hält einen unscheinbaren Notizblock hoch. »April 1928. Der Verfasser dieser Notizen ist unbekannt, aber es muss sich um den Intendanten oder Betreiber des Metropol-Theaters handeln. Dieses Dokument ist betitelt ›Brief an Nachfolger, Entwurf‹ und beschreibt, was in der Nacht geschah, in der Doris Porelli starb. Der Verfasser gibt sich die Schuld.«

Hatte nicht mein Vorgänger Kurt Laubwald mir ein einziges Versprechen abgerungen? Im Metropol niemals Dvořáks »Rusalka« aufzuführen oder auch nur einzelne Stücke daraus! Es ist meiner Gedankenlosigkeit anzulasten, dass es zu einer Katastrophe kam, die es mir unmöglich macht, das Theater weiterhin zu leiten, nun, da Blut an meinen Händen klebt. Das, was sich vor meinen eigenen Augen abspielte, in Worte zu kleiden, würde die Glaubwürdigkeit meines Berichts zunichtemachen. So bleibt mir nur, meinen Nachfolgern dringlichst und warnend ans Herz zu legen, was Laubwald mir mit auf den Weg gab: niemals »Rusalka« – unter keinen Umständen! Um nicht als der Theaterleiter zu scheiden, der dem Wahn anheimgefallen ist, nehme ich es auf mich, den Vorfall als Resultat eines schrecklich schiefgegangenen Theatertricks zu bezeichnen. Da alles so schnell geschah, habe ich die leise Hoffnung, dass auch die anderen Anwesenden mit dieser Lösung d'accord gehen werden.

»Ich verstehe nicht. In den Wochenschauen war nie von einem schiefgegangenen Trick die Rede.«

»McGraths Leute waren da.«

Laura stutzt. »McGrath mag alt sein, aber ich bezweifle, dass –«

»McGrath, der Vater.«

»Oh.«

»Die Aufzeichnungen des Intendanten haben es nie an die Öffentlichkeit geschafft.«

»Und diese Notiz? Weshalb existiert sie noch, wenn McGraths Leute erfolgreich waren?«

»Wir können nicht immer und überall sein. Sie wurde

ganz einfach übersehen. Offenbar nicht nur von unseren Leuten.«

»Was zur Folge hatte, dass die Warnung vor ›Rusalka‹ nicht weitergegeben wurde.«

»Was wiederum eine tote Sopranistin und einen kopflosen Schauspiellehrer zur Folge hatte.«

»Dabei war das Wissen um die Gefahren einer ›Rusalka‹-Aufführung immer vorhanden: da, auf Ihrem unscheinbaren Zettel. Und der befand sich in einem Tresor unter dem Büro von Konstanze Lange. Sieht so aus, als sei sie eine große Dvořák-Verehrerin, angesichts des Risikos, das sie gewillt ist einzugehen. Vorausgesetzt natürlich, sie kennt diese Notiz.«

»Sonst hätte sie sie kaum aus Lorenzens Büro entfernt.«

»Sie kam mir schon ein bisschen irre vor bei unserem letzten Treffen.«

»Sie liegen falsch. Das wirklich Gefährliche an der Situation ist, dass es sich bei ihr eben nicht um eine Wahnsinnige handelt.«

»Sie haben recht. Es steckt Methode dahinter.« Aus Gewohnheit drückt Laura das Neu-Laden-Symbol auf ihrer Google-Seite. Überrascht liest sie die Titelzeile, die sie auch in der Fremdsprache versteht:

TOTE AUS DER OPER IDENTIFIZIERT

»Lesen Sie das bitte, Elle, und übersetzen Sie es für mich!«

Elle zieht den Mac zu sich herüber und liest vor: »Bei der Toten handelt es sich um eine Praktikantin aus der Marketing-Abteilung. Sie ist von einem Gang zum Kopierer nicht zurückgekommen, aber die Kollegen vermuteten persönliche Probleme und haben das Verschwinden nicht ernst genommen.«

»Böser Fehler.«

»Ich habe sie gesehen, als ich in Lorenzens Büro war. Sie hatte offenbar Streit mit der Intendantin und weinte.«

»Oh, mein Gott. Glauben Sie wirklich, dass Lange fähig wäre, ihr etwas anzutun?«

»Etwa das?«, fragt Elle und fährt mit der Übersetzung fort. »Ihr das Gesicht zu verstümmeln, den Körper mit mehr als dreißig tiefen Stichwunden zu übersäen und die Hände abzuschlagen, die trotz des Einsatzes von Spürhunden noch nicht aufgefunden werden konnten?«

Laura überkommt Übelkeit, Elle bleibt gewohnt nüchtern. Als dies sich plötzlich ändert, Elle mit einem Mal blass wird und ein feiner Schweißfilm sich auf ihrer Stirn bildet, wächst Lauras Nervosität ins Unermessliche. »Was ist los? Elle? Sagen Sie schon!«

Elle schließt kurz die Augen, blickt dann wieder auf den Text. »Die Ermittlungen haben begonnen. Der Täter hat offenbar Kleidungsstücke am Tatort zurückgelassen.«

Laura fährt aus dem Sessel hoch und rennt zu ihrem Handy. Nach fünf Freizeichen schaltet sich Hectors Mailbox an. »Wo immer du bist – geh keinesfalls zurück ins Hotel! Melde dich, wenn du dies abgehört hast.«

Dritter Aufzug

Grausen erfasst mich schauerlich
Rette mich! Rette mich! Rette mich!

KAPITEL 32

»Mr McGrath, wir haben ein Problem. Wer auch immer in der Oper mordet, hat Hectors Kleidung am Tatort platziert. Die Polizei fahndet bereits nach dem Träger der Sachen. Es ist nur eine Frage der Zeit, bis sie Hector haben.«

Am anderen Ende der Leitung räuspert sich ihr Auftraggeber. »Ich befürchte, Mrs Slasher, sie haben ihn bereits. Seien Sie versichert, dass ich von hier aus mein Möglichstes unternehme. Ich stehe schon in Kontakt mit der Britischen Botschaft.«

»Woher wissen Sie, dass er verhaftet ist?«

»Sie haben ihn nicht verhaftet. Er hat lediglich eine Vorladung. Er hat mich angerufen.«

»Und warum ruft er Sie an und nicht mich?«

»Weil er weiß, dass ich am richtigen Hebel sitze, um ihn da rauszukriegen. Nehmen Sie es nicht persönlich. Hat er ein Alibi für die Tatzeit?«

»Natürlich nicht. Er war tatsächlich vor Ort, aber nicht am Tatort.«

»Wo befand sich Elle?«

»Bis kurz vor der Tat waren sie gemeinsam im Keller der Oper unterwegs. Dann wurden sie getrennt. Aber selbst wenn Elle ihm ein Alibi verschaffte – bei ihrem

Vorstrafenregister dürfte sie nicht sehr glaubwürdig wirken. Dass die beiden am Abend in der Oper waren, dafür wird es Zeugen geben. Sie sind ja nicht gerade ein unauffälliges Paar.«

»Ich muss ein paar alte Kontakte aktivieren. Aber ehrlich gesagt, mache ich mir mehr Sorgen um Sie. Deshalb war ich auch erleichtert, dass Ihr Mann zu Ihrer Unterstützung angereist ist. Ist Miss Carter jetzt bei Ihnen?«

»Sie sitzt neben mir.«

»Dürfte ich sie kurz sprechen?«

»Ich reiche Sie weiter.« Laura gibt Elle das Telefon und beobachtet sie. McGrath spricht lange mit ihr, und Elle hört konzentriert zu. Ihre Augenbrauen ziehen sich zusammen, und kurz schaut sie Laura in die Augen, wendet dann den Blick wieder ab, nickt.

»Einen Versuch ist es wert«, beendet sie das Telefonat, ohne sich von McGrath zu verabschieden.

»Und jetzt?«, möchte Laura wissen.

»Je weniger ich erkläre, desto besser für Sie.«

Elle erhebt sich und geht zur Tür. »Es ist Ihnen ernst mit dieser Aufgabe?«

»Wie meinen Sie das?«

»Sie wissen, worauf Sie sich einlassen?«

»Genau das weiß ich nicht, weil Sie es mir ja nicht verraten wollen.«

»Wenn es einen Augenblick gibt, am dem Sie noch zurückkönnen, dann jetzt. Denken Sie darüber nach.«

Sie meint es ernst, man sieht es ihr an. Laura wägt ab, fühlt sich in ihrem Stolz gekränkt und überdenkt zugleich ihre anderen Optionen. Sie hat keine. »Ich denke nicht daran aufzugeben. Wenn Sie mich loswerden wollen, müssen Sie sich schon etwas Besseres einfallen lassen.«

Zu ihrer großen Überraschung sieht sie nun eine Regung in Elles Gesicht, die sie dort noch nie zuvor gesehen zu hat. Elle lächelt.

Die Zeit bis zum Einbruch der Dunkelheit dehnt sich unendlich. Elle bleibt konsequent und verrät nichts von ihrem Plan. Als es endlich dunkel wird, machen sich die beiden Frauen auf den Weg. Dass Slasher dringend tatverdächtig ist, kommt Laura und Elle zugute: Das Gebäude steht nicht mehr unter Überwachung. Dieses Mal wird ihnen der Einbruch sogar besonders einfach gemacht. Am Metalltor zum Innenhof steht ein Malergerüst, über das sie in wenigen Sekunden in den Hof gelangen. Die Tür zum Bühnengebäude öffnet Elle wie immer versiert mit einem Dietrich.

Laura verspürt zum bestimmt hundertsten Mal an diesem Tag den Impuls zu fragen: »Was haben Sie vor?« Aber sie beißt sich auf die Lippen, weil sie weiß, dass Elle nichts verraten wird. Lautlos folgt sie ihr durch das Treppenhaus in den Umgang zum Zuschauerraum. Sie betreten den Theatersaal, in dem nur die grünen Lichter der Notausgänge glimmen. Elle geht in Richtung Bühne, Laura lässt erst einmal den Blick durch den düsteren Saal schweifen, um sicherzugehen, dass sie wirklich allein sind. Sie hört mehr, als sie es sieht, wie sich Elle auf die Bühne schwingt.

Kurz darauf leuchten einige wenige Lampen des Arbeitslichts an der vorderen Bühne auf, und Elle kommt hinter dem Inspizientenpult hervor. Mit einem Winken bedeutet sie Laura, ihr zu folgen. Als Laura neben ihr steht, schaut Elle zum Deckenleuchter hinauf, dreht sich dann um, geht wieder ans Inspizientenpult und betätigt einen Schalter. Laura hört, wie der Eiserne Vorhang herabfährt, und stellt sich ganz vorne an den Bühnenrand. Hinter ihr senkt sich mit einem Ächzen die Metallwand herab. Sie will Fluchtwege abschneiden, denkt Laura.

Elle hat den Hinterbühnenbereich verlassen und kommt über den Umgang in den Saal zurück. Sie tritt neben Laura. »Bei allem, was als Nächstes passiert, ist das Wichtigste: Sie müssen mir vertrauen. Schaffen Sie das?«

»Das werde ich wissen, wenn es so weit ist.«

Elle legt Laura die Hände auf die Schultern, und Laura ist überrascht über den ungewohnten Körperkontakt. »Vertrauen!«

Tatsächlich bewirkt Elles Aufforderung etwas in Laura. Die Nervosität, die sie den ganzen Tag begleitet hat, fällt von ihr ab.

Elle geht zur Bühnenmitte und wendet sich dem leeren Zuschauerraum zu.

Als Laura begreift, was sie vorhat, ist es mit der inneren Ruhe schlagartig vorbei. Panik ergreift sie. Sie möchte schreien, ihr zurufen, den Mund zu halten, um Gottes willen bloß den Mund zu halten, doch ihr entkommt nur ein Krächzen.

Elles Sopranstimme hebt an mit erstaunlicher musikalischer Präzision, voller Seele und Erhabenheit, und die ersten Klänge schweben in den Saal:

»Silberner Mond, du, am Himmelszelt, strahlst auf uns nieder voll Liebe ...«

Erst jetzt findet Laura die Worte wieder: »Elle, NEIN! Was tun Sie?!«

»Still schwebst du über Wald und Feld ...«

»Sind Sie wahnsinnig?« Laura geht auf Elle zu, die jetzt abwehrend die Hand hebt und weitersingt. Laura bleibt stehen, als sie die feine Vibration spürt, die schnell anschwillt, schließlich die Bühne erfasst und den Eisernen Vorhang in eine hörbare Schwingung versetzt.

»Oh, Mond, verweile, bleibe!«

Die Luft ist nun elektrisch geladen, die Härchen an Lauras Körper stellen sich auf, ein Knistern vibriert über dem Orchestergraben, dann das Aufbäumen einer Schallwelle, die nach oben und unten ausschlägt und sich in Zacken auflöst.

»Sage mir doch, wo mein Schatz weile!«

Im Orchestergraben entsteht ein Riss, der schnell auf mehrere Meter Breite anwächst. Laura kann den Blick nicht abwenden. Sie schaut in den Abgrund, wo sich keine Stühle und Notenständer mehr befinden, sondern ein düsterer Strudel, in dem Lichtteilchen in irrsinnigem Tempo umherschwirren.

Die letzte Note klingt noch nach, als sie Elle laut »jetzt!« rufen hört, ihre Hände in ihrem Rücken spürt. Ein kräftiger Stoß, und schon stürzt sie in den Orchestergraben, die Arme ausgestreckt, um den Sturz abzufangen, doch sie schlägt nicht auf, sie fällt tiefer und tiefer, ein Rauschen, dann ein Schlag, und alle Geräusche verschwinden, als habe man eine Tür hinter ihr zugeschlagen. Sie ist Teil eines Pulsierens, fällt und fällt, wie in Watte eingepackt, es wird eng um sie herum, so als würde sie durch eine schmale Öffnung gepresst, die das Tempo ihres Sturzes bremst, dann noch eine kurze Strecke im freien Fall, und sie schlägt auf.

Ihre Hände tasten den Boden ab, der sie aufgefangen hat. Sie spürt Moos unter ihren Fingern, nimmt den Geruch von Laub und Erde und etwas Klarem, Reinem wahr. Sie schaut nach oben und sieht einen mitternachtsblauen Himmel, der vom Vollmond beschienen ist, einem Bilderbuchvollmond.

Mächtige Bäume, alt und knorrig – es sind die Bäume aus dem Bühnenbild, und doch sind sie es nicht. Diese Bäume leben, sie sind echt. Eine Eule ruft und stürzt sich durch die Luft.

Vielleicht hat sie sich im Fall den Kopf verletzt und halluziniert. Sie krallt ihre Finger in den Boden, reißt eine Hand voll Erde und Laub heraus, riecht daran. All dies ist echt. All dies ist wirklich. Die Erkenntnis trifft sie so hart, dass es ihr fast den Verstand raubt. Kurz hat sie Angst, in Ohnmacht zu fallen, dann sieht sie sich vor ihrem inneren Auge ohnmächtig in diesem Wald liegen, und es gelingt ihr, sich zusammenzureißen. Sie steht auf und streift sich Erde und Blätter von ihrem Kleid. Vorsichtig einen Fuß vor den anderen setzend verschafft sie sich einen Überblick.

Da ist der Waldsee, größer als im Bühnenbild, wo er gerade einmal drei Nixen Platz bietet. Beim Gedanken an Nixen geht sie automatisch ein paar Schritte zurück, bringt Distanz zwischen sich und das Gewässer. Wie komme ich hier bloß wieder weg?, fragt sie sich und versucht, die Panik niederzuringen, die dieser Gedanke mit sich bringt. »Vertrauen!«, hört sie Elle sagen, diese Irre, die sie in diesen Abgrund gestoßen hat.

Wenn sie schon einmal hier ist, dann sollte sie sich einen Ort suchen, an dem sie sicher ist. Hier am Wasser fühlt sie sich in Gefahr. Sie schaut sich nach Orientierungspunkten um, will in diesem unwirklichen Szenario mit größtmöglicher Logik vorgehen. Da liegt eine kleine Felsengruppe, dort der umgestürzte Baum, der ins Wasser ragt. Da vorn – ein Pfad? Sie geht darauf zu – und ja, hier verläuft ein schmaler Trampelpfad. Sie folgt ihm, schaut sich immer wieder um, sieht das Wasser im Mondlicht silbern schimmern. Der Wald wird dichter, es ist nicht ganz einfach, den Pfad zu erkennen, der sich im Schatten von Bäumen und Sträuchern verbirgt.

Der vorherrschenden Stille haftet etwas von Ewigkeit an, und sie wird nur einige Male gestört, wenn Lauras Wanderung ein Tier aufschreckt, das dann verängstigt durchs Unterholz hetzt. Selten hat sie sich die Unruhe einer Großstadtnacht so sehr herbeigesehnt wie in diesem absurden Märchenwald. Doch hier vernimmt sie nur die Geräusche der Natur, von Jägern und Gejagten.

Sie hat kein Zeitgefühl mehr, weiß nicht, wie lange sie schon unterwegs ist, aber der See liegt so weit hinter ihr, dass die Reflektionen auf dem Wasser nicht mehr zu sehen sind. Auch ist der Geruch von klarem Wasser dem von Waldboden gewichen. Kurz befürchtet sie, dass es ein Fehler gewesen ist, sich auf die Wanderung begeben zu haben. Der Wald um sie herum scheint enger zu werden. Doch dann sieht sie vor sich eine Lichtung. Wenige Meter entfernt im Unterholz hört sie ein Knirschen und Knacken. Sie bleibt stehen. Wieder das Geräusch. Das ist kein Kleintier, kein Eichhörnchen, kein Hase. Dieses Tier ist größer. Sie macht einen Schritt rückwärts und spürt das Herz in ihrer Brust schlagen. Aus dem Schatten eines Holunderbusches heraus schreitet das Tier auf die Lichtung. Erst schaut es nach oben, wie um den Mond zu begrüßen. Dann blickt es in Lauras Richtung.

Als sie dem Fuchs in die Augen schaut, weiß sie, dass sie auf dem richtigen Weg ist. Das Vertrauen, von dem Elle gesprochen hat – jetzt ist es zurück. Es wächst, als sie sieht, wie der Fuchs sich auf dem Waldweg fortbewegt, den rechten Hinterlauf leicht nachziehend und trotzdem elegant, als bemerke er die Behinderung kaum noch. Etwas mehr als sieben Jahre liegt sie zurück, denkt sie.

Die ersten Meter schaut er sich immer wieder nach ihr um, wie um zu überprüfen, ob sie begreift und ihm folgt. Dann schreitet er voran ohne einen Blick zurück. Und sie folgt ihm, wie sie ihm schon einmal gefolgt ist. In einer anderen Welt, in einem anderen Universum.

Kapitel 33

Die Frage, wie es dazu kam, dass Hector Slasher sich nach dem Opernabend seiner Kleidung entledigt und diese in der Oper zurückgelassen hat, wo sie in der Proszeniumsloge neben dem Mordopfer gefunden wurde, übergeht er, indem er sich auf seine Rechte beruft. Er verweigert die Aussage. Er spielt auf Zeit. Er tut dies nicht zum ersten Mal, und seine Erfahrung hat gezeigt, dass auf McGrath Verlass ist. Während er in einer Zelle sitzt mit nichts zu tun, als zu warten und zu sinnieren, hat sein Auftraggeber vermutlich Himmel und Hölle in Bewegung gesetzt, an Fäden gezogen, Verfahren eingeleitet. McGraths Verbindungen sind im kleinen Kreis der Mitwisser legendär, undurchschaubar und seiner beruflichen Verpflichtung angemessen. So wird Hector auch nicht nervös, während er wartet. Sicher, angenehm ist seine Lage nicht, aber keineswegs aussichtslos.

Er fragt sich, wie es Laura geht nach seinem Abgang, der wenig gentlemanlike war. Er weiß es. Genau aus diesem Grund hat er sie fortgeschickt: um ihr den ständigen Ärger zu ersparen. Sein Plan scheint nicht besonders gut aufzugehen, insbesondere mangels eigener Konsequenz. Außerdem gefällt es ihm nicht, seine Frau als Singlefrau in einer Stadt voller attraktiver Männer zu sehen. Dass sie in dieser Stadt Freundschaften schließt und mit ihrem Charme und ihrer Art punktet, verletzt ihn ebenfalls. In ihrer Rolle als Verschworene hatten sie sich von der Welt abgekapselt. Jetzt anzusehen, wie versiert sie sich in einer neu zu erobernden Welt bewegt, weckt in ihm auch ein lästiges Schuldgefühl.

Als gegen 22 Uhr das Licht in der Zelle gelöscht wird und die Druckpressen der lokalen Tageszeitungen mit der Schlagzeile »Opernmordverdächtigter verweigert Aussage« in Druck gehen, streckt er sich auf seiner Pritsche aus. (Eines der beiden Berliner Boulevardblätter kann es sich nicht verkneifen, den Tatverdächtigen als »Phantom der Oper« zu bezeichnen. Wenn sie wüssten, wenn sie wüssten ...) Der Schlaf lässt noch eine Weile auf sich warten. Währenddessen spielt er Lacrosse mit seinen Gedanken, ohne auch nur einen einzigen Treffer zu landen.

Es kommt ihm vor, als habe er erst vor ein paar Minuten die Augen geschlossen, da reißt ihn der Schmerz aus dem Schlaf. Er befürchtet kurz, es könne eine weitere Ader in seinem Kopf gerissen sein, so stechend ist der Schmerz. Doch als er sich aufrichtet und seine motorischen Fähigkeiten überprüft, scheint alles intakt zu sein. Sein nächster Gedanke wird durch eine weitere Schmerzattacke ausgelöscht. Er muss mit beiden Händen den Kopf halten, damit nicht – so fühlt es sich jedenfalls an – sein Gehirn explodiert und seine Schädeldecke zerschmettert. Dann denkt er an Laura und weiß, dass sie in Gefahr ist. Die Attacken waren bislang immer verlässliche Indikatoren, dass mit ihr etwas nicht stimmte.

Er möchte aufstehen, gegen die Zellentür treten, schlagen,

schreien, doch er weiß, dass ihm das nicht helfen, sondern eher schaden wird. Vorerst bleibt ihm nichts zu tun, als die Nacht zu überstehen. Wie eine Krankheit. Und zu beten, dass dies auch seiner Frau gelingen wird.

Kapitel 34

In der Ferne beginnt bereits der Morgen zu dämmern. Der Wald liegt hinter ihnen, sie sind Wiesen voller Sommerblumen entlanggegangen, die zu Beginn ihrer Wanderung hügelige Landschaft ist flacher geworden. Die Vögel erwachen in ihren Nestern und beginnen zu singen. Die Luft ist sauber, völlig abgasfrei. An einer Weggabelung bleibt der Fuchs stehen und wartet, bis Laura auf gleicher Höhe ist. Sie begreift, dass sie von hier an allein ist. Laura schlägt den Weg zu ihrer Linken ein. Sie schaut sich um. Der Fuchs scheint zufrieden mit ihrer Entscheidung. Nach einem letzten Blickwechsel trottet er leicht hinkend zurück in die Richtung, aus der sie gekommen sind.

Der Weg ist mit einer wild wuchernden Hecke gesäumt. Ein wenig zu groß geratene Wespen machen sich an den weißen Blüten zu schaffen. Ihr Summen wirkt düster, bedrohlich, wie eine Warnung. Doch Laura geht weiter, bis der Weg eine abrupte Wendung macht und die Hecken sich lichten. Die Blätter, am Anfang des Weges noch prall und grün, werden spärlicher, Blüten gibt es nicht mehr, nur vertrocknete Knospen, bis einige Meter weiter schließlich nacktes Gestrüpp aus dem Boden ragt. Als am Horizont die Sonne aufgeht, beleuchtet sie eine Allee mit toten Apfelbäumen, deren

Äste sich in den Himmel strecken, wie um eine unsichtbare Gefahr von oben abzuwehren.

Ein verwahrlostes Grundstück mit einem halb verfallenen Haus kommt in Sicht. Das schmiedeeiserne Eingangstor zur Auffahrt hängt verrostet in den Angeln. Dahinter kauert ein lädiertes Gebäude, das nur noch von vertrockneten Efeuranken zusammengehalten zu werden scheint

Ashby House erwartet seine letzte Bewohnerin.

Als der diensthabende Beamte das Frühstück in die Zelle des dringend Tatverdächtigen Hector Slasher bringt, findet er diese leer vor. Nach einer Schrecksekunde tut er das Naheliegendste, bückt sich und schaut unter der Pritsche nach. Doch dort versteckt sich nicht etwa Hector Slasher, dort liegt ein ausgewachsener Weimaraner, genau genommen ein Weimaraner von der Größe einer Dänischen Dogge. Doch der Hund bleibt nicht lange am Boden der Zelle liegen, sondern nutzt die Verwirrung des Beamten für einen beherzten Satz nach vorn, aus der Zelle hinaus und auf den Gang. Dem Hund ist klar, dass sein Verhalten nicht dazu beiträgt, Slasher zu entlasten. Aber darauf kann er jetzt keine Rücksicht nehmen, da es einmal mehr darum geht, Laura Slasher zu Hilfe zu eilen und sie aus einer misslichen Lage zu befreien.

Nach wenigen Sätzen hat er den Gang hinter sich gelassen und springt die Treppe hinab. Eine Polizeibeamtin, die gerade aus ihrem Büro kommt, erschrickt angesichts des monströsen Tiers und rennt zurück, um ihre Waffe zu holen. Der Hund ist mittlerweile an der Tür zum Innenhof angelangt, erhebt sich auf die Hinterbeine und betätigt mit den Pfoten den Türgriff. Die Tür zum Hof schwingt auf, und er hat auf Anhieb die Lage sondiert. Das Zufahrtstor öffnet sich gerade, um einem Einsatzwagen Einlass zu gewähren. Der Hund rennt seitlich am Gebäude entlang, um so wenig Aufmerksamkeit wie möglich zu erregen. Doch er hat noch nicht einmal die Hälfte des Weges hinter sich gebracht, als aus dem Gebäude hinter ihm Warnrufe erklingen.

Kommissarin Liebe, die im Opernmordfall ermittelt, hat zwar keine Ahnung, wen sie da tatsächlich vor sich hat, weiß aber, dass dieser Hund hier nichts verloren hat. Ihr Instinkt sagt ihr, dass das Tier nicht auf die Straße entkommen darf, und so bringt sie ihre Pistole in Anschlag.

Der Hund hört den Knall. Und dann nichts mehr.

Sie denkt an das erste Mal, dass sie Grund und Boden von Ashby House betreten hat. Es war Winter, der Schnee gab der Landschaft etwas Zeitloses. Jetzt ist es warm, aber ein Schauer jagt durch ihren Körper, als sie die Allee mit den toten Bäumen hinaufgeht. Rußflecken liegen wie düsterer Lidschatten über den toten Augen der Fenster und künden von dem Feuer, das durch das Haus getobt hat. Ein herabgestürzter Wasserspeier, jetzt mit Moos bedeckt, liegt in der Auffahrt, eine schreckliche Reminiszenz an den Tod der Agentin ihrer Schwester. Alles in Laura sträubt sich weiterzugehen, aber sie weiß, sie muss.

Die Haustür ist unverschlossen und knarrt in den Angeln, als sie sie aufstößt. Ein Schrecken durchfährt sie, als sie ihr gegenüber eine schemenhafte Figur ausmacht. Dann begreift sie, dass sie in dem blinden, zersprungenen Spiegel sich selbst sieht.

Sie wandert langsam durch die Räume im Erdgeschoss, deren Böden zu ihrer Überraschung kahl und sauber sind. Außer dem Spiegel hat keines der Möbelstücke den Brand überstanden. Das Mauerwerk schimmert durch die nackten Wände, die Seidentapeten sind von den Flammen zerfressen worden.

Die Bibliothek sieht so aus, wie sie sie zuletzt in Erinnerung hatte. Durch die glaslosen Fenster weht ein leiser Wind. Erstaunlicherweise ist eine Regalwand unbeschädigt geblieben. Der Buchbestand ist zwar deutlich dezimiert, aber sie findet die Tagebücher ihrer Schwester in ein Regal gequetscht. Sie nimmt eines der Journale, blättert darin und stellt es wieder zurück. Sie möchte von diesem Ort nichts mitnehmen.

Die Küche, in der das Feuer seinen Ursprung hatte, hat es am schlimmsten getroffen. Die Decke ist zum Großteil durchgebrannt, sodass man direkt in den ehemaligen Javanesischen Salon sehen kann, von dem ebenfalls nichts mehr zu erkennen ist.

Während sie die Treppe in den ersten Stock hinaufsteigt, kommt ihr alles vor wie das Wiedersehen mit einer alten Bekannten, von der man sich im Streit getrennt hat. Jetzt, da sie einem gegenübersteht, verspürt man keinen Hass mehr, nur ein leichtes Bedauern. Und etwas Merkwürdiges geschieht mit ihr. Ihre Angst weicht einem anderen Gefühl: Faszination.

Den zweiten Stock mutet sie sich vorerst nicht zu. Sie versucht, sich zu erinnern, wie sie ihr Zimmer zurückgelassen hat, fragt sich, welche Gegenstände den Brand überlebt haben mögen. Die Tür zum Schlafzimmer steht offen. Die Fenster, das Glas intakt, sind leicht geöffnet. Sie schaut in den Kleiderschrank. Am Boden liegen ihre Koffer, und ihre Kleider sind akkurat aufgehängt. Sie bemerkt auch, dass das Bett gemacht ist, und kommt ins Grübeln. So sieht kein Zimmer aus, das vor Jahren einem unvorstellbaren Chaos ausgesetzt war. Dieses Zimmer sieht aus, als habe es geduldig auf ihre Rückkehr gewartet.

Als sie irgendwo im Haus eine Tür laut ins Schloss fallen hört, entringt sich ihr ein Schrei. Als sie Fußtritte auf der Treppe vernimmt, bleibt ihr der nächste Schrei im Halse stecken.

KAPITEL 35

Der Hund wird betäubt und in ein Institut für Tiermedizin am Rande der Stadt gebracht. Wäre er bei Bewusstsein, er würde den Weg zum Schlachtensee wiedererkennen, den Laura und er gefahren waren, um Betsy Cohn zu treffen. Aber er träumt und sieht, wie er den Fuchs über die Felder verfolgt, die Landschaft sich in eine sommerliche verwandelt und er vor einem Wald steht, den es in der Gegend um Ashby House nie gegeben hat. Während ein Tierarzt die Kugel aus dem rechten Hinterlauf entfernt und die Wunde näht, geht der Hund im Traum hinein in den Wald, mit geschärften Sinnen, vorsichtig, und seine Nackenhaare sträuben sich.

»Sie haben lange gebraucht, Miss Shalott.«

Sie kann sich zwischen Lachen und Weinen nicht entscheiden, also tut sie beides. Vor ihr steht der Mann, der ihr Leben gerettet hat und das seine dafür aufs Spiel gesetzt. Er scheint um keinen Tag gealtert. Als er lächelt, fallen ihr wieder die spitzen Eckzähne auf, die feinen Lachfalten um die Augen. Sein Haar ist etwas länger geworden, es reicht bis über die Schultern herab, aber ansonsten hat er sich nicht verändert. Im Gegenteil, er sieht besser aus als in den letzten Tagen von Ashby House. Vitaler. Sorgloser.

Er macht einen Schritt auf sie zu, und sie öffnet die Arme. Er hält sie fest und wiegt sie sanft, während sich ihr Gefühlsaufruhr partout nicht auflösen will. Auf Schluchzer folgen Lacher. Sie spürt, wie er sie hochhebt und mit ihr um die eigene Achse wirbelt. Die Schluchzer verstummen, und sie lacht nur noch.

»Meine Güte, Steerpike, ich hatte gedacht, Sie wären tot!«

»Das schien mir manchmal eine erwägenswerte Option. Aber ich habe mich dann fürs Abwarten entschieden. Wie Sie sehen, die bessere Wahl.« Er setzt sie wieder ab.

»All die Jahre! Wie haben Sie das bloß ausgehalten?«

»Yoga. Meditation. Dass es so lange dauern würde, hätte ich allerdings nicht vermutet. Es ist nicht das erste Mal, dass ich in einem Paralleluniversum stecken bleibe, aber ganz sicher das erste Mal so lange.«

»Aber warum sind Sie ausgerechnet in Ashby House geblieben, nach all dem …«

»Es wird Sie überraschen – das Haus hat seine Aktivitäten eingestellt, seit es hier ist. Es ist nun nichts anderes als ein Haus.«

»Meinen Sie nicht, dass es für Sie einen besseren Ort gegeben hätte?«

»Tagsüber? Sicher. Nachts? Nein. Natürlich habe ich mich umgeschaut, die Gegend erkundet. Aber es ist keine gute Idee, hier im Dunkeln unterwegs zu sein. Ich weiß nicht, als was diese Welt sich begreift, aber der Aberglaube scheint sie zu regieren. Ab Mitternacht ist der Wald für mich Sperrzone. Aber sagen Sie, wie ist es Ihnen ergangen, Miss Shalott? Setzen wir uns doch.«

Sie nehmen in den Sesseln am Fenster Platz.

»Mrs Slasher.« Etwas zögerlich zeigt sie ihm den Ring, von dem sie sich noch nicht hat trennen können.

»Oh! Das freut mich. Es war ja vom ersten Tag an etwas Magisches zwischen Ihnen beiden.«

»Ja, so war es. Leider nicht mehr. Aber nennen Sie mich ruhig Laura. Ich glaube, am Ende hatten wir uns auf Vornamen geeinigt.«

»Gerne. Aber Jonathan hat mich niemand mehr genannt, seit … Bleiben wir lieber bei Steerpike. Wie geht es Ihrer Schwester und Mr Steed?«

»Es ging ihnen nie besser als nach den Vorfällen in Ashby House.«

»Und wie ist es mit Ihnen und Hector weitergegangen?«

»Hector und ich sind getrennt, gewissermaßen. Aber jetzt arbeiten wir zusammen für eine Organisation. Sie kennen Abraham McGrath?«

»Abe, der Jüngere. Ich habe noch für seinen Vater gearbeitet.«

»Und wir haben eine weitere Mitarbeiterin, Elle Carter.«

»Ah, Elle, die kleine Brandstifterin.«

»Brandstifterin?«

»Unter anderem. Sie war ein Problemkind. Aber bei McGrath ist sie sicherlich gut aufgehoben.«

»Nun ja. Sie ist nicht gerade der Inbegriff emotionaler Kompetenz …«

Steerpike lacht, und Laura geht das Herz auf. Wie sehr sie ihn vermisst hat. »Ich glaube, ich muss nicht fragen, was Sie hierher führt.«

»Es war vermutlich McGraths Idee, dass wir Sie hier finden könnten. Auf die Reise geschickt hat mich Elle. Ohne Vorwarnung. Ich kam mir ein bisschen vor wie Alice, die in den Kanichenbau geschubst wird.«

»Das ist typisch Elle. Aber auf so eine Erfahrung kann einen niemand vorbereiten. Wären Sie gesprungen, wenn Sie gewusst hätten, was auf Sie zukommt?«

Sie schweigt, sammelt sich. »Wenn ich gewusst hätte, dass Sie noch am Leben sind, Steerpike, dann hätte ich mich schon viel, viel früher auf den Weg gemacht, wohin auch immer.«

Er ergreift ihre Hand, drückt sie fest. »Ich hätte dasselbe für Sie getan.«

»Das weiß ich, Steerpike.«

Sie nehmen einander in den Arm und halten sich fest.

»Schauen Sie uns an. Wie ein altes Ehepaar!«

Laura zieht sich aus der Umarmung und blickt Steerpike ernst in die Augen. »Es muss hart gewesen sein, sieben Jahre im Niemandsland.«

»Es war eine Herausforderung, aber nicht ohne erfreuliche Momente.« Er grinst.

»Erzählen Sie!«

»Nachmittage mit Faun.«

»Nein!«

»Wenn ich es Ihnen sage! Hier im Wald tummelt sich so einiges. Die Faune zählen zu den angenehmeren Zeitgenossen.«

»Und ich dumme Kuh mache mir Sorgen, dass Sie hier einsam waren ...« Sie lächelt und gibt ihm einen spielerischen Klaps auf den Oberarm.

»Sie sagen, es war Elle, die das Portal geöffnet hat?«

»Ja.«

»Dann sollten wir uns auf den Weg zum See machen. Sie wird auf uns warten.«

Am Tor zur Auffahrt drehen sie sich noch einmal um. Selbst wenn es seine Aktivitäten eingestellt hat – Ashby House hat nichts von seiner giftigen Ausstrahlung verloren.

»So long, altes Haus«, sagt Laura.

»Willkommen, neue alte Welt.«

Sie gehen einen anderen Weg als den, den Laura gekommen ist. Steerpike führt sie durch den Wald, der jetzt, kurz vor Mittag, zu vollem Leben erwacht ist. Der Gesang von Vögeln, das Surren von Insekten und das Knacken und Rascheln im Unterholz zeugen von einer gesunden und unberührten Flora und Fauna. Sonnenlicht bricht durch dunkelgrüne Baumwipfel, Schmetterlinge tanzen wie betrunken in der Luft.

»Steerpike, das ist der schönste Wald, den ich je gesehen habe.«

»Vermutlich weil es hier außer uns keine Menschen gibt. Aber ehrlich gesagt kann ich es kaum erwarten, an einer lauten Straße vor einem Café zu sitzen und ein kaltes Bier zu trinken.«

Sie gehen weiter, bis zwischen den Bäumen der Waldsee vor ihnen liegt. In der Ferne macht Laura eine Bewegung aus, erkennt eine Gestalt, die mit dem sie umgebenden Wald scheinbar verschmilzt.

»Steerpike – dort!« Sie deutet in die Richtung des Wesens, des Mannes, der sie durch die Blätter beobachtet.

Steerpike hebt seinen Arm zum Gruß. »Von ihm geht keine Gefahr aus.«

Der Faun hebt ebenfalls seine Hand. Laura sieht ihn lächeln und spürt, dass sie, gelte dieses Lächeln ihr, nie wieder etwas anderes würde betrachten wollen, dass sie in dieses Lächeln eintauchen und nie wieder auftauchen würde. Es fällt ihr schwer, den Blick zu lösen von diesem Wesen, doch nach einem einzigen Zwinkern ist es wieder mit dem Wald verschmolzen.

»Schauen Sie, diese Beeren! Und wie sie riechen!« Sie sehen aus wie kleine Sauerkirschen und duften nach Vanille und Versprechen.

»Wenn Sie drei Tage lang Halluzinationen haben möchten, greifen Sie zu!«

»Oh! Mir ist jetzt schon, als ob ich halluziniere.«

»Bevor wir gehen, müssen wir noch eines tun.« Mit einer eleganten Bewegung entledigt sich Steerpike seines Pullovers. »Ziehen Sie sich aus, Laura.«

»Steerpike!«

»Nein, keine Sorge. Wir sollten nur die Gelegenheit nutzen, noch eine Runde zu schwimmen. Fragen Sie nicht. Vertrauen Sie mir einfach.«

»Das letzte Mal, als ich das gehört habe, nun ja …«

Etwas zögerlich schlüpft Laura aus ihrer Kleidung, während Steerpike bereits nackt in den See watet. Sie muss sich innerlich ein wenig zusammennehmen beim Anblick der breiten Schultern, des Schwimmerrückens und des perfekten Hinterns. Um nicht länger nackt allein im Wald zu stehen, geht auch sie ins Wasser, das angenehm kühl ist. Als nur noch der Kopf herausragt, begreift sie, welchen Zweck dieses Bad hat.

Das Kribbeln fängt bei den Zehenspitzen an, breitet sich aus, steigt die Beine empor, trifft warm und wohlig auf ihren Schoß, wandert weiter, den Rücken empor zu ihren Brüsten, Schultern, Armen und bis in die Fingerspitzen.

»Und jetzt«, ruft Steerpike ihr von der Mitte des Sees zu, »tauchen!«

Sie lässt sich hinabgleiten, bis ihre Haare unter Wasser um ihren Kopf schweben und das seltsame Prickeln nun ihren gesamten Körper erfasst. Sie hat das Gefühl zu leuchten, und als sie die Augen öffnet, überrascht es sie kaum, dass es genau so ist. Ihr Körper ist von Licht umgeben, sie schimmert und glüht. Am liebsten würde sie nie wieder auftauchen, sie möchte dieses Gefühl halten, schwerelos schweben, umschwirrt von Tausenden und Abertausenden Lichtpartikeln. Etwas entfernt sieht sie Steerpike. Auch er ist in eine Wolke aus Licht gekleidet, ein Licht, das hell ist, aber dem Auge nicht wehtut. Erst als ihre Lungen fast bersten und sie Atem holen muss, lässt sie sich an die Wasseroberfläche treiben.

Etwas hat sich verändert. Sie schaut sich um, ihr Blick tastet den Waldrand ab, aber sie kann es nicht greifen.

Neben ihr taucht Steerpike auf. »Na, wie fühlen Sie sich?«

Sie will antworten, aber sie kann nicht, zu fasziniert ist sie von seinem Anblick. Sie sieht in der Sonne blitzende Wassertropfen über sein Gesicht laufen, sieht seine langen Wimpern Tröpfchen wegblinzeln. Sie sieht mit einer Intensität, als habe jemand einen Filter von ihren Augen entfernt. Und sie merkt, dass die Veränderung, die sie verspürt hat, nichts mit dem Bild des Waldes zu tun hat, sondern mit der eigenen Wahrnehmung.

»Beim ersten Mal ist es ziemlich überwältigend, oder?«

»Steerpike, was ist das, was ist mit uns geschehen?«

»Ehrlich gesagt ist es bei jedem weiteren Mal genauso überwältigend. Das ist die Märchenwaldvariante von Botox. Allerdings vollkommen harmlos.«

Er grinst sie fröhlich an, und sie muss lachen. »Sie meinen, wir schwimmen hier in einem Jungbrunnen?«

Er zuckt mit den Schultern, doch plötzlich legt sich ein Schatten auf sein Gesicht. »Nun gut. Lassen Sie uns ans andere Ufer schwimmen, das ist näher.«

Etwas an seinem Blick irritiert sie. Sie dreht sich um. Und sieht, was ihn alarmiert hat. Vom Rand des Sees gleiten Krokodile ins Wasser. Ihr Adrenalinspiegel schießt in die Höhe. Schon spürt sie Steerpike hinter sich, spürt, wie er ihr einen Stoß versetzt, der sie nach vorne treibt.

»Und jetzt los! So schnell Sie können!«

In ihrem Leben ist sie noch nie gekrault, aber jetzt tut sie es. Steerpike schießt neben ihr durchs Wasser, schaut, ob sie mit seinem Tempo mithalten kann, blickt immer wieder zurück auf das, was ihnen da folgt. Sie wagt es nicht, sich ebenfalls umzuwenden, schaltet stattdessen ihr Denken aus und konzentriert sich allein auf ihren Körper im Wasser, auf das Vorankommen, mobilisiert alle Kräfte. Sie peitscht durchs Wasser, jagt voran, sieht, dass Steerpike endlich Boden unter den Füßen hat, lässt sich von ihm ans Ufer zerren, wo sie beide, nach Atem ringend, auf das aufgewirbelte Wasser starren.

Nicht Krokodile. Riesige Fische, dunkelgrün, fast schwarz. Eine Schwanzflosse, die sich aus dem Wasser hebt und ärgerlich auf die Wasseroberfläche schlägt. Und dann erheben sich drei Köpfe aus dem Wasser. Rasend schnell kommen sie auf das Ufer zu, auf Laura und Steerpike, die wie versteinert dastehen und den Blick nicht von dem Schauspiel lösen können.

Mit langen, muskulösen Armen ziehen sich drei Frauen an Land. Zwischen gebleckten Zähnen stoßen sie zischende Laute aus. In ihren langen Haaren hängen Algen. Sie robben voran, doch ihre unförmigen Fischleiber sind auf dem Waldboden unbrauchbar. Dies hebt ihre Laune nicht gerade, und sie stoßen wütende Keiflaute aus. Eine der drei greift in die Luft, fängt einen vorbeifliegenden Spatzen, beißt ihm den Kopf ab und spuckt ihn aus, sodass er wenige Zentimeter vor Lauras Fuß liegen bleibt. Eine zweite reißt sich Algen aus dem Haar und wirft damit nach Steerpike. Als die drei

Nixen jedoch begreifen, wie zwecklos ihr Unterfangen ist, lassen sie sich wieder zurück ins Wasser gleiten.

»So viel zum Mythos Kleine Meerjungfrau«, bemerkt Steerpike trocken. »Die Portalaktivität muss sie alarmiert haben. Normalerweise sind sie nachtaktiv.«

»Wenn ich eine von denen wäre, würde ich mir auch Füße wünschen. Gott, sind die hässlich!«

»Hässlich, verschlagen und unglaublich frustriert. Aber das ist nichts im Vergleich zu ihren Cousinen …«

Bevor Laura nachfragen kann, was es mit den Cousinen auf sich hat, hört sie das Summen und spürt die Vibration. In einer anderen Welt, auf der Bühne der Komischen Oper steht Elle und singt.

»Es geht los!«

»Aber unsere Sachen liegen auf der anderen Seite des Sees!«

»Dafür ist jetzt keine Zeit, Laura.«

»Okay. Das sehe ich ein. Sie haben lange genug gewartet.«

Vor ihnen tut sich wieder ein Riss auf.

»Noch einen Moment!« Als das Flirren einsetzt, nimmt Steerpike Laura an der Hand. »Und jetzt!«

Sie springen und tauchen in das Portal, doch Laura merkt, dass dieses Mal etwas nicht stimmt. »Steerpike! Ich stecke fest!«

Er dreht sich um und schaut zurück. »Warten Sie.« In der Schwerelosigkeit führt er eine Drehung aus.

Erst jetzt begreift Laura, weshalb sie feststeckt. Sie spürt den kalten Griff einer nassen Hand an ihrem Fußgelenk. Eine der Nixen möchte mit ihnen auf die Reise gehen. Dann hört sie Steerpikes Brüllen, sieht sein Gesicht nah an dem der Fischfrau und ihre Augen sich zu Schlitzen verengen. Er holt aus und verpasst ihr einen Schlag ins Gesicht, den Laura als Ruck an ihrem Bein fühlt.

Die Nixe gibt ein Quietschen von sich, das in den Ohren schmerzt.

Laura tritt mit dem Fuß gegen die Hand, die ihr Fußgelenk umkrallt. Nie hat sie sich sehnlicher gewünscht, High Heels zu tragen. Steerpike landet einen weiteren Treffer, und mit einem Mal ist sie frei.

Sie taumeln, stürzen, rasen, um nach wenigen Minuten sanft abgefangen und durch eine enge Passage gepresst zu werden. Mit einem Plumpser aus wenigen Zentimetern Höhe landen sie rücklings auf der Bühne der Komischen Oper.

Lauras erster Blick geht an die Decke. Dort, wo sich einst das opulente Deckengemälde befand, ist unweit des Deckenleuchters eine Abbildung zu sehen. Es handelt sich um das Bildnis einer Nixe, die kampfbereit und angriffslustig einen Arm in die Höhe reckt, die Hand zur Faust geballt.

Kapitel 36

Elle nimmt die Nacktheit und Nässe der beiden ungerührt zur Kenntnis.

»Wie lange war ich weg?«, möchte Laura wissen.

Elle schaut auf ihre Armbanduhr. »Eine Viertelstunde.«

»Mich überrascht heute gar nichts mehr«, erwidert Laura.

»Schön, Sie zu sehen, Elle«, sagt Steerpike, während er sich vom Boden erhebt und das Wasser abstreift, »und danke fürs Abholen.« Er reicht ihr die Hand, und etwas irritiert schlägt Elle ein. Dann reicht er Laura die Hand, zieht sie vom Boden hoch und schaut sich im Saal um.

Laura ist sich plötzlich ihrer Nacktheit sehr bewusst. Sie bewundert Steerpike für seine Unbefangenheit, kann sie aber nicht teilen. »Ich gehe mal und suche uns etwas zum Anziehen.«

Auf der Seitenbühne findet sie einen Kleiderständer mit Kostümen vom »Weißen Rössl«. Etwas für Steerpike zu finden stellt kein Problem dar, bei der Damenbekleidung wird es etwas schwieriger. Sie entscheidet sich schließlich für ein schwarzes Dirndl mit rosa Schürze und eine Trachtenbluse mit gewaltigen Puffärmeln. Nach etwas Dezenterem sucht sie vergeblich. Seufzend schlüpft sie hinein.

Elle betrachtet sie dabei aufmerksam. »Ihr Busen ist gewachsen.«

Abgesehen davon, dass die Korsage des Dirndls ihre Brüste zusätzlich anhebt, muss Laura ihr zustimmen.

»Und die Falten um die Augen sind weg.«

»Als ob ich eine alte Schachtel gewesen wäre! Elle, Sie müssen mal einen Benimmkurs machen.«

»Ich funktioniere nicht in Lerngruppen.«

Laura rollt die Augen und reicht Steerpike einen schwarzen Pullover und eine Kniebundhose aus Wildleder.

»Ich würde vorschlagen, wir suchen uns einen ruhigen Ort, wo wir das weitere Vorgehen besprechen können. Was denken Sie, Ladys?«

»Elle?«

»Ich gebe zu, ich bin erschöpft. Portale öffnen zehrt an den Kräften. Lassen Sie uns morgen weitermachen.«

»Steerpike, Sie kommen mit zu mir.« Laura nimmt ihre Handtasche, die sie am Bühnenrand abgestellt hatte. »Aber vorher setzen wir uns an einer lauten Straßenecke vor ein Café und trinken ein kaltes Bier!«

»Ein Plan nach meinem Geschmack!«

»Aber nur vollständig angezogen. Wir sind nicht mehr im Märchenwald.«

Und wie um das Gegenteil zu beweisen, fährt Elle den Eisernen Vorhang hoch und gibt den Blick auf die Baumattrappen des Bühnenbilds frei.

Als sie mit Steerpike die nächtliche Friedrichstraße entlangläuft, ertönt ihr Handy. Die Nummer auf dem Display sagt ihr nichts, aber sie nimmt das Gespräch entgegen.

»Laura, habe ich Sie geweckt? Betsy Cohn hier. Sie waren vorgestern bei mir wegen der Filme meines Großvaters.«

»Betsy, hallo! Nein, Sie haben mich nicht geweckt, ich bin noch unterwegs.«

»Sorry, dass ich so spät noch störe, aber ich glaube, ich habe gute Nachrichten für Sie!«

»Schießen Sie los!«

»Unser Gespräch hat mir keine Ruhe gelassen. Also habe ich noch einmal den Dachboden auf den Kopf gestellt. Der Film, den Sie suchen – ich glaube, ich habe ihn gefunden.«

»Wann können wir ihn anschauen?«

»Ich komme um vor Neugier. Was halten Sie von jetzt gleich?«

»Wir sind unterwegs.«

Nachdem sie Steerpike von den Porellis und ihrem verhängnisvollen Auftritt in der Oper Ende der 1920er Jahre berichtet hat, sitzen die beiden eine Weile schweigend im Taxi. Erst das dritte hatte angehalten. Die ersten beiden hatten Gas gegeben, als sie die beiden potentiellen Irren in ihrer Wolfgangsee-Kostümierung gesehen hatten.

Steerpike hat das Fenster heruntergefahren, hält das Gesicht nach draußen und macht den Eindruck, als wolle er die Welt einatmen. Sein langes Haar flattert im Fahrtwind. Je weiter sie sich von der Stadtmitte entfernen, desto dunkler und ruhiger wird es.

In den Häusern am Elvirasteig brennen keine Lichter mehr. Sie sind das einzige Auto, das um diese Zeit die schmale Straße entlangfährt. Betsys Haus am See ist dagegen hell erleuchtet. Wie schon beim ersten Besuch steht die Haustür offen.

Laura klopft an. »Hallo, dürfen wir hereinkommen?«

Betsy geht ihnen mit einem strahlenden Lächeln entgegen. Wohlwollend mustert sie Steerpike. »Hallo! Selbstverständlich. Meine Güte, Laura, Sie haben immer hübsche Kerle um sich. Alle Achtung!«

Steerpike schüttelt ihr die Hand und stellt sich vor.

Betsy wendet sich wieder Laura zu. »Sie sehen aus, als ob Sie gerade auf der Alm gewesen wären! Ich hoffe, ich habe Sie nicht von einem wilden bayrischen Abenteuer abgehalten.«

»Oh, wilde Abenteuer habe ich heute schon genug erlebt. Ignorieren Sie bitte das Kleid.«

»Ach was, steht Ihnen doch wunderbar. Kommen Sie, gehen wir ins Wohnzimmer. Ich habe den Projektor schon aufgebaut. Eine Leinwand konnte ich leider nicht finden, aber ein weißes Laken tut's auch. Fassen Sie bitte mal mit an?«

»Wie kommt es, dass Sie die Filmrolle erst jetzt gefunden haben?«

»Berechtigte Frage. Die anderen Rollen lagen in einem Koffer auf dem Dachboden. Als mein Großvater nach seinem Film zu fragen begann, bin ich systematisch alle seine Sachen durchgegangen. Aber ich habe nach einem Film gesucht, nicht nach einem Buch.« Sie geht zum Couchtisch und kommt mit einer großen Familienbibel zurück. »Die war mir zunächst nicht suspekt. Aber dann fiel mir ein, dass mein Großvater eigentlich kein religiöser Mann war.« Sie reicht Steerpike das Buch. »Schlagen Sie's auf!«

Steerpike öffnet den Buchdeckel. Die Seiten des Buches sind sorgfältig ausgestanzt und bieten gerade genug Platz für die Filmrolle.

»Sollen wir?« Betsy nimmt sie heraus.

Steerpike legt die Hand auf den Film, bevor Betsy ihn einlegt. »Ich weiß nicht, ob es gut ist, wenn Sie sich das anschauen.«

Betsy runzelt die Stirn. »Wenn mein Großvater meinte, diesen Film vor allen verbergen zu müssen, und wenn attraktive, aber auch etwas seltsame Ausländer hinter ihm her sind, dann können Sie Ihren Arsch darauf verwetten, dass ich mir das anschaue.«

Betsy hat die Lichter im Wohnzimmer gelöscht. Laura, Steerpike und die Gastgeberin sitzen auf Esszimmerstühlen vor der improvisierten Leinwand. Betsy schaltet den Projektor an.

Die Bilder sind Laura nicht fremd. Sie erkennt das Interieur des Saals des ehemaligen Metropol-Theaters. Die Kamera schwenkt über das Publikum. Die Bildqualität ist erstaunlich gut. »Das sieht aus, als habe man es erst gestern aufgenommen.«

Steerpike nickt. »Ganz offenbar ist die Kopie nicht sehr häufig abgespielt worden.«

Nach dem Schwenk über das Publikum verharrt die Kamera auf dem Dirigenten, der seinen Taktstock hebt. Lautlos beginnt die Kapelle zu spielen. In der nächsten Einstellung betritt Dorita Porelli die Bühne. Ihre Rüschenrobe wirkt seltsam veraltet, auch ihre blonde Lockenperücke ist ein anachronistisches Ungetüm. Nichtsdestotrotz bewegt sich die Künstlerin anmutig und ausdrucksvoll. Laura liest die ersten Worte des »Lieds an den Mond« von ihren Lippen ab.

»Ist das das Konzert, bevor es zum Tumult kam?«

»Wenn wir Glück haben, Betsy, dann ist es das Konzert inklusive Tumult.«

»Was ist das? Sieht aus, als ob das Filmmaterial beschädigt ist.«

Die drei schauen auf die Bilder, die immer heller werden. Nach wenigen Sekunden ist die Bühne so stark ausgeleuchtet, dass die Gesichtszüge der Sängerin nicht mehr zu erkennen sind. Wie ein gesichtsloser weißer Schemen steht sie da, schlägt dann ihre Hände schützend vors Gesicht. Es gleißt noch einmal hell auf, dann verschwindet das Bild abrupt.

In der nächsten Einstellung hat sich die Lichtsituation im Saal wieder verändert. Die Kamera ist offenbar umgefallen, aber jetzt wieder in Betrieb. Das Publikum ist agitiert. Menschen pressen sich durch die Sitzreihen. Die der Kamera nächstgelegene Saaltür ist bereits mit einem Menschenknäuel verstopft. Dann wandert das Bild höher, erfasst den ersten Rang, auf dem die Gäste stehen und neugierig betrachten, was sich im Parkett abspielt. Eine junge Frau steht mit ausgestrecktem Arm an der Brüstung und deutet lachend auf etwas oder jemanden unten im Saal. Da rast etwas von oben auf sie zu, verharrt kurz in der Luft und verpasst ihr dann eine so gewaltige Ohrfeige, dass sie hochgerissen und über die Brüstung befördert wird.

»Nein!«

»Was, um Himmels willen …?«

Mit zwei kräftigen Flügelschlägen seiner gewaltigen asphaltgrauen Schwingen fliegt das Wesen, das einem Menschen mit Flügeln gleicht, weiter empor, inspiziert den zweiten Rang. In den Gesichtern der Besucher sind Panik, Verwirrung und Ehrfurcht zu lesen. Im Deckengemälde hinter ihm bewegen sich die gemalten Wolken, als ginge ein leiser Wind. Die Kamera folgt dem Flug des Wesens unter der Kuppel durch die Länge des Saals. Die Flügel mit ihrer enormen Spannweite müssen nur dreimal geschlagen werden, um den Saal zu durchqueren. Mit erhobenen Armen stürzt sich das geflügelte Wesen auf den Vorhang. Seine Finger schneiden durch den dicken Samt, als seien sie mit Messern bestückt. Es reitet die Stoffbahn hinab auf den Boden, sammelt sich, schließt die Flügel über dem Rücken, schaut in den Saal auf das Chaos, den Tumult, die fliehenden, schreienden Menschen. Dann, mit einer wuchtigen Bewegung, dem Aufschlagen eines Fächers gleich, hebt es die Flügel, rennt auf die Sängerin zu, reißt sie an sich und hebt ab.

Ein Mann rast hinterher, ergreift die Beine der Frau, die nun emporgerissen wird, und wird ebenfalls hochgezogen. Sein Gewicht bremst den Flug, kann ihn aber nicht verhindern. Seine Beine schlagen gegen die Bestuhlung, und in seinem Gesicht stehen Schmerz, Angst und Unglauben. Gnadenlos fliegt das Wesen immer wieder über die Sitzreihen, bis die Beine des Mannes zerschmettert sind, er ohnmächtig wird, den Halt verliert und zu Boden geht.

Mit der Rechten die schreiende, zappelnde Dorita Porelli haltend, greift der Geflügelte mit der Linken nach einer Sitzreihe, reißt die Stühle heraus und wirft sie nach einem Knäuel Menschen, das sich gerade durch eine verstopfte Saaltür zwängt. Er ist jetzt nur wenige Meter von der Kamera entfernt. Sein Schädel dreht sich in Richtung der Betrachter. Er schaut in die Kamera. Sein Blick unter steilen Brauen ist wütend und eisig, und es ist, als ob er durch achtzig Jahre hindurch die drei Personen vor der Leinwand studierte.

Laura legt ihre zitternde Hand vor die Lippen.

Dann, noch immer den Blick in die Kamera gerichtet, beginnt das Wesen zu lächeln, voller Hohn, bis es in ein infernalisches Gelächter ausbricht, die Flügel schlägt und mit seiner Beute steil nach oben fliegt, unter die Decke, hinein ins Gemälde und hindurch.

Der Film endet.

»Oh, mein Gott!« Betsy ist mit dem Gesehenen nun doch überfordert. »Was war das? Das waren doch keine Special Effects. Das kann doch nicht sein. Ich glaub's nicht!«

»Sie haben recht – das sind keine Special Effects, das ist ein historisches Filmdokument.«

»Aber Steerpike«, schaltet Laura sich ein, »was war es denn nun?«

»Es ist egal, wie wir es nennen. Sagen wir, es war ein verärgerter Engel. Nennen wir ihn Luzifer.«

»Luzifer? Sie meinen den Teufel?«

»Einen wie ihn hat man einmal als gefallenen Engel betrachtet. Letztlich ist er ein Freak in unserer Realität, er hat hier nichts verloren. Er ist eine Chimäre. Ein menschenähnliches Wesen mit Flügeln.«

»Ich glaube, ich komme nicht mehr mit. Das sprengt meine Vorstellungskraft.«

»Ich hatte Sie gewarnt.«

»Aber mit so was konnte ich beim besten Willen nicht rechnen.«

»Es tut mir leid, dass wir Sie da mit reingezogen haben.« Laura schenkt ihrer Gastgeberin ein mattes Lächeln.

»Das ist das Verrückteste, was ich je gesehen habe. Aber ich würde es im Traum nicht missen wollen. Ich fasse es nicht, dass mein Großvater so etwas für sich behalten konnte!«

Laura und Steerpike tauschen einen Blick aus, um sich zu verständigen, wie weit man Betsys Vorstellungskraft wohl würde strapazieren können.

Letztlich entscheidet Laura. »Ihr Großvater wird sich an nichts erinnert haben. Er hat den Film versteckt, und dann wurden seine Erinnerungen vermutlich gelöscht.«

»Erinnerungen gelöscht?«

»Das ist, was in Fällen wie diesen in der Regel geschieht.«

»Fällen wie diesen? Das ist kein Einzelfall?«

Steerpike räuspert sich. »Es sind Unfälle. Selten auftretende Unfälle. Man sollte sie nicht an die große Glocke hängen.«

»Und jetzt verraten Sie mir bitte, welche Rolle Sie in der ganzen Geschichte spielen!«

»Was wir gerade gesehen haben, wird sich wiederholen, wenn es uns nicht gelingt, es zu verhindern.«

»Und was, um Himmels willen, wollen Sie jetzt tun?«

»Alles, damit die Premiere morgen Abend nicht stattfindet.«

Kapitel 37

Der Tag der Premiere kündigt sich mit Pauken und Trompeten an. Ein Donnerschlag weckt sie, als es noch nicht einmal sieben Uhr morgens ist. Blitze von gleißender Intensität tauchen das Schlafzimmer in ein monochromes Licht. Der Regen prasselt wütend und heftig, der Himmel ist so finster, dass man glauben könnte, der Weltuntergang stehe bevor.

Normalerweise wacht Laura langsam auf und braucht ein paar Minuten, um im Tag anzukommen. An diesem Morgen ist sie schlagartig wach. Das Wasser in der Küche läuft und deutet darauf hin, dass auch Steerpike nicht mehr schlafen konnte.

Als sie in die Küche kommt, duftet es bereits nach Espresso. Aus den wenigen Sachen, die im Kühlschrank zu finden waren, hat Steerpike ein nahezu perfektes englisches Frühstück zubereitet.

»Ich dachte, wir sollten den Tag mit einer soliden Basis beginnen.«

»Das sieht fantastisch aus, aber ich weiß nicht, ob ich einen Bissen runterbekomme.«

»Setzen Sie sich. Essen Sie. Keine Diskussion.« Er schiebt ihr einen Stuhl hin.

Erst beim Essen merkt sie, wie ausgehungert sie ist und wie heftig die Ereignisse der vergangenen Tage an ihrem Energiehaushalt gezehrt haben. Auch Steerpike genießt sein erstes beinahe-britisches Frühstück seit sieben Jahren, und für eine Weile tritt die gewaltige Aufgabe, die vor ihnen liegt, in den Hintergrund.

Als Steerpike den zweiten Kaffee aufsetzt, klingelt es an der Tür.

Laura lässt eine regendurchnässte Magda ein.

»Ich habe bei dir Licht gesehen. Bei dem Krawall draußen konnte ich nicht mehr schlafen.«

»Nur herein! Du kommst gerade rechtzeitig zum Frühstück.«

»Ich kann an Essen nicht denken.«

»Das habe ich auch gemeint. Aber lass dich überraschen.«

Magda zuckt zusammen, als sie Steerpike sieht.

»Magda, das ist mein Freund Steerpike. Steerpike – Magda, die Sängerin, die heute die Rusalka singen soll. Also, besser *nicht* singen soll. Wenn all dies hier vorbei ist, müssen Sie ihre Musik hören. Sie ist fantastisch!«

»Oh. Danke.«

»Setzen Sie sich, ich hole noch einen Teller.«

Laura reicht Magda ein Handtuch, mit dem sie sich die Haare trocknet, aber plötzlich innehält. »Hast du Steerpike gesagt? Das war doch …? Wie kommt es, dass …?«

»Elle hat gestern das Portal geöffnet.«

»Sie hat *was*?«

»Es ist keine Einbahnstraße, wie sich herausgestellt hat. Gestern haben wir den Spieß umgedreht. Elle hat mich ins Portal befördert, und gut, dass sie das getan hat, denn ich habe Steerpike gefunden und mitgebracht.«

Die Augen der Sängerin werden größer und größer, während sie Steerpike und Laura einer genauen Betrachtung unterzieht. »Du hast dich verändert. Die Wunde auf deiner Stirn ist weg, und du siehst zehn Jahre jünger aus!«

Laura streicht mit dem Finger über die feine Narbe auf ihrer Stirn. »Das werde ich dir irgendwann mal erklären, wenn wir mehr Zeit haben. Heute haben wir ganz andere Probleme, fürchte ich.«

»Fürchten ist das richtige Wort. Haben wir einen Plan?«

Laura antwortet nicht und schaut Steerpike mit einem fragenden, fast flehenden Blick an. Ein weiteres Mal hat sie das Gefühl, dass McGrath sich mit ihr einen verhängnisvollen Fehltritt geleistet hat.

Steerpike schenkt Magda Kaffee ein und setzt sich zu den Frauen an den Tisch. »Ich schlage vor, dass Elle Magda begleitet. Laura und ich werden der Intendantin einen Besuch abstatten.«

»Ich kann mir nicht vorstellen, dass wir sie davon abhalten können, die Premiere stattfinden zu lassen. Das haben wir schon einmal probiert. Sie ist wild entschlossen.«

»Das mag sein. Aber es ist einen Versuch wert, bevor wir drastischere Maßnahmen ergreifen.«

»Was ist mit Hector? Hat euer Kontakt in England etwas ausrichten können?«

»Wir haben noch nichts von McGrath gehört. Ehrlich gesagt bin ich froh, dass Hector nicht hier ist. Es geht ihm nicht gut. Im Gefängnis ist er momentan am besten aufgehoben. Wie ist der Stand der Dinge, was die Premiere angeht? Hat es überhaupt eine Generalprobe gegeben?«

»Den Abklatsch einer Generalprobe. Die Bühne war noch gesperrt für die Spurensicherung, also mussten wir auf die Probebühne der Deutschen Oper ausweichen. Ohne Bühnenbild, nur mit Markierungen und ohne Publikum. Es hat den ganzen Vormittag gedauert, Kostüme und die nötigsten Requisiten von Oper zu Oper zu transportieren. In der Komischen Oper muss die Hölle los gewesen sein. Die Mitglieder des Förderkreises haben sich aufgeregt, weil sie nicht an der Generalprobe teilnehmen durften, aber das war so kurzfristig nicht umzudisponieren. Das muss man sich mal vorstellen, angesichts der Umstände! Da wird ein Mensch umgebracht, aber das zählt nicht. Hauptsache, ihre Privilegien bleiben gewahrt, und sie kriegen ihren Vorab-Dvořák.«

»Hochkultur kann niederträchtig sein ... Was die wohl erst sagen werden, wenn heute ›Rusalka‹ abgeblasen wird.«

»Aber so weit sind wir noch nicht«, wirft Steerpike ein.

»Wie soll ich mich verhalten?«, will Magda wissen.

»Als sei es ein ganz normaler Premierentag. Unauffällig. Wir werden das von unserer Seite aus erledigen.«

»Steerpike, meinen Sie nicht, es wäre vielleicht besser, wenn Magda gar nicht erst in der Oper erscheint?«

Er will antworten, aber Magda unterbricht ihn.

»Laura, das ist lieb und fürsorglich und alles. Aber zum einen habe ich einen Vertrag, und die Lange würde alles dransetzen, mich in Grund und Boden zu klagen, wenn ich den nicht einhalte. Und zum anderen steht die Zweitbesetzung schon in den Startlöchern. Wenn ich nicht singe, dann sie. Ich weiß doch zumindest, worauf ich mich einlasse.«

Nicht ansatzweise, schießt es Laura durch den Kopf, aber sie spricht es nicht aus.

»Okay. Jetzt müssen wir nur noch einen Weg finden, einen Termin bei Konstanze Lange zu bekommen. Ich könnte mir vorstellen, dass ich nach unserem letzten Besuch dort kein gern gesehener Gast mehr bin ...«

Lauras Handy ertönt: »Suddenly I'm in too deep to ever get out« – wie passend!

Steerpike runzelt die Stirn. »Hört man die heutzutage immer noch?«

»Das ist Belinda Carlisle, oder?«, fragt Magda.

Laura nimmt das Handy und schaut auf das Display. »Nein. Das ist das Intendantinnenbüro der Komischen Oper.«

»Nach den Ereignissen der vergangenen Tage habe ich noch einmal über unser letztes Gespräch nachgedacht.«

Konstanze Lange lehnt an ihrem Schreibtisch, nimmt dramaturgisch geschickt einen tiefen Zug aus ihrer Zigarette und taxiert Laura und Steerpike mit seltsam matten braunen Augen. Sie scheint sich leicht zu ducken, doch der Eindruck entsteht nur wegen ihres leichten Buckels, der Laura heute stärker ins Auge fällt als sonst. Eine Assistentin serviert Tee und platziert Kresse-Sandwiches auf einem Beistelltischchen. Das Gewitter draußen hat sich gelegt, aber der Himmel ist noch verhangen, im Felsenstein-Zimmer brennen alle Lampen. Zum ersten Mal trägt die Intendantin keine helle Farbe, sondern ein anthrazitfarbenes Kostüm.

»Ich habe Sie hergebeten, damit Sie mir noch einmal erklären, inwiefern heute wirklich mit einer Gefahrensituation zu rechnen ist.«

Steerpike setzt an, die Lage zu erläutern, doch Konstanze Lange bedeutet ihm mit erhobener Hand, zu schweigen.

»Ich bitte Sie deshalb, weil ich mittlerweile selbst den Verdacht habe, dass es hier nicht mit rechten Dingen zugeht. Wie Sie wissen, ist eine Mitarbeiterin unter ungeklärten Umständen zu Tode gekommen. Allerdings schließe ich im Gegensatz zu Ihnen eine übernatürliche Ursache aus.«

»Ich weiß, dass es schwierig ist, sich vorzustellen, dass ...«

»Ich kann aus diesem Verdacht unterschiedliche Konsequenzen ziehen.« Sie öffnet eine Bonbonniere auf ihrem Schreitbisch, nimmt eine Praline heraus, betrachtet sie eingehend und legt sie dann wieder zurück.

Laura kommt etwas an diesem Bewegungsablauf bekannt vor, aber sie weiß nicht, was.

»Ich könnte, wie Sie vorgschlagen haben, die Premiere absagen.«

»Das ist absolut notwendig! Sie müssen –«

»Oder, und dies halte ich für die sinnvollere Lösung, ich vervielfache die Sicherheitsvorkehrungen. Schon das Absagen der öffentlichen Generalprobe hat empfindliche Reaktionen beim Förderkreis der Oper ausgelöst. Die Premiere abzusagen stellt uns vor noch ganz andere Probleme. So kann und darf ich die finanziellen Konsequenzen nicht außer Acht lassen. Wir sind ein subventioniertes Haus, das sind die Gelder von Steuerzahlern, die ich hier in den Wind schreiben würde.«

»Aber es sind auch Steuerzahler, die Sie ins offene Messer rennen lassen, wenn es zur Aufführung kommt.«

Steerpike schaltet sich ein. »Wie wäre es mit einem Kompromiss?«

Die Intendantin betrachtet ihn, wie man ein Kind anschaut, das sich bei dem Versuch, etwas Schlaues zu sagen, schlichtweg blamiert. »Ein Kompromiss?«

»Streichen Sie die Mond-Arie.«

Die Intendantin lacht auf und schlägt mit der Hand auf den Schreibtisch, als habe Steerpike einen ungehörigen Witz gemacht. »Sie scherzen, junger Mann! Wer bin ich, Antonín Dvořák zu verstümmeln? Auf ›Das Lied an den Mond‹ verzichten? Das wäre wie bei ›Romeo und Julia‹ die Balkon-Szene zu streichen. Oder ein ›Mitternachtstraum‹ ohne

Puck! Vielleicht sollten wir die Figur der Rusalka gleich komplett streichen?«

»Dass Ihre Nixen ein Lied von den Buzzcocks singen, würde Dvořák vielleicht auch nicht gerade gefallen«, gibt Laura zu bedenken.

»Verzeihen Sie mir, Mrs Slasher, wenn ich mit jemandem wie Ihnen nicht über künstlerische Konzepte diskutiere. Es steht nicht zur Debatte, die berühmteste Arie Rusalkas zu streichen, dann müsste man konsequenterweise tatsächlich die ganze Aufführung sein lassen.« Wieder öffnet sie die Bonbonniere und schaut interessiert auf die Pralinen.

»Sie verstehen einfach nicht, Frau Lange, dass es überhaupt keinen Diskussionsspielraum gibt. Es darf unter keinen Umständen zur Aufführung der Arie kommen!« Lauras Hand zittert vor Aufregung, als sie Milch in den Tee gießt. »Sie machen sich keine Vorstellung davon, was geschehen wird! Ich habe es gestern gesehen. Wir haben Filmmaterial, das zeigt, was im Jahr 1928 bei der Aufführung der Mond-Arie vorgefallen ist. Meine Kollegin Miss Carter hat Ihnen die Fotos von Opfern aus den Sechzigern gezeigt. Wenn wir mit diesem Material an die Öffentlichkeit gehen und wenn die erfährt, dass Sie wussten, worauf Sie sich einlassen, dann ist dies das Ende Ihrer Karriere, dann können Sie einpacken!«

Steerpike schaut Laura staunend und bewundernd an, während er in seinem Tee rührt.

Die Intendantin lächelt, nimmt endlich eine Praline und steckt sie genüsslich in den Mund.

In diesem Moment begreift Laura. Das Spiel mit der Praline war eine Imitation von Bette Davis in »All about Eve«. Sie schaut zu Steerpike, doch dessen Augen sind bereits zugefallen. Das ganze Szenario im Intendanzbüro war nichts als ein Spiel, eine Finte, um sie und ihn herzulocken und auszuschalten. Und das spiegelt sich jetzt auch im Gesichtsausdruck ihres Gegenübers. Konstanze Langes falsches Lächeln schmilzt hinweg und macht einer verspannten Entschlossenheit Platz. Laura verflucht sich noch einmal für die Dummheit, von dem Tee getrunken zu haben.

»Es wird nicht schlimm kommen«, kann sie die Intendantin noch hören, bevor sie das Bewusstsein verliert. »Ich verspreche Ihnen, Mrs Slasher, es wird noch viel viel schlimmer kommen!«

KAPITEL 38

Auf der Bühne und hinter den Kulissen herrscht geschäftiges Treiben. Bühnentechniker sind damit beschäftigt, letzte Hand an ihre Bauten zu legen und Details zu optimieren. Techniker überprüfen Leitungen, die Lichttechnik nimmt die endültige Programmierung des Beleuchtungsablaufs vor. Die Musiker des Orchesters finden sich in ihren überschaubaren Garderoben ein. Die Sängerinnen und Sänger sind bereits in der Maske.

Die Wolken, die den ganzen Tag am Himmel von Berlin gehangen haben, sind zurückgewichen, die Sonne erhellt den Sonntagabend. Einige der Premierengäste tun in diesem Moment mit Blick aus dem Fenster und leisem Schuldgefühl genau das Richtige. Sie lassen die Festgarderobe im Schrank, holen einen guten Wein aus dem Kühlschrank und setzen sich auf ihre Terrasse oder besuchen ein Café, um den strahlend schönen Abend an der frischen Luft zu genießen. »Rusalka« kann man sich auch ein anderes Mal anschauen. »Rusalka« ist doch sowieso eher ein Wintermärchen …

Diejenigen, die sich schon seit Wochen auf die Premiere freuen, stehen jetzt vor dem Spiegel und überprüfen den Sitz ihrer Haare, legen Make-up auf oder binden sich die Krawatte. Für einige von ihnen, insbesondere jene, die kommen, um Magdalena in einer Oper zu sehen, ist es der erste Opernbesuch. Für einige von ihnen wird es auch der letzte sein.

Erika Müller und ihre Kollegin sitzen noch an der Tageskasse Unter den Linden und drucken die Karten für die Abendkasse aus. Eine dritte Kollegin, an diesem Abend tief dekolletiert, sortiert die Karten für Presse und geladene Gäste.

Im Hof zwischen Verwaltungs- und Bühnengebäude stehen, wie bei Premieren üblich, mehr Mitarbeiter herum als sonst und rauchen. Die Aschenbecher sind voller als an normalen Spieltagen und die Gespräche abgehackter. Jeder ist konzentriert auf die bevorstehenden Aufgaben, die noch nicht Routine geworden sind. Proben stiften keine Nervosität. Das Wort »Premiere« schon. Die Anspannung aller Beteiligten ist so intensiv, dass man sie riechen kann, im Panikschweiß oder im Parfümnebel, der die Ausschüttung von Stress-Pheromonen überdeckt. Die Effizienz des Zusammenspiels von vierhundert Mitarbeitern muss sich einmal mehr beweisen und von knapp zwölfhundert Zuschauern bewerten lassen. Jeder Einzelne fühlt sich persönlich dem Urteil des Premierenpublikums ausgeliefert – auf Gedeih und Verderb. Sobald der letzte Vorhang gefallen sein wird, wird man sich nicht mehr an diesen Druck und die Anspannung erinnern. Man wird sich feiern oder ausbuhen lassen – alles besser als diese Stunden, bevor der Vorhang aufgeht. Dass dieser Opernabend einen ganz anderen Verlauf nehmen wird, kann keiner von ihnen absehen.

Konstanze Lange betrachtet das Geschehen auf der Bühne mit ganz besonderer Vorfreude. Sie hat nicht nur monatelang diese Premiere herbeigesehnt, sondern schon viel länger darauf hingearbeitet, dass dieses Stück auf dieser Bühne inszeniert wird. Nichts Geringeres als ihr Lebenstraum soll an diesem Abend seine Erfüllung finden. Auch ihr Adrenalinspiegel ist erhöht, gleichzeitig verspürt sie eine große Euphorie, da es ihr gelungen ist, ihre Widersacher auszuschalten. Dass jemand wie Jonathan Steerpike, auf seinem Gebiet legendär, durch einen so simplen Schachzug aus dem Feld zu räumen war, freut sie besonders. Wenn ihr jemand einen Strich durch die Rechnung hätte machen können, dann er. Die rothaarige Modepuppe mit dem großen Mundwerk hatte sie von Anfang an nicht ernst genommen. Ihre rabenartige Kollegin, Miss Carter, mag in einer anderen Liga spielen, das spürt sie, aber auch die Fäden für Miss Carters Schicksal hält sie bereits in der Hand.

Mehrere Stockwerke tiefer, in einem Keller, den kaum ein Mensch in den vergangenen fünfzig Jahren zu Gesicht bekommen hat, erwacht Steerpike als Erster aus seiner Bewusstlosigkeit. Er nimmt zunächst die Kälte wahr, dann den Geruch von Moder. Eine in die kahle Mauer eingelassene Glühbirne spendet dämmeriges Licht. Er spürt die Kälte der Wand an seinem Rücken, die Kälte von Metall um seinen Hals. Als er sich aufrappelt, um aufzustehen, reißt ihn das Metall abrupt zurück. Jetzt sieht er die Kette, die die Metallmanschette um seinen Hals mit der Wand verbindet. Als könne er sie einfach aufklappen, umfasst er sie mit beiden Händen, sucht nach einem Mechanismus, vergeblich. Dann schaut er sich, die Lage sondierend, im Raum um. Wo ist Laura? Durch das Eisengitter, das sich über die ganze Vorderseite des Raumes zieht, sieht er den gegenüberliegenden Raum. Auch hier spendet eine flackrige Glühbirne schummriges Licht.

Ein kurzes Stöhnen, und er entdeckt Laura. Sie liegt auf einem Lager aus verrottenden Stoffschichten. Ihr bleiches Gesicht schält sich aus der Dunkelheit, als auch sie versucht, sich aufzurichten. Anders als Steerpike ist sie nicht an die Wand gekettet, sondern an den Fußknöcheln gefesselt. Ihre Arme sind hinter dem Rücken mit Kabelklemmen zusammengebunden. Erneut stöhnt sie bei dem Versuch, sich in eine aufrechte Position zu bewegen. Doch dieses Mal gelingt es ihr.

»Laura?«

»Steerpike? Wo sind Sie!«

»Hier! Direkt gegenüber.«

Als sie ihn sieht, an die Wand gekettet wie ein Folteropfer, kann sie nicht anders: »Verdammt! Verdammtverdammtverdammt! Aus dieser Geschichte kommen wir nicht lebend raus, oder?«

»Solche Gedanken sind jedenfalls nicht sehr hilfreich.«

Nachdem sie mit mehreren »verdammt« und weiteren Flüchen ihrem Unmut ausreichend Raum gegeben hat, denkt sie laut: »Wo ist Elle, wenn man sie braucht? Sie hat dieses Talent mit Schlössern.«

Steerpike schweigt. Sein Hirn arbeitet auf Hochtouren. »Elle kann uns nicht helfen. Sie ist bei Magda und wird sie nicht aus den Augen lassen. Das darf sie auch nicht, denn die Premiere steht wahrscheinlich unmittelbar bevor. Wenn sie den Schauplatz jetzt verlässt, wäre alles umsonst gewesen.« Er verfällt für einen Moment wieder in Schweigen. »Aber sagen Sie, Laura, apropos Talent – haben Sie nach Ashby House oder auch nach dem Märchenwald irgendetwas an sich entdeckt? Ein Talent, eine Fähigkeit?«

»Ach das.« Frustration schwingt in ihrer Stimme mit. »Das möchten Sie gar nicht wissen. Das ist mir peinlich.«

»Na los. Sagen Sie es!«

»Nein, Steerpike, wirklich nicht.«

»Jetzt spannen Sie mich nicht auf die Folter.«

»Das hat die Intendantin schon übernommen.«

»Sehr witzig. Also los. Was ist Ihre Fähigkeit?«

»Ich bin ein menschlicher Wasserkocher.«

»Was?«

»Das sagte ich doch. Ich kann Wasser zum Kochen bringen. Kraft meiner Gedanken.«

Selbst in der alles andere als lustigen Lage, in der sie sich gerade befinden, muss Steerpike kurz auflachen.

»Sehen Sie? Genau das meine ich. So hat Hector auch reagiert. Davon abgesehen – ich versuche gerade, mit den Händen an die Fußfesseln zu kommen, aber das Aas von Intendantin hat ihren Job erstklassig gemacht. Das sind so Plastikstreifen mit Clips. Wie für Tiefkühltüten. Ich schaff's nicht.«

Steerpike überprüft seinerseits die Verankerung der Kette in der Wand und muss sich geschlagen geben. »Sie haben gestern etwas gesagt, das mir jetzt wieder einfällt.«

»Was meinen Sie?«

»Hector und Sie. Da war vom ersten Tag an etwas.«

»Ja, er hat mich sehr erfolgreich verführt.«

»Mehr als das, Laura. Da war und ist ein Band, so stark, dass man es fast sehen kann.«

»Hören Sie auf, Steerpike! Oder wollen Sie mich zum Heulen bringen?«

»Nein, nicht zum Heulen. Denken Sie nach. Hat er nicht immer gewusst, wo Sie waren?«

»Kunststück. Die meiste Zeit war er ja bei mir. Wenn nicht als Hector, dann als Mowgli.«

»Weshalb ist er nach Berlin gekommen?«

»Um mich zu beschützen. Und zu unterstützen.«

»Aber wie konnte er wissen, dass Sie Unterstützung brauchen? Oder Schutz? Sie haben doch nicht miteinander gesprochen.«

»Ich weiß nicht, worauf Sie hinauswollen.«

»Ihr Mann hat einen ganz besonderen Draht zu Ihnen, Laura. Er hat immer genau gewusst, wenn Sie in Gefahr waren.«

»Aber was nützt uns das? Er ist im Gefängnis. Selbst wenn er wollte, wie sollte er uns helfen?«

»Glauben Sie mir, der Mann ist zu einigem fähig. Ich kannte ihn, bevor Sie ihn gezähmt haben!«

»Und vor dem Aneurysma ... Aber woran denken Sie?«

»Was, wenn dieses Band zwischen Ihnen beidseitig funktioniert? Versuchen Sie, sich auf Hector zu konzentrieren. Stellen Sie sich ruhig ein Band vor, das von Ihnen ausgeht. Lassen Sie es aufsteigen. Dann lassen Sie es treiben, bis es bei Hector angekommen ist.«

»Steerpike, wirklich. Was nutzt uns dieses autogene Training, wenn das tolle Band dann in einer Gefängniszelle landet?«

»Darüber können wir uns Gedanken machen, wenn es so weit ist. Aber es wäre doch schade, wenn neben dem Wasserkochen nicht noch eine bessere Fähigkeit bei der Portalerfahrung herumgekommen wäre.«

»Ja, schon gut, ich mach's ja. Aber ich verstehe immer noch nicht, was uns das in dieser Situation nutzen soll.«

»Vielleicht, weil Sie sich oder mir noch nie die Frage gestellt haben, was wohl meine Fähigkeit sein könnte.«

Und damit hat Steerpike Lauras vollste Aufmerksamkeit.

KAPITEL 39

Das Abendpersonal öffnet den Haupteingang in der Behrenstraße, vor dem sich bereits eine Menschentraube gebildet hat, und die ersten Premierengäste betreten das Foyer. Einige Ankömmlinge stürmen mit grimmig-entschlossenen Mienen auf den Abendkassenschalter zu – sie hoffen auf Restkarten.

»Es tut mir leid, wir sind ausverkauft.« Erika Müller wahrt die Ruhe.

Das heutige Premierenpublikum ist eine ungewohnt bunte Mischung: Neben den üblichen Opernbegeisterten aller Alters- und Einkommensklassen haben auch unzählige Popfans die begehrten Karten ergattern können. Sie senken den Altersdurchschnitt erheblich und lockern auch optisch die Atmosphäre auf. Neben Designeranzügen stehen Fan-T-Shirts, über den Marmor laufen Louboutins neben Flip-Flops. Die teuerste Frisur hat dreihundert Euro gekostet, die preiswerteste ist der auf dem Weg zur Oper in der U-Bahn gestutzte Pony einer Germanistikstudentin. Eine Gruppe junger Männer in offenen, kurzärmeligen Karohemden über weißen Unterhemden versucht gerade, das Foyer mit Bierflaschen der Marke »Sterni« zu betreten, wird aber vom einheitlich schwarz gekleideten Abendpersonal nach draußen verwiesen und gebeten, das Getränk auf der Straße einzunehmen. Vertreter aller namhaften Medien, regional und überregional, haben sich eingefunden, um über die Lokalprominenz zu berichten und die Stimmung bei Magdalenas Operndebüt einzufangen.

Die ungeduldigsten Gäste betreten bereits den Saal, obwohl es fast noch eine Stunde bis zum Premierenbeginn ist. (Es sind diese Gäste, die grundsätzlich Plätze in der Mitte haben und, kurz bevor der Vorhang sich öffnet, noch einmal auf die Toilette müssen.) Andere stellen sich im Foyer an den Tresen, um noch ein Glas Wein zu bestellen und die allgemein aufgeregte Premierenstimmung zu genießen.

Jenseits des schweren roten Samtvorhanges agieren geräuschlos die Teams von Requisite und Technik … Doch warten Sie! Bevor wir uns in die Garderobe begeben, werfen wir einen Blick auf einen Portalreisenden, der sich in der Oper nie besonders wohl gefühlt hat. Drehen wir uns noch einmal um und schauen durch einen Spalt im Vorhang nach oben zum Deckenleuchter. Sehen Sie das Metallgitter über dem Leuchter und die knochigen Finger, mit denen sich jemand daran festkrallt? Das käsige Gesicht, das sich an das Gitter presst und mit funkelnden Augen in den Saal starrt? Seit über fünfzig Jahren treibt dieses Wesen ein sehr gelungenes Versteckspiel. So erfolgreich, dass der Letzte, der von ihm noch hätte berichten können, Pförtner Modersohn, nicht mehr darüber berichten kann, weil er 1982 in Ausübung seines Amtes einer Herzattacke erlegen ist. In seinen Runden durch das Haus hatte Modersohn die Präsenz gespürt, manchmal aus den Augenwinkeln heraus eine Bewegung im Dunkeln wahrgenommen, ein Geräusch von eiligen Füßen. Sein Vorgänger Gutschmidt hatte ihn eingeweiht. Er solle nicht erschrecken, wenn er ihm begegnen würde. Es gehe keine Gefahr von dem Wesen aus, das man unter Kollegen das »Feige Phantom« genannt hatte.

Da hockt es nun auf der Krone des Saals, die Zeichen der Zeit richtig deutend: Es schlägt »Rusalka«! Das Feige Phantom wartet auf sein Rückfahrticket und kann es kaum noch erwarten … Doch es hat mit unserer Geschichte wenig zu tun, außer dass es Nutznießer der bevorstehenden Portalsöffnung ist, so es denn zu ihr kommt.

Weniger erwartungsfroh als das Feige Phantom, vielmehr an einem schweren Anfall von Lampenfieber leidend, sitzt Magda mit Elle in ihrer kargen Garderobe vor dem Schminkspiegel. Der Fischschwanz der Rusalka hängt noch in Plastikfolie an einer Kleiderstange. Magda ist nervös, aber nicht nur wegen des bevorstehenden Auftritts. »Warum geht Laura nicht ans Telefon? Ich mache mir Sorgen.«

Elle antwortet nicht. Es ist nicht ihre Aufgabe, sich um Laura zu kümmern, sondern um die Sängerin und das, was diese auszulösen erwählt ist.

»Haben Sie's noch mal probiert?«

Elle nickt und legt das Telefon auf die Ablage. Mit für sie ungewohnter Initiative eröffnet sie ein Gespräch. »Wie ist das für Sie, wenn Sie singen?«

Magda schaut sie irritiert im Spiegel an. »Ich weiß nicht, was Sie meinen, Elle?«

»Was geht in Ihnen vor, wenn Sie singen?«

»Also, im ersten Moment, wenn ich rausgehe, da spüre ich noch die Anspannung. Aber das ist eine Sache von Sekunden.«

»Und dann?«

»Schwer zu beschreiben. Es ist wie ankommen. Nach Hause kommen. Etwas fährt einem durch den Körper, das nur da ist, wenn man singt. Man ist irgendwie auf einer anderen Frequenz. Man sollte ja meinen, wenn man ein Lied zweihundert Mal gesungen hat, dann wird's einem lästig, aber das wird es nicht. Es ist wie ein Zimmer, in dem man sich aufhält, weil es einem ein bestimmtes Gefühl gibt. Und dann stellt man hier 'ne Vase mit Blumen hin, da einen Schaukelstuhl, hängt neue Gardinen auf – man richtet sich ein.«

»Gibt es irgendein Talent, das Sie lieber hätten?«

Die Sängerin runzelt die Stirn und überlegt. Nach einer langen Weile antwortet sie: »Nein. Gibt es nicht. Aber weshalb fragen Sie?«

»Weil es mir genauso geht. Ich wollte nur sicher sein, dass mit mir alles stimmt.«

Siebzehn Kilometer oder eine halbe Autostunde entfernt steht Betsy Cohn in ihrem Garten am Elvirasteig und erntet Tomaten für das Abendessen. Vom Schlachtensee kommen die üblichen sonntäglichen Geräusche von Schwimmern, Sonnenbadenden und Spaziergängern. So ignoriert sie die Stimme, die aus Richtung des Sees leise, aber eindringlich zu ihr spricht, zunächst. Doch die Stimme lässt sich nicht einfach ignorieren, und plötzlich ist Betsy sehr interessiert daran, zu hören, was diese angenehme Männerstimme ihr sagt: »Bitte jetzt nicht erschrecken, Betsy!«

Betsys Tochter Angie sieht, wie ihre Mutter versteinert vor dem Tomatenstrauch steht und ins Leere starrt. Nur manchmal schüttelt sie leicht den Kopf. Angie überlegt, hinüberzugehen und zu fragen, ob mit ihrer Mutter alles in Ordnung ist. Dann hört sie, wie nebenan ein Rasenmäher gestartet wird – ausgerechnet an einem Sonntagabend –, und schaut genervt in Richtung Nachbarhaus. Als sie wieder zu ihrer Mutter blickt, ist diese bereits verschwunden. Ein

Korb mit Tomaten steht verloren auf dem Rasen. Keine Minute später hört sie, wie der museumsreife Mercedes der Familie gestartet wird.

Die Darstellerin der Fürstin steht in ihrem düsteren Gewand mit Reifrock im Hof der Oper und zieht nervös an ihrer Zigarette. Eine Maskenbildnerin steht hinter ihr und entfernt Lockenwickler aus ihrem Haar. Die drei Elfen, in Smiths Inszenierung Nixen, die die Oper eröffnen, machen in ihrer Garderobe Atemübungen. Regisseur Smith ist unterwegs zum Felsenstein-Zimmer, um die Intendantin abzuholen, die eigentlich längst im Foyer sein sollte, um die Premierengäste in Empfang zu nehmen. Das Feige Phantom betrachtet den Saal noch immer durch das Metallgitter über dem Deckenleuchter. Vor Aufregung leidet es unter Schnappatmung.

Konstanze Lange blickt auf den sich füllenden Saal und atmet tief durch. Das Wesen, das es vor ein paar Tagen durch das Portal geschafft hat, steht hinter der angelehnten Fenstertür zum Felsenstein-Zimmer. Bevor sie zurück in ihr Büro geht, lässt die Intendantin noch einmal den Blick über den Saal wandern. Nur wenige Plätze sind unbesetzt. Sie lächelt. Dann betritt sie ihr Büro, rollt den Teppich auf, dreht den Metallring an der Falltür und zieht die Holzplatte empor. Ermutigend lächelt sie die Sirene an, die das Lächeln ganz richtig als Aufforderung begreift. Als Smith an die Tür klopft, ist die Falltür verschlossen und der Teppich wieder darüber ausgebreitet.

Betsy Cohn übertritt die Geschwindigkeitsbegrenzung und prescht mit 80 Stundenkilometern über die Berliner Straße. Plötzlich bremst sie, springt bei laufendem Motor aus dem Wagen, klettert über einen niedrigen Gartenzaun und reißt unter den ungläubigen Blicken einer Gruppe flanierender Rentner eine Jeans und ein T-Shirt von einer Wäscheleine. Sie wirft die Sachen auf den Beifahrersitz, steigt ein und bringt mit quietschenden Reifen den Mercedes wieder in Fahrt.

»Noch fünf Minuten«, ertönt es aus dem Lautsprecher in Magdalenas Garderobe. Eine Ankleiderin befreit den Fischschwanz aus seiner Plastikhülle und hängt ihn sich über den Arm. »Gehen wir?«

Magda und Elle tauschen einen Blick aus. In Magdas Augen spiegeln sich Angst, Lampenfieber und Sorge.

Elles Miene bleibt gewohnt ausdruckslos. Mit einem Nicken bedeutet sie der Sängerin, dass es in der Tat Zeit ist, zu gehen.

Magda atmet tief durch. Die Ankleiderin öffnet die Tür der Garderobe. Gefolgt von Elle betritt die Sängerin den Korridor und macht sich auf den Weg zur Seitenbühne.

Smith steht stumm am Rand der Bühne und beobachtet, wie die drei Elfen ihre Position einnehmen. Magda legt den Bademantel ab, und die Ankleiderin hilft ihr in den Fischschwanz. Dann setzt Magda sich auf den Baumstamm, der über das Wasser des Waldsees ragt.

Der Wassermann gleitet leise in den kleinen See. »Toi, toi, toi, du machst das!«, flüstert er ihr zu. »Immer daran denken: In zwei Stunden ist alles vorbei.«

Vielleicht früher, denkt Magda, sagt aber: »Toi, toi, toi!«

Smith betritt die Bühne, begutachtet ein letztes Mal ihre Position, nickt mit angespanntem Gesicht und zieht sich zurück. Elle bleibt auf der Seitenbühne stehen, wenige Meter von Magda entfernt, jederzeit bereit einzugreifen, sollte die

Situation es erforderlich machen, besser *sobald* die Situation es erforderlich macht. Durch den dicken Vorhang sind die Geräusche eines erwartungsfrohen Publikums zu hören. Als es plötzlich still wird, wissen sie, dass das Saallicht gelöscht wurde.

Auf einen kurzen Moment der Stille folgt der Klang der Bläser. Die Geigen setzen ein. Der Vorhang öffnet sich.

Fünf Stockwerke tiefer liegen unsere Helden noch immer in Fesseln.

Laura starrt gebannt auf Steerpike, der in seinem tranceähnlichen Zustand und an die Wand gekettet wie ein religiöser Märtyrer aussieht. Sie wagt nicht, ihn anzusprechen, aus Angst, seine Konzentration zu stören. Er ist ihre letzte Chance.

Dann erklingt die helle Note. Es kann nicht sein, dass wir hier unten hören, was auf der Bühne geschieht, denkt Laura.

Steerpike öffnet irritiert die Augen. »Was ist das?«

Aus der Note entspinnt sich eine Melodie, sehr rudimentär, aber auch sehr eingängig.

»Definitiv nicht ›Rusalka‹. So etwas habe ich noch nie gehört. Sie?«

Sein Gesichtsausdruck besagt, dass er hat und dass es keine Musik ist, die er jemals wieder hören wollte.

»Wer um Gottes willen läuft hier singend durch den Keller?«

»Das werden wir gleich sehen. Hören Sie? Die Stimme kommt näher.«

Fünf Stockwerke über ihnen klagt Rusalka dem Wassermann ihre Verliebtheit in einen Mann, der für sie nicht infrage kommt. Konstanze Lange sitzt mit einem strahlenden

Lächeln neben Ian Smith in der Proszeniumsloge. Für die Intendantin und das Publikum unsichtbar, steht Elle Carter im Schatten am Bühnenrand neben dem Inspizientenpult. Sie lässt die Augen nicht von der Intendantin, die die Reaktionen des Publikums studiert, dann nach oben schaut. Ihr Blick bleibt an der Nixe hängen, die dort abgebildet ist, wo früher das Deckengemälde war. Ihr Lächeln erstirbt. Sie runzelt die Stirn. Dann fällt ihr Blick auf den Deckenleuchter. Was sie dort sieht, gefällt ihr ebenso wenig. Lautlos stößt sie eine Aufforderung aus, bevor sie sich sammelt, zu einem entspannteren Gesichtsausdruck zwingt und ihre Aufmerksamkeit wieder dem Geschehen auf der Bühne widmet. Elle mobilisiert alle ihre Energien. Sie wappnet sich.

Laura weint. Tränen laufen ihr in Sturzbächen über das Gesicht, reißen Mascara und Make-up mit sich. Sie schluchzt und fühlt nichts als unsagbaren Schmerz. Das Elend der Existenz schlechthin liegt auf ihren Schultern. Sie durchschaut die Boshaftigkeit der Welt, und diese Erkenntnis trifft sie so hart, dass es ihren Körper schüttelt, sodass die Fesseln ihr die Haut an den Hand- und Fußgelenken aufschneiden. In dem Gesang entfalten sich Leid, Verlust, Trauer, Resignation und – Tod.

Halten Sie sich gefälligst die Ohren zu!, möchte Steerpike schreien, aber wie soll sie das tun, wenn ihre Hände auf dem Rücken gefesselt sind? So muss er tatenlos zusehen, wie der Gesang der Sirene Lauras Verstand über die Planke schickt. Er hat die Hände an die Ohren gepresst, doch selbst durch diese notdürftige Abwehr dringt noch viel zu viel von diesem schrecklichen Lied zu ihm, das kein Lied ist, sondern ein Mordinstrument. Um es unschädlich zu machen, muss er es übertönen. Also schreit er.

Bevor sie sie sieht, riecht Laura die Sirene. Durch einen Nebel aus Tränen schaut Laura zu, wie das übel riechende Wesen Einzug in ihr Gefängnis hält. Sie schreitet würdevoll in einem langen roten Gewand, das aus dem Opernfundus stammen könnte, auf sie zu.

Lauras Verstand ist bereits im Begriff, sich zu verabschieden, als sie Steerpikes Schreien hört und begreift. Kurz vor der Klippe, über der ihre Seele baumelt, besinnt sie sich und beginnt ebenfalls zu schreien. Sie legt all das Leid, das sie verspürt, in diesen Schrei, der kratzig über ihre Stimmbänder schrammt.

Die Sirene hält in ihrem Gesang inne und bleibt vor der offenen Tür stehen. Sie legt den Kopf schief und betrachtet Laura aus stahlkalten grauen Augen. So schrecklich ihr Gesang, so unerträglich schön ist ihr Anblick. Sie wirkt wie einem Gemälde von Dante Gabriel Rossetti entstiegen. Ihr bleiches Gesicht ist von langen, flammend roten Locken umgeben. Steerpikes Schrei bildet den akustischen Rahmen für das Erscheinen dieser Kreatur, die direkt aus den Feuern der Hölle geboren scheint. Still studiert sie Laura, scheint ihren Schrei zu begutachten, dann schlägt sie in einer gewaltigen Geste die Flügel empor, pechschwarze Vogelflügel, von denen ein übler, wilder Geruch aufsteigt. Diese Geste sagt alles. Lauras Stimme gefällt ihr nicht. Sie reißt den Mund auf, die Augen drohen ihr aus dem Kopf zu fallen, und ihr Schrei erschüttert das Gemäuer. Ein Beben geht durch das gesamte Gebäude, das selbst im Opernsaal und auf der Bühne noch als Vibration zu spüren ist.

Noch immer verhandeln Wassermann und Rusalka singend über das Für und Wider einer Existenz als Mensch. Rusalka wünscht sich nichts sehnlicher. Der Wassermann rät dringend ab. Und trotzdem gibt er ihr den Hinweis, dass die Hexe ihren Traum wahr machen kann. Das »Lied an den Mond« steht unmittelbar bevor. Elle spürt es. Wenn nicht die Intendantin selbst versuchen wird, sie auszuschalten, um die Portalöffnung zu gewährleisten, dann wird sie einen ihrer Agenten schicken. Jenen, der ihre Mitstreiter vermutlich längst ausgeschaltet hat. Als sich knöchrige, kalte Finger um ihren Hals legen und so fest zudrücken, wie sie können, ist sie nicht überrascht und reagiert, wie sie es gelernt hat. Anstatt sich zu sträuben und sich nach vorne aus dem Griff herauszubewegen, lehnt sie sich nach hinten, sodass ihr Angreifer den Halt verliert und unter ihrem Gewicht ächzend zu Boden geht. In einer einzigen Bewegung steht sie auf, zieht ihre Waffe aus der Tasche, dreht sich um und richtet sie auf das jämmerliche Wesen, das auf dem Rücken vor ihr liegt. Zwei Köpfe kleiner als sie, ein ausgemergelter Hänfling im Greisenalter, gewandet in ein Operncape, das schon bessere Tage gesehen hat. Fast geräuschlos dringt die Kugel ihrer Beretta präzise zwischen seinen erstaunten Augen ein und löscht ihn endgültig aus. Vom Feigen Phantom zum Toten Phantom im Bruchteil einer Sekunde. Elle steckt die Waffe ein und konzentriert sich wieder ganz auf das Geschehen auf der Bühne.

Der Wassermann geht ab. Rusalka ist jetzt allein auf der Bühne. In wenigen Sekunden wird sie das »Lied an den Mond« anstimmen. In diesem Moment werden Elle zwei Dinge bewusst: dass sie die Proszeniumsloge einige Minuten unbeobachtet gelassen hat und dass jetzt der Augenblick gekommen ist, in dem sie Magdalena packen und von der Bühne retten muss. Da legen sich kräftigere Hände um ihre Taille als die des Feigen Phantoms und schleudern sie über die Seitenbühne, wo sie hart gegen die Wand prallt und zu

Boden geht. Ihr Sturz bleibt nicht unbemerkt, ein Raunen geht durch das Publikum.

Auch Magda ist irritiert, wirft einen Blick da hin, wo eigentlich ihre Beschützerin stehen müsste, doch der Platz ist leer. Sie schaut nach vorne ins Publikum, in erwartungsvolle Gesichter. Dann nach oben. Auf den schmutzig gelben Mond über dem Deckenleuchter. Und tut das, wofür sie hier ist. Sie singt das »Lied an den Mond«.

Kapitel 40

»Ohrenbetäubend« ist nicht nur ein Adjektiv für ein Geräusch, das wir als unangenehm laut empfinden, damit lässt sich auch ein ganz akutes Symptom beschreiben: der kurzzeitige Ausfall des Gehörs angesichts einer akustischen Überstrapazierung.

Laura betrachtet die Szene, die sich vor ihr abspielt, wie einen Stummfilm. Die Sirene kreischt, dass sich die Adern an den Schläfen und auf ihrer ansonsten glatten weißen Stirn abzeichnen. Sie steht leicht gebückt, die Arme nach vorne ausgestreckt, mehr Disney-Hexe als mythologische Kreatur. Der Schrei tut Laura und Steerpike nichts mehr an. Davor bewahrt sie der Shutdown ihrer Hörfähigkeit. Mangels akustischer Signale nimmt Laura das nun folgende Geschehen mit zeitlicher Verzögerung und umso größerer Überraschung wahr.

Völlig unerwartet, wenn auch ersehnt, sieht sie den Hund mit einem mächtigen Satz auf die Sirene zuspringen, sie zu Boden werfen und die gewaltigen Fänge in ihre Kehle schlagen. Doch die Sirene hat die Kräfte einer mythologischen Kreatur (oder Disney-Hexe) und anscheinend schon den einen oder anderen Kampf auf Leben und Tod hinter sich. Sie tut das denkbar Perfideste: fasst den Hund an der Schnauze und will ihm ihre Finger in seine Augen bohren. Er lässt von ihr ab, sodass sie sich wieder aufrappeln kann. Sie nimmt den Hund ins Visier und reißt den Mund auf. Doch obwohl Laura nichts hören kann, ist es offensichtlich: Die Sirene hat keine Stimme mehr.

Erstaunen macht sich auf ihrem Gesicht breit, Unglaube, schließlich Wut. Sie greift sich an den Hals, und das Blut schießt zwischen ihren Fingern hervor. Dann stürzt sie sich auf den silbernen Hund, der bereits auf sie zuhechtet, und stößt ihn mit voller Wucht zu Boden. Er bleibt kurz liegen, versucht, seine geschundenen Knochen wieder unter Kontrolle zu bekommen. Mit geballten Fäusten reißt die Sirene die Arme nach oben, um größtmöglichen Schwung für einen tödlichen Schlag auf den Schädel des benommenen Hundes zu holen, da erhält sie selbst einen Schlag: Handkante auf Nacken. Sie geht bewusstlos in die Knie, fällt vornüber, und unter ihrem Hals breitet sich schnell eine große Pfütze dunkelroten Blutes aus.

»Betsy!«, ruft Laura und kann sich selbst nicht hören.

Betsy Cohn gelingt ein zaghaftes Lächeln, und sie antwortet etwas, das für Laura unverständlich bleibt. Sie hat eine Vorahnung, dass der Abend mit ihrer Befreiung und der von Steerpike noch nicht zu Ende ist. Auch die Arbeit der sechs in weiße Kittel gekleidete Herren, alle im gehobenen Seniorenalter, die sich jetzt dem Abtransport der kampfunfähigen Sirene widmen, hat offenbar gerade erst begonnen.

Sie, liebe Leser, kennen mittlerweile die Begleiterscheinungen eines sich öffnenden Portals. Dieses Mal kommt es zu einer leichten Variation, da der Zuschauerraum mit Gästen gefüllt ist. Portale verhalten sich vor großem Publikum anders, als wenn sie unbeobachtet sind, und weisen damit eine wissenschaftlich nicht uninteressante Ähnlichkeit mit Neutronen auf. Je voller der Saal, desto größer die Dramatik. Und so ähnelt die Portalöffnung, die sich am Sonntag, den 29. Mai 2011 in der Komischen Oper Berlin angesichts des Vortrags des »Lieds an den Mond« ereignet, mehr der, die im März 1928 einem gefallenen Engel den Raub der Doris Porelli erlaubte, als der, die Elle Carter durch ihren Gesang am Vorabend erzeugt hat.

Das Licht des Mondes beziehungsweise Deckenleuchters wird bis ins Unerträgliche aufgedreht, bevor hinter dem schmuddeligen Mondprospekt die Glühbirnen explodieren, diesmal allerdings nicht auf das Publikum herabrieseln, sondern vom Prospekt gehalten werden. Ein Raunen geht durch die Reihen, und der eine oder andere Gast fragt sich, ob nicht weniger Effekt größere Wirkung erzielt hätte.

Die Sängerin der Rusalka beobachtet das Geschehen, sammelt sich aber und fährt in ihrem Spiel fort, auch wenn dies nicht ganz einfach ist angesichts dessen, was jetzt passiert. An der Decke der Oper ziehen Wolken auf, eine Nixe, einen verzweifelten Schrei ausstoßend, fällt – Arme und Kopf voran – in den Zuschauerraum und schlägt mit dem Schädel auf einem wie durch ein Wunder nicht besetzten Stuhl in der fünften Reihe auf, wobei sie mit ihrem unförmigen Fischleib den Begleiter einer Journalistin der »Berliner Zeitung« beinahe erschlägt. Sie ist jetzt nicht nur definitiv nicht mehr in ihrem Element, sondern gar nicht mehr. Die Journalistin und ihr Begleiter verlassen den Saal als Erste. Sie konsterniert, er humpelnd, aber rechtzeitig.

Was sich auf der Bühne abspielt, ist für die wenigsten Besucher noch von Interesse. Fast alle starren nach oben und geradewegs in einen Himmel. Doch was hat dieser bemerkenswerte Effekt in der Oper »Rusalka« zu suchen?

Die Decke strahlt nun in einem heiteren Frühlingshimmelblau, wuchtige Wolken bieten Aufenthalt für Damen und Herren in spärlicher Bekleidung – oft nur strategisch platzierte Tücher und Umhänge –, die sich wohlig räkeln. Wie mythische Surfer balancieren geflügelte Wesen – da!, sogar ein Pferd mit enormen Schwingen – auf blitzweißen Wolkenrändern. Putten mit rosiger Haut öffnen ihre Augen und blinzeln, strecken pummelige Ärmchen aus und recken ihre kleinen Schwanenflügel. Kinder – nein, es sind Trolle! –, Männer mit Lorbeerkränzen im Haar, Frauen, die Harfen tragen oder selbstverloren an Blumenkränzen nesteln, ein schwarz gewandeter Herr mit pechschwarzen, glänzenden Flügeln, der einen Fuß ausstreckt und tastend auf dem Deckenstuck absetzt: Es ist Bewegung in diesem Bild, aber noch verhalten, als erwachten die Beteiligten aus einem langen, tiefen Schlaf.

Opernkenner fragen sich, was der Regisseur mit diesem zweifellos sehr lebendig wirkenden Spektakel sagen möchte. Jene im Publikum, die die Oper nicht kennen, versuchen, das Geschehen über ihnen mit dem auf der Bühne in einen logischen Zusammenhang zu bringen.

Noch bevor das Publikum begreift, dass es sich nicht um eine kunstvolle Holografie handelt, beginnen die Putten zu kichern und nehmen ihre kleinen Pfeile in die Fäuste. Ein mutiger Cherub macht den Anfang, startet einen Probeflug auf die nächstgelegene Wolke und macht dann einen etwas plump wirkenden Sprung in den Saal, die kleinen Flügel so schnell schlagend, dass sie kaum noch zu sehen sind. Er saust über die Köpfe der gebannten Zuschauer, dann wieder nach oben zu seinen Kollegen. Jetzt unternehmen drei Cherubim gemeinsam einen weiteren Expeditionsflug, alle Blicke auf sich ziehend. Raunen, Ahs und Ohs gehen durch den Raum.

Der vorderste Kitschengel hat Pfeil und Bogen im Anschlag und schießt: Er trifft eine untersetzte Abiturientin mit starker Akne, die mit ihren Eltern anlässlich ihres 18. Geburtstages in der Oper ist, am Oberschenkel. Der zweite Cherub erwischt den jungen Adonis in der Reihe hinter ihr an der Schulter. Dort, wo die Pfeile eingedrungen sind, staubt eine kleine rosa Puderwolke auf, die nach Rosen duftet. Bei dem entsetzten Aufschrei in der Reihe hinter ihr dreht sich die Abiturientin um, und ihr Blick versinkt in dem des ebenfalls Getroffenen. Sollten sie den Abend überleben, dann wird sie nichts mehr trennen …

Nach den Cherubim sind es die Trolle, die bemerken, dass das Portal weit offen steht, und in Ermangelung von Flügeln machen sie sich eine andere Methode zunutze. Sie springen von Wolke zu Wolke, bis sich schließlich fünf von ihnen auf einer zusammenfinden und sie durch ihr Gewicht herabsenken, langsam zwar, aber unaufhaltsam. Die Damen und Herren, die mit den Erkennungszeichen von Musen ausgestattet sind, ergreifen nun ebenfalls ihre Chance. Sie lehnen sich herab und halten sich am Deckenstuck fest. Lachend reichen sie sich die Hände und unterstützen sich beim Herabhangeln. Auf einer anderen Wolke streifen einige Musen ihre Umhänge ab und beginnen, sie zu verknoten, um sich so in den Saal abzuseilen.

Das Geschehen auf der Bühne ist zunächst eingefroren. Magdalena sitzt mit offenem Mund und an die Decke gerichtetem Blick auf ihrem Baumstamm und versucht mit zitternden Händen, sich aus dem Fischschwanz zu befreien. Die Darstellerin der Waldhexe, die heute nicht zum Einsatz gekommen ist, geht rückwärts in die Tiefe der Bühne, stolpert, fällt rücklings über einen Stamm und steht nicht wieder auf.

Als die Wolke mit den Trollen nah über den Köpfen der Zuschauer mittig über Reihe zehn schwebt und die Trolle beginnen, an den Haaren der Besucher zu ziehen, verstummt auch die Musik. Diejenigen, die es bislang noch nicht begriffen haben, merken spätestens jetzt, dass die Aufführung aus den Gleisen gelaufen ist.

Dass all dies noch nicht der Höhepunkt des Premierenabends ist, wird spätestens klar, als sich mit balletteuser Eleganz und völlig synchron sechs blonde junge Männer aus dem Himmel werfen, mit ausgebreiteten weißen Flügeln über dem Saal kreisen, dann die Flügel anwinkeln und vor den Saaltüren im Parkett zu Boden kommen, sich anschließend dem Saal zuwenden und die Flügel hinter sich ausbreiten. Schöner könnte man kaum veranschaulichen, dass es sich bei dieser Vorstellung – zumindest für die Gäste im Parkett – nun um eine geschlossene handelt. Doch auch in den Rängen überwiegt noch das faszinierte Staunen dem Fluchtimpuls. Die Menge gafft und raunt, wo sie besser die Beine in die Hände nähme – solange der Fluchtweg noch unbewacht ist.

Die heftig blutende Sirene bekommt von einem der Herren in Arztkittel eine Spritze in die Armvene verpasst. Das ist das Letzte, was sie von ihr sehen. Einer der sechs Weißgekleideten führt die kleine Gruppe den Weg entlang, den Hector genommen hat, nachdem er sich aus dem Verlies unter der Oper befreit hatte. Die Tür in den Operationssaal unterhalb der Charité ist nun voll und ganz geöffnet. Anders als bei Hectors letztem Besuch ist der Raum mit Neonröhren hell erleuchtet und peinlich sauber. Ein kleines Team von Ärzten und Krankenpflegern steht bereit, alle tragen OP-Masken. Im Vorbeieilen sieht Laura die Operationsbestecke und bekommt angesichts der Knochensäge eine Gänsehaut. Steerpike erhascht einen Blick auf das Nebenzimmer, in dem eine Krankenschwester mit Mundschutz und Schutzbrille aggressiv riechende Säure vorsichtig aus einem Kanister in einen Kessel fließen lässt. Hector, sichtlich angeschlagen, bildet die Nachhut der kleinen Truppe. Er trägt die Kleidung, die Betsy für ihn in einem Zehlendorfer Vorgarten gestohlen hat. Laura und Steerpike leiden immer noch unter dem Verlust ihres Gehörs, allerdings ist die Stille mittlerweile einem schrillen Misston gewichen, jedoch eine Lächerlichkeit für jemanden, der den Gesang einer Sirene er- und überlebt hat. Sich verbal auszutauschen ist jetzt ohnehin nicht der optimale Zeitpunkt.

Die vier nehmen die Treppe im Sturm und kommen atemlos im Hof des Krankenhauses an. Vor dem Tor steht bereits das Taxi, das einer der Herren in Weiß für sie gerufen hat. Der Taxifahrer scheint ebenfalls im Bilde zu sein. Er rast, alle Ampeln ignorierend und mindestens einen Auffahrunfall verursachend, die Luisenstraße und Unter den Linden entlang, bremst mit quietschenden Reifen und qualmendem Gummiabrieb vor dem Tor zum Hof in der Glinkastraße, überquert die Gegenfahrbahn und manövriert den Wagen direkt neben das Tor. Er springt aus dem Wagen und hilft Laura und Steerpike über das Heck aufs Autodach, von dem aus sie über das Gitter in den Hof springen.

»Hey, wartet!«, ruft Betsy.

Hector, der bereits auf dem Dach des Mercedes steht, dreht sich zu ihr um. »Sie haben nicht ernsthaft vor, mitzukommen, oder?«

»An dieser Stelle aussteigen? Machen Sie keine Witze, Hector!«

Er reicht ihr den Arm.

»Eine Sekunde!« Sie wendet sich dem Taxifahrer zu. »Sie haben nicht zufällig eine Karte dabei? Jemanden mit Ihrem Fahrstil kann man immer mal brauchen.«

Als sie über die Hinterbühne die Bühne betreten, finden sie Elle bewusstlos neben der Wand liegen.

Betsy beugt sich über sie und prüft ihren Puls. »Sie lebt! Ich rufe einen Arzt!« Sie zieht ihr Handy aus der Hosentasche.

»Machen Sie daraus eine Großanforderung«, hört Laura sich selbst sagen und nimmt zur Kenntnis, dass sie ihr Gehör zurückgewonnen hat. Dieses verrät ihr weiterhin, dass im Saal die Hölle losgebrochen ist.

Aus dem Zuschauerraum dringen Schreie, Gelächter und die Geräusche, die Dutzende schlagender Flügel machen, zu ihnen. Steerpike und Slasher stehen bereits vorne an der Bühne und betrachten das Chaos vor ihnen.

Das Publikum stürzt sich über Sitzreihen, um den Angriffen der Engelwesen zu entkommen, Massen schieben sich ineinander auf dem Weg zu den Ausgängen. Doch diese sind und bleiben verbarrikadiert. Die groß gewachsenen Engel stehen Wache, still, mit ernster, feierlicher Miene. Niemand wagt mehr, sich ihnen zu nähern, denn jene, die ihnen bereits zu nahe gekommen sind, haben Verbrennungen erlitten und schreien vor Schmerzen. Die Aura der Engel brennt wie Feuer.

Ein geflügeltes Pferd, einen leeren Triumphwagen ziehend, springt von einer Wolke herab auf die Bühne und galoppiert blindlings durch das Bühnenbild. Der Wagen reißt das Hexenhaus um, Äste und Baumstämme fallen auf die Bühne und in den Orchestergraben, den die Musiker nun in Scharen verlassen. Der Exodus gestaltet sich allerdings langwierig, da der Raum niedrig ist und es nur zwei Türen hinaus gibt, es sei denn, man entschiede sich für einen Sprung in den Saal, was angesichts des dort tobenden Pandämoniums keine kluge Wahl zu sein scheint.

Ein nackter Mann hat die Sängerin der Fürstin zu Boden geworfen, ihren Reifrock zerfetzt und in den Zuschauerraum geschleudert, schließlich sein Gesicht in ihrem Schoß vergraben. Die Sängerin schreit, und es erschließt sich dem Betrachter nicht unmittelbar, ob aus Angst oder aus Wonne. Die Tatsache, dass sie sich nicht wehrt, sondern den Unterleib aufbäumt, deutet auf Letzteres. (Die Sopranistin wird als große Gewinnerin des Abends hervorgehen, handelt es sich bei dem nackten Mann doch um eine Muse, die die Karriere der Sängerin noch einmal heftig vorantreiben wird. Überhaupt sind die Musen an diesem Abend unangemessen libidonös, doch es liegt in ihrer Natur, sich den Menschen unsittlich zu nähern.) Auch in anderen Ecken von Bühne und Saal, insbesondere in den Logen und im zweiten Rang, machen sich liebestolle Musen männlichen wie weiblichen Geschlechts an nichtsahnende Zuschauer heran, die schnell dem erotischen Charisma ihrer Angreifer erliegen. Verspielte Putten setzen noch eins drauf und verschießen Liebespfeile, was zu einem ungeahnten Boom von Berliner Liebeslyrik und Liebesliedern in Oper und Pop sorgen und Berlin als Welthauptstadt der Neuen Leichten Muse etablieren wird.

Doch das Treiben im Saal ist nur in rund einem Dutzend der Fälle erotischer Natur. Trolle machen sich einen Spaß daraus, sich auf gestürzte Opernbesucher zu setzen und ihnen die Haaren zu raufen. Was bei einem Troll pro Kopf noch als ganz nett durchgehen mag, ist bei vier, fünf oder sechs Trollen pro Kopf nicht mehr lustig, ja, es ist sogar lebensbedrohlich.

Steerpike hat sich in die wogende Menge gewagt, hilft denen, die es auf den Boden gerissen hat, beim Aufstehen und weist ihnen den Weg Richtung Bühne, dem einzigen Ausgang, der nicht von Engeln verstellt ist. Mühsam zerrt er eine junge Frau unter einem Trollhaufen hervor, und nachdem er sie befreit hat, springt einer der Trolle auf ihn zu. Steerpike erledigt ihn mit einem gekonnten Faustschlag ins Mopsgesicht. Die Trollkollegen schauen. Und begreifen, dass es schwächere Gegner gibt, mit denen man mehr Spaß haben kann.

Laura beobachtet Steerpike und tut es ihm gleich. Unter dem Wind, der von Dutzenden von Engelsflügeln entfacht wird, und durch fliegende Federn bahnt sie sich einen Weg durch die Reihen, hilft Frauen und jungen Leuten auf die Beine und macht ihnen verständlich, dass der Fluchtweg über die Bühne führt. Sie vermeidet den Blick nach oben, doch dann sieht sie den schwarz gekleideten Engel, der sich bei näherer Betrachtung als weiblich erweist. Die Engelsfrau fliegt durch den Saal und beobachtet das Geschehen mit scharfem Blick. Augenscheinlich ist sie auf der Suche. Doch wonach? Dann bleibt der Engel in der Luft stehen, hält die Position mit zwei Flügelschlägen, die die Haare des Publikums aufwirbeln lassen. Von der Bühnenmitte her ertönt ein Krächzen, gefolgt von einer hohen Note.

Laura dreht sich um und sieht Konstanze Lange in ihrem feierlichen cremefarbenen Premierenoutfit. Die Intendantin richtet sich zu voller Größe auf, und aus ihrem Rücken, dem vermeintlichen Buckel, erheben sich Flügel, denen einer Fledermaus nicht unähnlich und von einer Farbe, die Laura an Eiter erinnert. Die Flügel bestehen aus einer feinen, aber festen Membran, durch die sich dünne, pulsierende Adern ziehen, die den mächtigen und gleichzeitig so zerbrechlich wirkenden Flugapparat funktionstüchtig machen. Wieder gibt Konstanze Lange einen gutturalen Ton von sich, spreizt die Arme, erhebt sich auf Zehenspitzen und schwingt sich mit einem bedachten Flügelschlag in die Luft.

Sie umkreisen sich jetzt in fünf Metern Höhe – die helle und die finstere Harpyie – und beginnen ihren Gesangswettbewerb. Die Engel legen die Hände über die Ohren und schließen die Augen. Die Trolle ergreifen so wie die Musen, die nicht gerade kopulieren oder auf eine andere Art einigen Opernbesuchern und Bühnenkünstlern zum Orgasmus ihres Lebens verhelfen, die Flucht. Auch sie haben begriffen, dass der einzige Weg nach draußen über die Bühne führt. Hector und Steerpike haben alle Hände voll zu tun, die Trolle aufzuhalten. Sie versperren ihnen den Weg, und Steerpike wirft diejenigen, derer er habhaft werden kann, mit Wucht in Richtung Deckenkuppel. In einigen Fällen gelingt es, sie zurück in den Frühlingshimmel zu schleudern, in anderen reicht der Schwung nicht, und sie prallen gegen die Wand oder stürzen in die Stuhlreihen. Slasher hält sie sich mit einem Ast aus der Walddekoration vom Leib und in Schach.

Die Intendantin und der düstere Engel umkreisen sich weiterhin, wilde Schreie ausstoßend. Wer ihnen in die Quere kommt, wird mit einem Tritt oder Schlag beiseitegeräumt.

Lauras Gehör, noch empfindlich geschädigt vom Geschrei der Sirene, droht erneut auszufallen. Sie muss etwas tun, sonst fangen ihre Ohren an zu bluten.

Auch Hector begreift, dass etwas geschehen muss. Mit einem Ast fegt er drei Trolle in den Orchestergraben, nimmt Anlauf, bringt sich mithilfe des Stabes auf Höhe der beiden sich ankeifenden und umtanzenden Harpyien. Wie ein Stabhochspringer verharrt er kurz in der Luft, schlägt mit dem

Ast zu und erwischt die düstere am Hals. Sie geht jaulend zu Boden, und Hector kommt zwischen zwei Sitzreihen auf. Er hört, wie der Knöchel seines rechten Fußes bricht, und sinkt in sich zusammen. Die zur hellen Harpyie verwandelte Intendantin ist verwirrt, ihr Modus aber nicht mehr der eines menschlichen Wesens. Sie krächzt, schreit, sucht nach dem, der ihr Spiel vereiteln möchte. Ihre hochgesteckten Haare haben sich gelöst, und Strähnen hängen über ihrem verzerrten Gesicht.

Die getroffene Harpyie sortiert ihre sechs Extremitäten, sieht ihren Angreifer unweit von sich auf dem Boden kauern und fliegt auf ihn zu. Es ist Elle, wieder bei vollem Bewusstsein, die die Waffe zückt, vom Bühnenrand aus ihr Opfer ins Visier nimmt, die Pistole entsichert und abdrückt. Der Schuss verfehlt sein Ziel, prallt am Stuck ab und trifft einen der großen blonden Türwächterengel in die Brust. Er stöhnt auf, fasst sich an die verwundete Stelle und stürzt nach vorn. Ein zweiter Schuss aus Elles Pistole trifft die Harpyie im Rückgrat. Ihre Flügel klappen nach hinten, und sie geht zu Boden.

»Jetzt, Laura!«, ruft Steerpike, und als sie zu ihm blickt, deutet er auf die Stelle, an der Konstanze Lange in der Luft hängt. Sie schwebt über dem Teich, und Laura begreift.

Sie legt all ihren Hass in den Sog, den sie nun in sich erzeugt. Der kleine Waldsee auf der Bühne brodelt und zischt. Konstanze Lange verschwindet in einer Wolke aus Wasserdampf, und dann, als habe sie es schon immer gewusst, sendet Laura einen ungestümen Energiestrom in diese Wolke wie einen Hieb. Das Wasser gefriert. Eis legt sich wie eine feine Kruste über Konstanze Lange, und sie stürzt aus fünf Metern Höhe auf die Stelle, an der eben noch ein künstlicher Waldsee gewesen ist.

Den Bruch ihres Genicks erlebt sie nicht mehr, da sie bereits an den Folgen von Kälteeinwirkung auf verbrannte Haut gestorben ist.

Als den Engeln klar wird, dass der Wettstreit der Harpyien zu Ende ist, öffnen sie die Augen, nehmen die Hände von den Ohren und beginnen aufzuräumen. Sie ergreifen Trolle und Putten und schleudern sie nach oben. Zwei von ihnen, sich so ähnlich wie Zwillinge, gehen auf die Leichen der beiden Harpyien zu. Fast zärtlich nehmen sie sie vom Boden auf und mit so leichter Hand, als wögen sie nichts. Dann heben sie mit kräftigem Flügelschlag ab und fliegen an die Kuppel und hinein.

Es ist unklar, wie vielen Musen an diesem Abend die Flucht in Deutschlands Hauptstadt gelungen ist – auch für sie gilt, dass Flucht, wie im »Kunstseidenen Mädchen«, ein erotisches Wort und Berlin die Stadt ist, in die man kommt, um unterzutauchen. Steerpike und Slasher trennen bei ihrer Fluchthilfe die Gäste nicht nach bekleidet und unbekleidet, da sie nicht sicher sein können, ob es sich bei einem Nackten nicht doch um einen Menschen handelt, der von einer Muse ausgezogen wurde. Die Leichen von zehn Trollen werden von einem Team deutscher Wissenschaftler entsorgt, das die deutsche Regierung auf Empfehlung des britischen Secret Service in Rücksprache mit der Leitung der Charité und aufgrund einer dringlichen Empfehlung Abraham McGraths für diesen Zweck engagiert hat. Das Ärzteteam sowie die Pflegerinnen und Pfleger arbeiten ehrenamtlich. Die wenigsten von ihnen zum ersten Mal.

Es ist eine lange Nacht für Elle Carter. Bei knapp eintausenddreihundert Menschen Erinnerungen zu löschen braucht seine Zeit. Einige Mitglieder des Orchesters haben sich zusammengefunden und musizieren im Foyer, um die aufgebrachte Menge, der das Verlassen des Gebäudes nicht gestattet wird, zu beruhigen. Die Atmosphäre erinnert an die letzten Stunden an Deck der Titanic. Eine Gruppe von pensionierten Polizeibeamten ermittelt im Saal die Anzahl und Identität der Opfer. Wie die anderen Ehrenamtler, die von der Charité bereitgestellt wurden, gehen sie ihrer Arbeit gewohnt schweigsam nach. Elle ist dankbar für jede Unterstützung – so muss sie neben den Erinnerungen der Gäste nicht auch noch ihre Smartphone-Aufnahmen löschen.

Hector Slasher liegt allein in einem Doppelzimmer der Charité. Sein Gesicht ist grau, mit tiefen, dunklen Ringen unter den geschlossenen Augen. Auf dem leeren Bett neben seinem sitzen seine Frau und Steerpike.

»Ich schätze, die Zusammenarbeit mit McGrath hat sich von nun an erledigt, oder?«, sagt Laura in die Stille hinein.

»Den Umständen entsprechend haben wir den Job ganz gut gemacht, finden Sie nicht?«

»Na ja. Besser wäre sicher gewesen, wir hätten die Sache im Vorfeld verhindern können.«

»Die Anzahl der Opfer ist gering. Immerhin.«

»Ich weiß nicht, was passiert wäre, wenn Elle nicht rechtzeitig zu Bewusstsein gekommen wäre. Ich hätte das nicht tun können, wenn sie nicht vorher dieses – Ding erschossen hätte. Was war das überhaupt?«

»Letztlich ist es egal. Eine Harpyie, eine Sirene – die Bezeichnung macht keinen Unterschied. Selbst Nixen fallen in diese Kategorie. Wesen, die mit ihrer Stimme Macht ausüben können. Mischwesen mit todbringenden Fähigkeiten. Glückwunsch übrigens zu Ihrem neuen Talent.«

»Ja. Nicht mehr nur Wasserkocher. Jetzt auch Eisfach.«

Die beiden lachen und wecken damit Hector.

»Was ist so lustig?«

»Ach, nichts. Wie geht es dir?«

»Als ob ich gerade eine Schlägerei hinter mir habe. Wo ist Magda?«

»Mit Betsy beim Arzt. Nichts Schlimmes, nur ein paar Kratzer.«

»Wie konnte mich Betsy überhaupt finden?« Hector richtet sich auf und bringt sich mit gequältem Gesichtsausdruck in eine sitzende Position.

»Gefunden hat nicht sie dich. Das war ich.« Laura senkt den Blick und betrachtet eingehend ihre im Schoß verschränkten Hände. »Es gibt da so eine Art – äh – Band zwischen uns.«

»Ein Band, aha. Und wie konnte Betsy wissen, wo ich war? Und vor allem, wo ihr wart? Sie konnte mir sogar die Räume beschreiben, in denen ihr eingesperrt wart.«

»Steerpike hat telepathisch Kontakt mit ihr aufgenommen und ihr den Raum beschrieben. Du hast ihn gleich erkannt?«

»Es gibt nicht so viele Verliese in Berlin, die ich schon gesehen habe. Daher war es ziemlich leicht.«

Mit einem Schwung öffnet sich die Tür, und Elle tritt ein. Anstatt erschöpft auszusehen, wirkt sie geradezu beseelt. Ihr Gesicht ist rosig, und ihre Augen glänzen.

»Elle, wie geht es Ihnen?«

»Gut. Und selbst? Sie sehen aus wie der Tod.«

»Das Fußgelenk ist gebrochen. Und einige Abschürfungen habe ich abbekommen.«

»Lassen Sie mich sehen.« Geradewegs geht Elle an Hectors Bett, hebt die Decke an und betrachtet seinen Fuß. Ohne Vorwarnung ergreift sie den geschwollenen Knöchel, sodass Hector vor Schmerzen aufstöhnt.

Steerpike und Laura springen vom benachbarten Bett auf und wollen gerade ihrer Empörung Ausdruck verleihen, als Hector abwehrend die Hand hebt. Staunen macht sich auf seinem Gesicht breit. »Was …?«

»Was glauben Sie?«

»Aber …«

Elle lässt sein Fußgelenk los. Das rosige Strahlen ist aus ihrem Gesicht verschwunden, sie wirkt plötzlich müde.

»Wie haben Sie das gemacht?«

»Ein ähnlicher Prozess wie das Löschen von Erinnerungen.«

Ungläubige Blicke gehen hin und her wie bei einem Ping-Pong-Spiel.

»Sie haben seinen Fuß geheilt?«

Peinlich berührt nickt Elle.

»Ich muss Sie kurz sprechen.« Laura fasst Elle am Ellenbogen und geht mit ihr auf die andere Seite des Raums. Sie flüstert ihr erregt etwas ins Ohr. Elle windet sich, schüttelt den Kopf. Lauras Flüstern wird eindringlicher. Es hat den Anschein, als wäre körperliche Gewalt das nächste Mittel der Wahl.

Schließlich seufzt Elle. »Na schön.«

Die Frauen gehen zurück an das Krankenbett.

Elle zieht ein Taschentuch aus ihrer Jacke. Dann legt sie ihre rechte Hand auf Hectors Schädel und konzentriert sich. Er will etwas sagen, aber Elle würgt ihn ab. »Ruhig. Und stillhalten.«

Ihre Hand beginnt leicht zu vibrieren, ihr Atem geht schwer. Dann legt sie ihm das Taschentuch unter die Nase und ruft: »Schnäuzen. Jetzt!«

Slasher tut, wie ihm befohlen, auch wenn es ihm äußerst unangenehm ist, sich beim Naseschnäuzen helfen zu lassen.

Noch unangenehmer ist es ihm, als Elle das Taschentuch vor ihm öffnet. Bis er die kleine Titanschraube entdeckt. »Sie haben …?«

»Bedanken Sie sich bei Ihrer Frau.«

Laura und Steerpike stehen mit großen Augen vor Elle und Hector. »Und Sie meinen wirklich, er ist jetzt geheilt?«, fragt Laura ungläubig.

Elle murmelt etwas Zustimmendes.

»Und warum haben Sie das nicht schon viel früher gemacht, verdammt noch mal?«

»Anders als Erinnerungen löschen ist heilen äußerst kräftezehrend.«

Doch die Antwort nimmt Laura kaum noch zur Kenntnis, denn sie schaut ihren Mann an.

Er erwidert ihren Blick, als sehe er sie zum ersten Mal seit langem wieder. Dann schlägt er die Decke zurück, steigt aus dem Bett, tritt auf sie zu, ergreift ihre Hand und geht mit Laura zur Tür. Er nimmt den Blick auch nicht von ihr, als er sich an Elle und Steerpike wendet. »Ihr entschuldigt uns. Wir haben etwas nachzuholen.«

Dann sind sie auf dem Gang. Dort beschleunigt sich ihr Schritt. Treppabwärts nehmen sie zwei Stufen auf einmal. Die Tür nach draußen öffnet sich von selbst, und sie verlassen das Gebäude in Windeseile.

Im Taxi nimmt Laura noch kurz wahr, dass sie in die aufgehende Sonne fahren. Und dass der Taxifahrer ein Tuch über den Rückspiegel hängt.

In Berlin beginnt ein neuer Tag. Es ist einer, auf den Laura Slasher ein paar Jahre hat warten müssen. Nicht immer geduldig, nicht immer zuversichtlich, aber mit dem ihr eigenen ruchlosen Optimismus, dass sie sich zurückholen wird, was ihr weggenommen wurde. Dieser Mann gehört ihr.

Kapitel 41

Aus dem »Tagesspiegel« vom Mittwoch, 1. Juni 2011:

OPERNPREMIERE ABGESAGT

Sehr überraschend musste am Sonntagabend die Premiere der Oper »Rusalka« während der laufenden Vorstellung abgebrochen und die Oper für die gesamte Spielzeit abgesetzt werden. Bereits im Vorfeld hatte es technische Probleme gegeben, die eine Mitarbeiterin der Presseabteilung das Leben kosteten. Unausgereifte Bühneneffekte seien zu einer Bedrohung für das Publikum geworden, ließ die Pressestelle der Komischen Oper verlauten und weiter, dass die Inszenierung Ian Smiths im wahrsten Sinne des Wortes unaufführbar sei, was man bedauerlicherweise viel zu spät habe akzeptieren müssen. Intendantin Konstanze Lange, die bis zur letzten Minute zu ihrem Regisseur gehalten hatte, habe ihren sofortigen Rücktritt bekannt gegeben und ihr Büro bereits geräumt.
Popsängerin Magdalena, die in der Inszenierung die Titelrolle hätte geben sollen, hat sich bislang nicht zu der Absetzung geäußert. Jedoch hat sie vergangenen Montag vor ausverkauftem Haus ein umjubeltes Konzert gegeben. Auch Ian Smith, den man wohl von nun an als Skandalregisseur bezeichnen kann,

hat die Absetzung noch nicht kommentiert. Barrie Kosky, der die Nachfolge von Konstanze Lange als Intendant antreten wird, kündigt an, das Haus in der Tradition seiner Vorgängerin weiterzuführen: sowohl eine breitgefächerte Veranstaltungspalette zu bieten als auch weiter zurück in die Vergangenheit des erfolgreichen Hauses zu gehen und der Leichten Muse, wie sie im einstigen Metropol-Theater zelebriert wurde, verstärkt und innovativ Raum zu geben.

Die Slashers und Elle Carter sind abgereist, in getrennten Flügen. Laura spricht zurzeit nicht mit Elle, da sie immer noch aufgebracht ist, weil die Kollegin sie nicht früher von ihren außerordentlichen Fähigkeiten unterrichtet hat.

Es ist Steerpikes letzter Tag in Berlin. In wenigen Tagen wird es in den Carlton House Terraces in London ein abschließendes Auswertungsgespräch mit McGrath und ein Wiedersehen mit dem Team geben. Aber Steerpike, nach sieben Jahren daran gewöhnt, allein zu sein, genießt es, durch die sommerliche Stadt zu flanieren, sich zwischen Passanten zu bewegen und doch für sich zu sein. Seit Elles Operation an Hector Slasher sind dessen Präsenz und die seiner Frau stark eingeschränkt. Die ersten zwei Tage nach der Vertreibung der Phantome aus der Oper haben sie ausnahmslos in Lauras Kreuzberger Wohnung und ungestört verbracht.

Steerpike denkt an die seltsame Truppe, die McGrath da zusammengestellt hat, und muss schmunzeln. Ein ziemlich dysfunktional wirkender Haufen, der sich nichtsdestotrotz angesichts der Katastrophe bewährt hat: vier Individualisten, die mit Unterstützung zweier Berlinerinnen – Magda und Betsy – Fähigkeiten zum Teamplay bewiesen haben. Anders als Laura schätzt Steerpike aufgrund seiner Berufserfahrung die Ausführung ihres Auftrages nicht als Misserfolg ein. Auch McGrath hat schon Expeditionen kläglicher scheitern sehen und wird für das Unterfangen Oper eine positive Resonanz geben. Schließlich war es nicht einmal seinem Vater gelungen, das Portal endgültig zu schließen, auch wenn die Bombe, die er im Frühling 1945 aus einem britischen Kampfflugzeug abgeworfen hatte, das Deckengemälde zerstörte.

Eher zufällig hat Steerpikes Spaziergang ihn Unter die Linden gebracht. Durch die Fensterfront blickt er auf die Tageskasse der Komischen Oper und beschließt, sich von dem Gebäude, dem er ja seine Rückkehr ins korrekte Universum verdankt, angemessen zu verabschieden.

Ein junger blonder Mann leitet die Führung. Er ist an diesem Tag ein wenig unkonzentriert, was vermutlich auf die Anwesenheit Steerpikes zurückzuführen ist, der gerade der David LaChappelle-Inszenierung eines Renaissance-Gemäldes entsprungen zu sein scheint. Auch ihm würden Flügel gut stehen. Herr Lorenzen zeigt seiner Gruppe heute die Räume der Maske, die Bühne, die Hinterbühne und den Saal. Es gibt Ahs und Ohs, als die Gäste zum ersten Mal den Zuschauerraum betreten. Lorenzen erläutert die Funktion der Übersetzungsanlage, gibt Auskunft über das Fassungsvermögen des Gebäudes und richtet die Aufmerksamkeit auf den Deckenstuck.

»Können Sie etwas zum Deckengemälde sagen? Was stellt es dar?«, möchte ein älterer Herr mit Goldbrille wissen.

Lorenzen blickt verwirrt in Steerpikes Gesicht und runzelt die Stirn, bevor er antwortet. »Das Deckengemälde hat den Krieg erstaunlicherweise unbeschadet überstanden. Was es darstellt, ist umstritten. Sie sehen diverse Wesen, die man den unterschiedlichsten Religionen und Mythen zuordnen kann. Trolle, Engel. Einige der Figuren – jene ohne Flügel oder sonstige mythische Attribute – sind Musen. Bei den beiden geflügelten Wesen dort in der Mitte – die eine in Weiß, die andere in Schwarz – handelt es sich vermutlich um Harpyien, denen eine ähnliche Fähigkeit nachgesagt wird wie den Musen: Wie die Sirenen der griechischen Mythologie oder auch die verführerischen Nixen unserer Märchentradition haben sie einen starken Bezug zum Gesang. Sie sehen hier die sehr verspielte Darstellung einer mystischen Zusammenkunft. Klassischer, opulenter Neobarock und eine wilde Mischung aus religiöser, mythischer und mystischer Ikonografie.« Wie um Steerpikes Zustimmung zu seiner Interpretation zu erheischen, schaut Lorenzen ihm ins Gesicht.

Steerpike lächelt dieses spezielle Lächeln, das seine spitzen Eckzähne zur Geltung bringt.

Herr Lorenzen errötet.

Vielleicht bleibt Steerpike doch noch ein paar Tage länger in der Hauptstadt …

Ein weiteres Detail neobarocker Innenausstattung, eines, das sowohl Lorenzen als auch den anderen Mitarbeitern bislang entgangen ist, befindet sich wenige Meter entfernt in einem selten genutzten Treppenhaus. Es handelt sich um ein Holzgeländer, das mit metallenen Halterungen, Vogelklauen gleich, an der Wand befestigt ist. Bei genauerer Betrachtung handelt es sich bei zwei der Halterungen allerdings nicht um Nachbildungen von Vogelklauen. Sie gleichen vielmehr menschlichen Händen, knochenweiß angestrichen.

ENCORE

Februar 2012

Kaum dass sie die Haustür hinter sich geschlossen hat, muss Magda gegen das Schneegestöber ankämpfen. Dies ist wahrhaftig kein Tag, an dem man gern einen Fuß vor die Tür setzt, aber sie hat eine Verabredung mit Betsy, und ein Schneegestöber mit Blick auf den zugefrorenen Schlachtensee ist ein schönerer Anblick als von der Kreuzberger Balkontür aus.

Aus dem Eingang links, aus dem gewöhnlich Berufsschüler, Narcotics-Anonymous-Angehörige und Handwerker kommen, rutscht ein Wesen auf das zentimeterdicke Schmutzeis, das seit Wochen Berlins Straßen und Bürgersteige bedeckt. Ein Wesen, bleichgefroren und von schmaler Silhouette, mit hellblonden Haaren und wohlgeformten, aber zusammengepressten Lippen. Schneeflocken schmelzen in seiner blassen, aber deutlich sichtbaren orange-lila-pink leuchtenden Aura. Magdas Blick bleibt in dem des Mannes hängen, und nur am Rande nimmt sie die ungelenke Bewegung wahr, mit der er über das Eis manövriert. Er ist offensichtlich in Eile. Sie eigentlich nicht.

Es ist kalt. Und so eilen sie. Er voran, sie hinterher, obwohl ihr zugeschneiter Wagen (wo habe ich ihn geparkt?, fragt sie sich) vermutlich in einer ganz anderen Richtung steht.

Noch im schlingernden Gleiten streift er den eng taillierten schwarzen Mantel ab, wirft ihn beiseite. Er fliegt in die Gosse und ist sofort von oben bis unten durchnässt. Sein Hemd ist sommerlich pink. Weiter geht es, die Oranienstraße hinauf. Jetzt fliegt eine zerknüllte Karstadt-Tüte durch die Luft, landet auf einem Autodach. Er bleibt kurz stehen, verharrt, als wolle er sich zu ihr umdrehen, knöpft stattdessen sein Hemd auf. Es flattert im Schneesturm. Jetzt zieht er mit einem Ruck den Nietengürtel aus der schmal geschnittenen Jeans, knöpft sie auf. Einen Moment lang wirkt er unbeholfen, als er sie herabstreift und über die klobigen schwarzen Stiefel zieht. Die Hose wird von einer Böe weggerissen und fliegt gegen das Schaufenster eines gegenüberliegenden Schuhladens. Er trägt keine Unterwäsche. Sein Hintern ist fast so blass wie der Schnee, nur um einiges schöner geformt. Erst jetzt streift er das Hemd ab. Als er sich zu ihr umdreht, bemerkt sie, dass er nur spärlich behaart ist. Rotblond. Eine feine Linie, die auf kerzenwachsweißem Torso vom Bauchnabel hinabschlingert und sich erst kurz über seinem von der Kälte leicht geschrumpften Schwanz verbreitert. Der Kontrast zu dem pinken Hemd, das nun auf dem Kopf eines vorbeitrottenden Rottweilers Zwischenstation macht, hat etwas. Auch die Brustwarzen sind strahlend pink. Auf der rechten Brust ist eine kleine Narbe erkennbar, wie von einer Pistolenkugel stammend. Er zieht kurz die Augenbrauen zusammen, als er ihren Blick sieht, und nickt ihr grüßend zu, bevor er die Flügel ausbreitet, schmutzig graue Flügel mit einer Spannweite von ungefähr vier Metern. Sie brechen durch den Sturm, eine etwas dramatisch wirkende Geste, aber, anatomisch bedingt, gottgegeben.

»Ich komme im Sommer wieder. Berlin im Februar geht gar nicht.«

Als er die Flügel schlägt, wird der Schnee zu Regen, und in seiner Abflugschneise glitzern die Tropfen wie Diamanten.

»Bis dann!«, ruft Magda ihm nach und sieht, wie er, mittlerweile auf Höhe des vierten Stocks angekommen, bestätigend nickt, lächelt und mit dem Finger auf etwas deutet.

Ah! Da steht ja ihr Wagen!

VORHANG